文春文庫

武士道セブンティーン

誉田哲也

文藝春秋

武士道セブンティーン　目次

単行本　２００８年７月　文藝春秋刊

武士道セブンティーン

イラスト　長崎訓子
デザイン　池田進吾（67）

わたしたちは、それぞれ別の道を歩み始めた。
でもそれは、同じ大きな道の、右端と左端なのだと思う。
その道の名は、武士道。
わたしたちが選んだ道。
わたしたちが進むべき道。
果てなく続く、真っ直ぐな道——。

1　新時代

我が心の師、新免武蔵《しんめんむさし》は、自らの人生観を説いた『独行道《どっこうどう》』の中にこう記している。

いづれの道にも、わかれをかなしまず。

人生は別れの連続である。だが戦いは一生、途切れることなく続く。よって求道者《きゅうどうしゃ》たる者、兵法者《へいほうしゃ》たる者は、決して別れを悲しんではならない。そういう心得だ。

長い人生の間には、決別したかつての親しき者が、敵として再び眼前に現われる、などということもないとはいいきれない。そんなとき、かつての想いを心に残していれば、その者は斬られよう。だが別れの都度想いを断っていれば、その者は逆に斬ることができよう。

こんな言葉もある。

唯一所に止めぬ工夫、是れ皆修業なり。

これをいったのは、えーと、武蔵ではなくて、昔の、確かなんとかっていう坊さんだったと思うが、つまり、そういうことなのだ。何かに囚《とら》われていたら、心の自由は奪われる。何ものにも束縛されない心。それこそが兵法者の、会得すべき精神のありようなのだ。

と、頭では分かっていてもそうできていないあたしは、まだまだ未熟者ということなのだろう。

「……西荻《にしおぎ》」

某年三月三十一日。あたしは、短い間だったが共に戦った、東松《とうしよう》学園高校女子剣道部の盟友、西荻早苗《さなえ》の出立《しゆつたつ》を見届けにここ、東京国際空港まできている。

「元気でね、磯山《いそやま》さん」

こいつ、余裕の笑顔で手なんぞを出しやがる。

「……お前もな」

マズい。つい勢いで握ってしまった。

重なり合う両手。柔らかで白い、西荻の手。でも手の甲に感じる、いくつかのマメ。竹刀《しない》タコ。一番硬いのは小指の付け根のところ。この手でこいつは、あたしを二度までも斬って捨てた。他にも、過ぎ去った日々のあれやこれやが、心の中に湧き上がってくる。

喉元に膨らむ圧迫感。いかん。早く何か喋らねば。

「住所……決まったら、知らせろよ」

「うん。知らせる」

こっくりと頷《うなず》く、その口元には、見慣れた笑みが張りついている。

「それと、学校も……」

「分かってるって。ちゃんと知らせるってば」

年度末ぎりぎりのこの日に至って、まだ何も決まっていないとは何事だ、とも思うが、本人が未定だというのだから致し方ない。

「待ってるぞ、西荻……」

しまった。今度は鼻の奥がツンとしてきた。ただちになんとかせねば、取り返しのつかない事態になる。

とりあえず気を逸《そ》らそう。えーと、周りを見よう。

隣には、部の同輩である久野《くの》や田村《たむら》がいる。その向こうには、西荻のクラスメイトだってている。斜め向かいには西荻の母親。ちっちゃくて、なんとも可愛らしい人だ。それから西荻の姉貴。いつ見てもイケ好かない女。こいつは九州にはいかないらしい。東京でモデル業に専念するのだとか。それと父親。電柱みたいな男。喋りもせず、ただほけーっとつっ立っている。

おお、よしよし。上手いこと鼻ツンはやり過ごした。

あたしは握った手に、今一度力をこめた。

「……西荻。あっちにいっても、ちゃんと毎日稽古しろよ。春休みだからってサボるな。次に会うとき、弱くなってたら承知しないからな」

うん、分かってる。毎日がんばる。次だって、私が勝っちゃうからね——。

あたしは、そんな答えをおそらく、心のどこかで期待していた。

だがそれは、見事なまでに裏切られた。

「あ……私、剣道はもう、やんないかも。ほら、お父さんの仕事も上手くいって、ちょっと余裕できそうだから、あっちいったらまた、日本舞踊のお教室でも探そうかなって、思ってるの。それに、向こうには親戚もいてね……」

おい待て。今キサマ、なんといった。

剣道はもう、やんないかも？

また、日本舞踊の、お教室？

顔の表面が一瞬にして冷たくなった。嘔吐《おうと》の直前。ちょうどあんな感じだ。

話の終わりの方は、もう耳鳴りとかぶってよく聞こえなくなっていた。

知らぬまに、手から力が抜けていた。

するりと、西荻の手が逃げていく。

「……短い間でしたが、お世話になりました」

家族並んで、仲良く挨拶。姉貴も、一応合わせて頭を下げる。

「みんな、元気でね」

西荻は、あたし以外と、一人ひとり握手。

「バイバイ」

そして踵《きびす》を返し、だが何度も振り返り、そのたびに西荻は、笑顔で手を振る。

「メールするねェーッ」

手荷物検査の列に並ぶ。ポーチやら腕時計やらをトレイに入れ、両親と、さっさとゲートの中に消えていく。

そんな頃になって、ようやくあたしは、本来あるべき感情をどり戻した。

なに？　剣道を、やめるだと――。

「……西荻、キサマッ」

追いかけて、その中途半端に長い髪を後ろから引っつかんで、真後ろに引き倒して、馬乗りになって首を絞めて、どういうことだと問い詰めたかった。

しかし、できなかった。

「待ちな、磯山」

「よしなって」

久野と田村に止められた。両側から腕を搦《から》めとられ、ほとんど二人がかりの羽交い絞めのような状態でとり押さえられた。

ローファーの靴底が、空港ロビーの床を上すべりする。

あたしは進むことも、吼えることもできず、ただ心の中で呪詛の如く繰り返した。

西荻、西荻、キサマという奴は――。

そしてあたしは誓った。

西荻。次に会ったとき、あたしはお前を、必ず、斬る。


春休みの稽古は、午後二時から四時半か五時くらいまで。入学式の日だけは休みで、翌日からは通常通り、放課後の稽古になった。

今年の新一年生は熱心で、春休みの間も全員、毎日道場にきていた。お陰で入学式を迎える頃には、顔も名前もだいぶ分かるようになっていた。

スポーツ推薦で入ってきたのが四人。高橋英美《たかはしひでみ》、深谷夏希《ふかやなつき》、鈴木愛《すずきあい》、蛯名美喜子《えびなみきこ》。全員、中学で何かしらの実績を挙げたからこそ東松に招かれたわけだが、あたしにいわせればどれも大した成績ではなかった。一方、資質面はというと、まあ、これもどんぐりの背比べ。むしろこれからの精進に期待、といったところだ。

西荻と同じく、中学から持ち上がりで入ってきたのも二人いる。田原美緒《たはらみお》と佐藤《さとう》しおり。この二人は、去年あたしと西荻が中学剣道部に稽古をつけにいっていたこともあり、もともとよく知っていた。特に田原。この子は身体能力が非常に高い。推薦組と比べての優劣はまだ定かでないが、あたしは決して引けはとらないと思っている。期待もしている。

「深谷ァ、アゴ出てっぞオラッ」

「高橋ッ、ちゃんと竹刀は上に振れ。プロペラかお前の竹刀は。竹コプターか」

後輩ができ、堂々と怒鳴れる相手ができたのはいいことだ。

「蛯名、足が揃ってっから転ばされんだよ。ちゃんと左足下げて踏ん張っとけ」

顧問の小柴《こしば》にも、できるだけ後輩の面倒を見てやるよういわれている。

「コラ佐藤、ケツを出すな。ヘソを出せ、ヘソを……田原、お前もだよ。ケツは出すなっつってんだろが。ヘソだヘソ」

まあ、いいすぎれば逆にあたしが怒られる、こともある。

「……磯山。お前、ケツだのヘソだの、もう少し言葉を選べないのか。女子だろう、一応」

これでも「ケツとチンコ」っていいたいのを我慢してんだけどな。中学んときは、みんな「チンコ出せェ」っていってたし。

「へぇ……すんませぇん」

ちなみに今年の二年は西荻が抜けたため、あたしと久野と田村の三人きりになってしまった。だからどうあっても、この新入生たちにはがんばって、早く強くなってもらわなければ困るのだ。

「いやー、今日の香織《かおり》先輩のコテ、キレてましたねぇー」

そして、この田原とは帰り道も一緒。あたしは横浜から横須賀線《よこすか》、もしくは湘南新宿ラインに乗って保土ヶ谷《ほどがや》で降りるが、田原は一つ先の東戸塚までいく。

「お前なぁ、気安く〝香織先輩〟とか呼ぶなよ」

「えー、何いってんすか水臭い」

水臭い？　お前との付き合いなんて、まだ半年かそこらだろうが。

「……みんなは〝磯山〟って呼んでるぞ。お前もそうしろ」

「そんなぁ」

ああ、なんかこいつ、微妙に苛《いら》つく。下からの持ち上がりって、こういうのが多いんだろうか。

「そんなって、そりゃこっちの台詞だよ。なんでそんなに名前で呼びたがるんだよ」

あたしは基本的に、名前で呼ばれるのが嫌いなのだ。あたしを名前で呼んでいいのは、あたしより確実に強い奴と、家族親戚と、防具屋のたつじいだけだ。

「だって、〝磯山先輩〟より〝香織先輩〟の方が、短くて呼びやすいじゃないですか」

おいコラ。平仮名にしたときの字数の問題かよ。

「だから香織先輩も、あたしのことは〝美緒〟って呼んでくださいね。田原より短いですから」

「やだ。お前は〝田原〟だ」

絶対に「美緒」なんて呼んでやるものか。

「んもォ、頑固だなぁ」

「……んな」

お前いま、あたしのこと「頑固」っていったか？　頑固だと？　この野郎。

「それよっか、香織先輩のコテっすよ。あれ、めっちゃくちゃキレてましたよねぇ。特に東野《ひがしの》先輩に決めたあれ。どうやって打ったんすか？」

反論の余地もなく流された。しかも、また「香織」って呼ばれた。ちなみに東野ってのは、代表メンバー補欠の三年部員だ。

「どうやってって……まあ、なんとなくだよ」

「そんなはずないでしょう。こうやったら、相手がこうきて、だからこう、みたいな」

田原は右手をチョップみたいにして、小さく竹刀を操る真似をした。

ちょうど保土ヶ谷に着いた。

「……それは、また今度な。お疲れ」

「あっ、待ってくださいよ」

待たない。かまわず降りる。だがなぜだ、声と気配は追ってくる。

振り返ると、やはり田原は一緒に降りていた。

大きな目をキラキラさせて。大きな口の両端を、笑ったみたいに吊り上げて。よく見るとこいつの顔、パーツがいちいちでかくて派手だな。

「なに降りてんだよ」

「お茶しましょ」

「やだよ」

「奢《おご》りますから」

「金の問題じゃない」

「じゃ奢ってください」

「なんであたしが」

あー、なんなんだよこいつ。

結局、駅を出てすぐのところにあるマクドナルドに入った。あたしはポテトのSとコーンスープ。田原は三段重ねのハンバーガーと、ごちゃごちゃしたシェイクみたいなのと、ポテトのM。

「お前、家帰って食べないの」

「今日はこれでいいです。香織先輩は？」

だから、その呼び方は——。

「あたしは……帰って食うよ。和食党なんで」

「はあ、そうなんすか」

とはいえあたしも、一応は育ち盛りの女子である。目の前でパクパクいかれたら、食べたいなー、くらいは思う。でもそれを耐えてやり過ごすのが兵法者、との思いの方がまだいくぶん勝っている。やっぱ食べたくなったから買ってこよ、などという負け犬じみたことは絶対にいわない。

「だはら……教えてくらはいよ……あのコテ……どうやって……やっはんすか」

食べながら喋るなって。

「どうやってって、いわれても……」

瞬間的なことなんで、実はあまりよく覚えてない。

「まあ、確かに今日、あたしはコテを試そうと思ってたよ。そんでまあ……たとえば、打《う》ち間《ま》に入ったときは必ず、左メンなら左メンって決めといて、何度も打つんだよ。一本になんなくてもいいから、こっちだよぉ、みたいに、意識させといて……そんなことやってるうちに、相手の意識が、そっち向きになってきたら……」

ちくしょう。このポテト、全然塩が効いてない。

「そしたら……そうなぁ……まあ、そうなったら頃合いを見計らって、遠間《とおま》から、いきなりコテ、かな。それもギリギリまで、中段のまま間合いを詰めて……一瞬でな、一歩で詰めて、相手の鍔《つば》の辺りに剣先《けんせん》がいくまで、構えを崩さないで、そんで……まあ、コツっていうほどじゃないけど、カチッて、触るくらいに竹刀を当てといて……ああ、そんときに一回、軽く足も踏んどいて、それから、クルッて下から、小さく反対側に剣先を回して……コテ、かな」

「はあ、そんだけですか……分かりました。明日、やってみます」

おいおい、今ので分かったのかよ。それでほんとにできるようになったらお前、マジで天才だぞ。

「じゃ、あれはどうなんすか。香織先輩の応じドウとか、抜きドウ。あれ、めちゃめちゃ決まるじゃないっすか。あれどうやってんですか」

「お前よぉ、訊《き》くばっかじゃなくて、ちゃっかり自分だけハンバーガー食べ終わってるし。人に喋らせといて、ちっとは自分で考えろよ」

「えー、考えてますよ。考えても分かんないから訊いてるんじゃないですか」

「じゃあまだ考えが足りないんだ」

「そんなぁ……ケチ臭いこといわないで、教えてくださいよ」

け、ケチ臭い？　そういうことお前、普通、面と向かって先輩にいうか？

あー、ちくしょう。こんな後輩初めてだぜ。

2　うそついちゃった

手荷物検査の列に並んだ途端、息が苦しくなって、もう後ろを振り返ることができなくなった。

「早苗……大丈夫？」

お母さんが心配そうに覗き込む。私はただ頷いて、前を向いて、とにかく検査をやり過ごすことに集中しようとした。

でもこういうときに限って、金属探知機が鳴ったりする。ベルト、はずしてもらえます？　鍵とか持ってません？　そんなことにいちいち応じて、とったりつけたりして、ようやく搭乗口に通される。

もう飛行機には乗れるみたいで、そのまま搭乗ゲートに向かった。

チケットを機械に通して、飛行機にドッキングしてる渡り廊下みたいなのを歩いて進む。ＣＡのお姉さんたちが笑顔で挨拶してくれたけど、私はそれにも、ほとんど目を向けることができなかった。

お母さんのあとに続いて機内を進む。お父さんが「ここだね」と示したのは三人席。奥にいきなさいって、私は窓際の席を勧められた。

荷物をお父さんに渡して、上のボックスに入れてもらって。

「……早苗？」

座ったらもう、急に我慢ができなくなって、私は声に出して、泣き始めてしまった。

「どうしたの、早苗」

返事なんてできなかった。私が、もう剣道やめるかもっていった瞬間の、磯山さんの引きつった表情が頭から離れなくて、あの目が、まだ私の背中を睨《にら》んでる気がして、悲しくて、仕方がなかった。

「……早苗……」

それでちょっと騒ぎみたいになっちゃって、CAのお姉さんが「どうかなさいましたか」とかきちゃって。それには私が首を振ったんで、お母さんが「大丈夫です」っていってくれたんだけど、本当は大丈夫でもなんでもなくて。周りの人も見てるんだろうな、嫌だな、とも思ったんだけど、それでも私は、全然泣き止むことができなかった。

お父さんも、何度かお母さんに「どうしたんだ」って訊いてたけど、お母さんは黙ってた。私が落ち着くまで、ずっと背中をさすってくれてた。

お陰で、少し息が整ってきた。

「……どうしよう。私、うそついちゃった」

お母さんが、小さく溜め息を漏らす。

「そうよ。私もびっくりしたわよ。今日になっても、まだ住所も学校も決まってないだなんて。そんなことあるわけないじゃない」

そう。そうなんだよね――。

「でも……私がいく福岡南って、剣道、すっごい強い学校なんだよ」

「知ってるわよ。だって、だからその学校にしたんでしょ」

「うん……でも、それいったら、東松から、福岡南に転校するなんていったら、私……きっと磯山さんに、裏切り者って思われる」

「そんな、オーバーな」

私は首を横に振った。涙が、あっちこっちに飛び散る。

「思うんだよ。あの人は、そういうふうに思う人なんだよ……だから、いえなかった。友達のまま、あの人には、笑顔で見送ってほしかったから……私、怖くて」

また、お母さんが溜め息をつく。

「でも、そんなことより、早苗が剣道やめるっていったことの方が、磯山さんは、よっぽど寂しかったんじゃないかな……あなたがそういったとき、あの子の顔、引きつってたじゃない」

そう。そうなの。

「なんであんなこといったの。また日本舞踊始めるだなんて」

「だって、剣道続けるっていったら、どこでって……そういう話に、なると思ったんだもん」

「そこを、まだ分かんないって、誤魔化《ごまか》せばよかったのに」

「だって……あのときは、思いつかなかったんだもん」

「今からだって遅くないわよ。福岡に着いたら、メールで知らせればいいじゃない」

「そんな……顔も見ないで、そんな重大発表、怖すぎるよ。目ぇつぶって自転車漕ぐより怖いよ」

「そんなに怖いの？　磯山さんて」

うん、と私は頷いた。

「怖いのに、仲良かったの？」

仲、良かったのかな――。

「でも、見送りにきてくれたんだもんね。仲悪いこと、ないわよね。それに、それだけあなたが、泣くほど気にかけてるんだから……きっと、いいお友達だったのね」

小さな子供みたいに、頭を撫でられた。それが、ちょっと気持ちよかった。

「……私、引っ越すって決まっても、あなたが案外ケロッとしてるもんだから、そういうの平気なのかと思ってたわよ。友達と離れるのがつらいとか、そういうのないのかなって、逆に心配しちゃったわ」

それは、ちょっと違う。

「……この前までは、試合のことで、頭がいっぱいだっただけだよ」

春の選抜大会が終わったのはつい三日前。それまでは、やり残しがないように、とか、後悔しないように、とか、そんなふうにしか考えられなかった。みんなと別れたあとのことまで、考える余裕はなかった。

「親友……だったのね。磯山さん」

それもちょっと、違う気がする。

「……親友ってほど、居心地の好い関係じゃ、なかった……そんな、思いやったり、労《いた》わり合うような関係じゃ……」

また、涙があふれてきた。

「でも……戦友だった。あの人は、同じ気持ちで、同じように前を向いて、一緒に戦ってくれた、たった一人の、同志だったの……」

自分でいってみて、初めて自分で気づいたようなところがあった。私は磯山さんのことを、こんなふうに思っていたなんて。

お母さんの向こうで、お父さんが、ぼんやりと呟《つぶや》く。

「よかったな。そういう仲間と、出会えて。……財産だな。そういうのは、これからの早苗にとって、何よりの、財産になるよ」

これからの、私――。

これからって私、一体、どうなってしまうんだろう。

福岡には二月の終わりに一回、日帰りでいっただけだった。そのとき福岡南高校にもいって、試験と面接は受けていた。

面接してくれたのは、副校長と学年主任の英語の先生、それと剣道部の監督。でも質問してきたのは、ほとんど剣道部監督の城之内《じょうのうち》先生だけだった。

「東松女子というと、小柴先生だね」

「はい」

強豪校の顧問同士っていうのは、大会で会ったり練習試合を組んだりする関係で、けっこうみんな知り合いだったりする。

ん？　そういえば城之内先生って、「顧問」じゃなくて「監督」っていったな。なんか違うのかな。

「じゃあ、村浜《むらはま》選手と野沢《のざわ》選手が、君の先輩ってことか」

「はい」

「あの二人は、強かったね」

「はい。ものすっごい強いです」

「練習で、何本か取れたかね」

むむ。正直に、全然歯が立ちませんでした、とかいったら、入れてもらえないんだろうか。でも、バシバシ取ってました、なんてうそつくわけにもいかないし。

「……いやぁ、あの二人からは……ちょっと」

「だろうね」

あらら。そうあっさり流されると、こっちも拍子抜けです。

「主な大会実績は、何か」

「いえ……大きな大会では、特に」

「中学時代は」

「中学のときも……これといって」

マズい。なんか空気が重たい。

「あっ、でも、去年の横浜市民秋季剣道大会で、磯山香織って選手に勝って、優勝しました。磯山さんっていうのは……」

すると、城之内先生は急にこっちに、身を乗り出してきた。

「それは、一昨年の全中で準優勝した、あの、磯山香織か」

「あ、そうですそうです。その磯山さんです」

「確か、関東大会で優勝したチームにも、入ってた」

「はい。あのとき、彼女は先鋒《せんぽう》でした」

「あの磯山に、君は勝ったのか」

「はい……ちなみに、その前の年も、同じ大会で彼女に勝ってます。その年は……ベスト8でしたけど」

あ。そういえば、横浜市民大会のことはよそでいうなって、磯山さんにしつこくいわれてたな。でもいっか。ここ福岡だし。黙ってれば分かんないよね。

また急に、城之内先生は体の向きを変えた。

「副校長。この子は私が預かります。学力面はもともと問題ないようですが、待遇はスポーツ推薦と同等にお願いします。……甲本《こうもと》くん。それでかまわんね」

そうそう。お父さんとお母さんが再婚した関係で、こっちでは私、「甲本」を名乗ることになってるんだ。

「はい。よろしくお願いします」

「うちは人数も多いし、できあがってる選手がほとんどだから、いまさら手取り足取り教えるようなことはしない。強い者はより強く、弱い者は脱落していく。そういうシステムだが、大丈夫かな?」

後ろから、さっと冷たい風に煽《あお》られたような。そんな不安を感じないでもなかったけど、でもせっかく剣道の強い学校に転校するんだ。厳しいくらいでちょうどいいんだ

——と、このときは思おうとしていた。

「はい、大丈夫……です」

たぶん。

引っ越しとか新しい制服の用意とか、いろいろバタバタしてたのもあって、私はあの日以来、福岡南にはなかなか顔を出せずにいた。

で結局、始業式の日になってしまった。

前の日に、城之内先生から防具一式も持ってくるよう連絡をもらっていたので、それを担いでいった。でも転校生がそういうのを教室に持ち込むのってなんか変な気がしたので、朝一番で道場にいってみることにした。ちょっと置かせてもらえたらいいなって、その程度の考えだった。

入学案内によると、道場関係は、校舎なんかがある敷地とは別のところにあるらしい。道を一本隔てたところに、総合武道場、第一道場、第二道場、柔道場に、小道場、さらに、仮道場ってのがあるようだった。一体、どんだけ道場使う部があるのかしら。

私、やっぱりけっこう気弱なところがあって。仮道場ってのは、さすがにちょっとどうかなって感じだったけど、小道場なら、私の防具くらい置いてもらえるんじゃないかって、なんかそんな気がしたんで、いってみた。

体育館みたいな、立派な構えの総合武道場の、向こう隣。鉄骨の、ちょっとボロっちい外観の、小さな建物が小道場だ。コンクリートの段を三つ上ったところに竹刀立てが出ている。間違いない。ここは剣道部が使う道場だ。

「……ごめんくださぁい」

開けっ放しのドアから中を覗く。ぱっと見、東松の道場よりかなりせまい。八十畳か、下手したらそれ以下じゃないかと思う。でも、ここはあくまでも小道場だもんね。小でこんだけなら、大はどんだけ？って話だ。さらに第一も第二も、まだ仮もあるんだし。

左の壁の上の方には神棚が吊ってある。全国制覇とか、玉竜旗《ぎょくりゅうき》制覇とか、目標を書いたのであろう模造紙も貼ってある。こっち側手前には、防具用らしき木製の棚もある。よしよし。そこら辺の物陰に、こそっと置かせてもらおう。

と、思った瞬間だ。

「……あんた、転校生？」

うわびっくりした。

声の方を振り返ると、背の高い女子が一人、すぐそこに立っていた。見れば、向こうの方にドアがある。更衣室。たぶん、あそこから出てきたんだろう。私と同じ、焦げ茶色のブレザーを着ている。でも中にベストはなし。白のブラウスだけ。

「あ、はい……初めまして」

よく見るとこの人、すっごい美人だ。南国系っていうか、インド人ぽいっていうか。整いすぎてて、却《かえ》って現実感がないくらい。なんかCGを見てるみたい。

「もしかして、あんたが甲本さん？」

おや。城之内先生情報でしょうか。

「ああ、そうです。甲本早苗です。よろしくお願いします」

でもよかった。笑った顔は、けっこう優しそう。

「よろしく。私、黒岩《くろいわ》レナ。二年で、部活の班も、クラスもあんたと一緒やけん。なんでも訊いて……でも、朝稽古なら、もうとっくに終わっとーよ」

その顔で福岡弁て、ある意味可愛い。

「いや、そうじゃなくて、あの……教室とかに、これいきなり持ってくの、変かなって思って。だから、できたら道場に、置かせてもらえたらなって……」

黒岩さんが私の後ろを覗く。肩までの黒髪が、さらりと揺れる。剣道やってる女の子で、私より長いって珍しい。

「ああ。防具なら、そこの棚に入れたらよか。下の一ヶ所空けといたけん、そこ使《つこ》うて」

「ありがとうございます。じゃあ……」

防具袋と竹刀ケースを持ち、靴を脱いで上がる。東松の道場の床は白木で、塗装がなかったけど、ここは塗装ありだ。よく磨かれてる。ガラスみたいにぴかぴかしてる。

そんで、棚は。ああ、ここか。

「甲本さんて、東松やったと？」

「はい……あ、誰か知ってる選手とか、いますか」

振り返って見上げると、なぜだろう。黒岩さんは、慌てたように笑みを浮かべた。

「んーん。別に」

「私の代だと、磯山さんて、強い人がいるんですけど」

笑みはそのまま。

「ああ、もちろん……名前くらいは知っとーよ」

そうだよね。名前くらい、知ってるよね。

「それより甲本さん。私ら同学年やけん。敬語はおかしかよ」

あ。最初、敬語で挨拶しちゃったから、なんか、つい――。

「うん……気をつけます」

「ほらまた」

「あ、うん……気をつける」

ふう。やっぱり緊張するな。新しい環境って。

そして福岡南は、なんと私にとっては、小学校以来の共学校なのだった。

「神奈川県の横浜市から、お父さんの都合で転校してらした、甲本早苗さんです。……甲本さん、ひと言どうぞ」

女子の列の両隣に、男子が座っている。つまり、これは全部、九州男児。そういえばみんな、心なしかゴツい。

「……甲本さん、どうかした？」

担任の福田《ふくだ》貴子《たかこ》先生。まだ二十代で、担当教科は数学だそうだ。

「あ、はい……」

チョー緊張する。膝、震えそう。でも早く、なんか喋んなきゃ。

そう思って目線を上げたら、窓際の席の一番後ろにいる、黒岩さんと目が合った。なんだろう。胸元を小さく、ぽんぽんって叩いてる。ああ、落ち着けって意味か。私にいってるのか。

そう。落ち着け、落ち着け。こういうときこそ、不動心だ。

「あの……はい。えっと、横浜の……っていっても、私のいってた、東松学園は、けっこう田舎《いなか》っていうか、山の中に、あったんで……でもあの、父は、福岡の出身で、こっちには、親戚もいるんで、けっこう、馴染みはあって……」

なに。みんな、すっごい真面目な顔して聞いてる。もうちょっと、笑うとか茶化すとか、なんかしてくれたらいいのに。

「であの……あっちでは、剣道を、やっていたので、こちらでも、剣道部に、お世話になろうと、思っています……みなさん、よろしく、お願いします」

頭を下げると、ようやくぱらぱらと拍手が聞こえてきた。

急に左の方で、ガガッと椅子が鳴った。

「……っちゅうことは、ようやく黒岩にも、ライバル出現っちゅうこっちゃね」

男子の声だ。左から二列目、後ろから三番目の、いがぐり頭。

クラスの全員が、なんとなく黒岩さんの方に目を向ける。

黒岩さんは、道場で見たときとは別人みたいに険しい表情で、その男子を睨んでいた。

「せからしかッ。あんたァ黙っとかんねッ」

こわっ。黒岩さん、マジこわっ。

私の席は窓際の、黒岩さんのいっこ前に決まった。

「ごめんね。変なの多かろ」

ホームルームが終わるなり、黒岩さんはそういって頭を下げた。私はとりあえず、大丈夫っていいっといたけど、でもまだあのときの緊張が、完全には抜けていなかった。

それっていうのは、つまり、黒岩さんが、実は怖い人なんじゃないかっていう、そういう緊張感だ。優しいだけじゃなくて、内側には、ものすごく激しいものを持ってる人なんじゃないか、って。

でもよく考えたら、磯山さんだって最初はそうだった。いっつもピリピリしてて、なに考えてるか分からない人だった。それと比べたら、普通に優しいって思える部分があるだけ、いいかもしれない。

むしろ、激しい部分を持ってるくらいじゃなきゃ、福岡南の剣道部員は務まらないってことなんでしょう。

3　市街戦

新年度最初の大きな大会といえば、関東高等学校剣道大会の県予選である。

関東大会は、東京、神奈川、千葉、埼玉、茨城、栃木、群馬、山梨の、一都七県で争う、個人戦と団体戦の大会だ。

団体戦の本戦出場枠は都や各県で異なるが、個人戦は一律四人と決まっている。特にあたしは去年のこの時期に怪我をしたため、個人戦は県予選にも出られなかった。そんな事情もあり今回、あたしは非常に燃えている。

今年はまず、個人で関東を制す。そのためにはこの、個人戦神奈川県予選を突破しなければならない。むろん、狙うは一位通過だ。

というわけで今日、あたしたちは秦野《はだの》市総合体育館まできている。

「香織先輩、竹刀出してください。検量いってきます」

かなりしつこく注意はしたのだが、それでも田原は、あたしを名前で呼ぶことをいまだにやめていない。あたしももう、いい加減諦めようかと思っている。そういった意味ではこいつ、なかなかいい根性をしている。

「……頼む」

あたしはいつもの、般若《はんにゃ》の刺繡《ししゅう》を施した竹刀袋ごと田原に渡した。

高校女子が使う竹刀は、長さが三尺八寸で、重さが四百二十グラム以上のものでなければならない。その規格に合致しているかどうかの検査が、こういう大会の前には必ずある。

田原が中から三本の竹刀を抜き出す。

「……あたしも香織先輩みたいに、小判《こばん》にしようかな」

普通の竹刀の柄《つか》は断面が正円形をしているが、あたしのは「小判型」といって、左右が少し潰れた形になっている。これには握りが定まりやすいという長所と、普通の竹刀と比べると使える面が半分しかないという短所がある。

「手の内の納まりはいいけどな……なんだかんだ、高くつくぞ」

大量生産していないからだろう。小判型竹刀は一本単価も高い。竹刀はしょせん消耗品なので、単価は誰もが気にするところだ。

「でもこの、斬る感じが、いいんですよね」

分かってるじゃないか、田原。それは確かにその通りだが、でも今ここで振るのはよせ。後ろで着替えてる人が睨んでるぞ。

「いいから、いってきてくれよ」

「はぁーい」

勇ましく竹刀を三本担ぎ、田原が更衣室を出ていく。途中で部長の河合《かわい》や、上原《うえはら》、平田《ひらた》にも声をかけていたが、先輩方のは別の誰かが持っていったのだろう。田原が持ち出したのは、結局あたしの三本だけだった。

その後ろ姿を微笑ましげに見送った河合が、胴紐《どうひも》を結びながらこっちにくる。

「……田原さん、すっかり磯山さんになついちゃったわね」

捨て犬か貰《もら》われっ子のような言い草だが、確かにそんな感じはある。

「まあ、西荻と去年、ずっと稽古つけにいってましたからね」

あたしは自分でいって、自分でハッとなった。

西荻。そういえばあの野郎、あれからいっぺんも連絡をよこさない。今日は四月の最終土曜。この期に及んで住所も学校も決まっていないなんてことは、さすがにないはずだが。

　何度か、こっちから電話をしてみようかと思ったことはあった。実際、携帯のメモリーから番号を読み出すまではしてみた。が、通話ボタンを押すには至らなかった。せまい了見《りょうけん》だとは思いつつ、どうしてもできなかった。意地が邪魔をした。

　なぜこっちから連絡をとる必要がある。出ていったのはあっちだろう。だったら、あっちから「お陰さまでこうなりました」と知らせてくるのが筋というものだ。

　今頃、新しい日本舞踊の教室でも見つけて、扇子でもひらひら回して踊り呆《ほう》けているのだろうか。そんなことを考えると、余計に腹が立った。絶対に電話なんかしてやるものかと、さらに意固地になるあたしがいた。

「……どうしたの？　そんな怖い顔して」

　胴を着け終えた河合が、あたしの顔を覗き込む。口元に、微《かす》かな笑みを浮かべて。

「いや、別に。なんでもないっす」

「分かった。西荻さんのこと、考えてたんでしょう」

　くそっ。どうしてこの女は、いつも人の心を見透かしたようなことばかりいうんだ。

　大体なんなんだ、あんたのその顔は。唇だけくっきり赤くて、肌なんて、さらっさらで真っ白で。まさか、これから試合だというのに、化粧なんぞしているのではあるまいな。

「出ていった人間のことなんか、考えたって仕方ないでしょう」

「そんなことないわ。離れても想い合う心……素敵じゃない」

あっちは、すっかり忘れてるかもしれないんだぞ。

「河合サン、からかってるんすか」

「やあね。からかってなんてないわよ。羨《うらや》ましいなって、そう思ってるだけ……ほんとよ」

なぁーにが。羨ましいものか。


関東大会の県予選というのは、とにかく参加者が多くて辟易《へきえき》する。一回戦から六回戦まであって、そのあとにようやく準々決勝、準決勝、決勝となる。河合と上原は一回戦がシードになっているからいいが、あたしと平田は最初から。合計九回も勝たないと優勝できない勘定になる。

「香織先輩。がんばってくださいね」

田原にたすきを結わいてもらって、いざ出陣。

一回戦は白。白は、西荻の色——。

あー、また余計なことを考えてしまった。

「……いってくる」

「いってらっしゃい」

あたしの一回戦は第四試合場。その脇っちょにできた、選手の列の最後に並ぶ。やがて、大会スタッフが確認に訪れる。東松学園の磯山さんですね。はい、そうです。そのまま消化されていく試合を眺めていると、ベルトコンベアー式に、自然と前に押し出されていく。

ようやくあたしの番がきた。対戦相手は、まあそこら辺の高校の、よく知らない選手だ。

前の試合の選手とすれ違い、枠内に入り、礼。それから開始線まで進んで、蹲踞《そんきょ》。ゆっくりと、剣先を相手の喉元に向ける。

「始めッ」

立つ、と同時に気勢をあげる。内に溜め込んだ闘志を、この咆哮《ほうこう》と共に、相手にぶつける。

「ショアァァーッ」

だが、熱くなって突っ込んでいってはいけない。まずは観る。武蔵がいうところの、観の目を強くし、見の目を弱くする、である。相手の竹刀や足という部分部分を見るのではなく、一歩引いた視点から、目に見える動きだけでなく、相手が放つ気も含めて、全体を観るのである。

中段で、小刻みに上下する、白い剣先。あたしは逆に、ぴたりと止めたまま動かさずにおく。右に左に、竹刀の物打《ものうち》辺りで遊ばれても、決して心は動かさない。動かさず、それでいてどこにもつけない。いつでも動ける。でも動かされない。そういう心で、相対する。

相手も気勢をあげる。だが攻めてはこない。観えていないのだ。相手にはあたしの気が、観えていない。ならば――。

「カテェェエーアッ」

予備動作を最小限にして踏み込む。剣先を下から回して、刺すように打ち込む。

「コテありッ」

まずは一本。再び開始線に戻る。

相手は首を傾げている。分からないのだろう。なぜ自分が今、コテを取られたのか。

「二本目ェ」

ならば、分からせてやる。なぜお前が負けるのか。

今度は積極的に動いてみせる。右回り。相手の左側に回るように、それでいてこっちは、常に相手に正面を向け続ける。

いいか。お前は今、あたしの動きを追っている。あたしの実体を、目で見て追いかけている。でもあたしは、観ている。それと同時に、お前の心を読んでいる。正面を向かなきゃ、中心をとらなきゃと、焦《あせ》るお前の気持ちが目で見るより確かに、あたしには読める。

お前にあたしの心が読めないのは、それは、あたしが読ませないからだ。お前の誘いには乗らず、あたしの誘いに、お前を乗せているからだ。

もう、頃合いだろう。

止まらず、これまでの動きのまま、踏み込む。

警戒心、猜疑心、恐怖心。そんな諸々《もろもろ》が、自身すら意識せぬまに、防御の姿勢をとらせる。

その、浮いた手元に、

「カテアァァァーッ」

今一度打ち込む。

瞬時に白旗が二本上がる。斜め後ろを見ると、もう一本もちゃんと上がっていた。

「勝負あり」

一回戦、突破。

まあ、最近はこんな感じだ。

「いやー、やっぱ香織先輩のコテ、キレてますねェ。今の試合なんて竹刀振ったの、あの二回だけだったんじゃないっすか？」

田原、それはいくらなんでもいいすぎだ。フェイントは、動きながら何度か見せていたよ。

「平田サンとか、どう。ちゃんと勝ってんの」

「ああ、ちょっと待ってくださいね」

早速、田原がメールを確認。

「ええ、はい。一回戦は勝ったみたいです。もうすぐ河合さんの試合みたいです……あたしも、香織先輩の結果打っとこう」

こう試合数が多いと、試合場によってはやたらと早く進んだり、逆にえらく遅くなったりしがちである。

「河合サン、試合場どこ」

「第八です」

なんだ。すぐ隣じゃないか。ああ、あそこにいるわ。また竹刀の点検してる。あの人、ものすっごい竹刀のささくれを気にするんだよな。ちょっとくらい大丈夫だっつーの。

とりあえず、面《めん》だけはずしとくか。

「田原、見にいこう」

「はい」

竹刀と小手《こて》、面は、田原が持ってくれた。あたしは人込みを掻き分け、ひたすら第八試合場へと歩を進めた。

結果からいえば、東松女子剣道部の四人は特に危ない場面もなく、四回戦までは順調に駒を進めてきた。

小柴が、いったんみんなを試合場の外に集める。

「……この辺りから、徐々に厳しくなってくるからな。特に、平田。次にお前が当たるのは、葵《あおい》商業の庄司《しょうじ》だ。去年の団体戦で村浜とやった、あのでっかい選手だ」

葵商業とは二月半ばに練習試合をしている。確かに庄司って選手はでかいし、最近は動きにキレも出てきている。侮《あなど》れない相手であるのは間違いない。

「でも下がらずにいけよ。下がったら乗られて、打たれるからな」

「はい」

「上原。お前はちょっと突っ込みすぎ。打ち急ぎ、打ち損じが多い。間合いを切ったら、ひと呼吸入れるくらいでちょうどいい」

「はい」

「河合は」

あたしが見た限りでは、いい感じだったと思うが。

「……無理はしなくていいが、決められると思ったら、一本取っててもちゃんといけよ。捌《さば》いてるつもりでも、体力は使ってるんだからな」

「はい」

まあ、長丁場だからな。

「それと……磯山か」

か、ってなんだ。か、って。

「お前は、人の試合見てるとき、ヨッシャーとか、いけそこだ、とかうるさい。みっともないからやめてくれ」

原則、剣道の試合の応援は拍手のみ、である。

「はい……すんませぇん」

でも、小柴さんよ。あたしだって一応、試合に出てんだよ。なんかもっとこう、気の利いたアドバイスはないのか？


小柴の忠告も虚しく、平田は葵商業の庄司に二本負けし、五回戦で散った。続く六回戦では上原が、海老名《えびな》東高の山田《やまだ》という選手に、やはり二本負けを喫した。しかも大会プログラムを見ると、山田選手の下の名前は、華子《はなこ》。俄然、顔を見てやりたくなった。

願えば叶う、とはちと違うかもしれないが、あたしはその山田華子選手と、準決勝で戦うことになった。一方河合はというと、彼女も順調に勝ち上がってきており、次の相手はなんと、葵商業の庄司になった。なんとも、因縁めいた組み合わせである。

だが、試合自体は、

「メンあり……勝負あり」

あたしがあっさり二本勝ち。そして、

「ドウあり……勝負あり」

河合は多少苦戦していたが、一対一で迎えた延長戦。三分を過ぎたところで見事、抜きドウを決めた。河合らしい、耐えに耐えた末に放った、会心の一撃であった。

というわけで、

《第二試合場で行います、決勝戦の組み合わせを、発表いたします。……赤、東松学園、磯山選手。白、同じく東松学園、河合選手》

場内アナウンスの通り、同門対決と相なった。

会場全体からの大きな拍手。負けて帰った人もけっこういるし、妬《ねた》み嫉《そね》みもだいぶ混じっている気はしたが、まあいい。この決勝はあたしたちのものだ。東松学園の試合だ。

「始めッ」

河合サン。あたしは、あんたの剣道、嫌いじゃないし、ある面では尊敬もしてるよ。部長としても、しっかりやってくれてると思う。

でも、勝負は別だから。

「ドォォーアッ」

ちっ、捌かれた。

返しでメンがくる。でも近い。怖い太刀筋《たちすじ》じゃない。

間合いを切って、仕切り直し。

だが意外にも、河合の方から、すっ、すっ、と中に入ってくる。

さすがにこれまでの相手とは、読み合いの厳しさが違う。力量も確かにあるだろうが、それよりも互いの手の内を知り尽くしていることの方が、むしろ大きい気がする。

「ツキッ」

おっと危ない。そうきたか。鍔元で捌いて、でも動かないとコテを打たれる気がしたので、あえて鍔迫《ぜ》り合《あ》いに持ち込んだ。

やるじゃない、河合サン。今のあんた、すごく怖いよ。ゾクゾクする。

引きメン、ははずれた。すぐ追っかけてくる。メンがくる。抜きドウいけるか。いや駄目だ、間に合わない。前に出られない。押し出されて反則にされるのは嫌なので、右に回って中央に戻る。ちょうど河合も下がったんで、間合いが切れる。

また、すっ、すっ、と入ってくる。ちょっと、西荻の動きを思い出した。あの、上体をまったく動かさない、独特の水平移動。

あいつ今頃、何やってんだろうな――。

本日は現地解散。あたしは帰り道、いつものように田原とマックに寄ることにした。

「……でも、珍しいっすね。香織先輩が、あんなピンチに遭うなんて。さすが河合部長っすね」

確かに。今日の決勝戦は危なかった。

横浜市民秋季剣道大会を髣髴《ほうふつ》させるような、真正面からのメンでまず、あたしが一本奪われた。以後は終始後手に回る展開が続いたが、なんとか終了間際にドウを叩き込んで延長に持ち込んだ。

それでもすぐにはペースを取り戻せず、足と手がバラバラのまま時間だけが過ぎていった。

西荻幻想。明らかな動揺と、苦手意識。あたしにとり憑いた奴の幻影は、魔物というよりは厄病神《やくびょうがみ》のそれに近い。

しかし、四分くらい経った頃だろうか。河合の竹刀の振りが目に見えて鈍くなってきた。あたしも疲れてはいたが、河合のそれは、試合が長引いての疲労とは違うように感じられた。

どうしたのだろう。そんなふうに思いながら打ち込んだコテメン。だがそれで、河合はぽろりと竹刀を落とした。これで反則一回。

どうした、らしくないぞ――。

再開し、まずあたしがメンを打ち込んだ。だが捌かれて鍔迫り合い。しかしそこでも、河合の押しは弱かった。

こいつ、下がるな――。

そう感じた瞬間、あたしが後ろに跳んだ。

跳びながら、引きゴテ。左側にいた副審が赤を上げるのが見えた。だがそのときも、河合は竹刀を落とした。

判定は合議に持ち込まれた。

結果、河合の反則二回による、あたしの一本勝ち。神奈川県予選一位通過、関東大会個人戦、初出場決定――。

なんともすっきりしない結果だったが、理由はすぐに分かった。

河合は、葵商業の庄司と戦った準決勝で強烈なコテを喰らい、右手首を故障していたのだ。そこにあたしがまた何度もコテを入れたもんだから、とうとう竹刀を握ることもできなくなった、ということのようだった。

「まあ……トーナメントって形式に救われたよ。あたしも、まだまだ甘いな」

久々の個人優勝だというのに、なんとも後味が悪い。

と、そんなことを思いながら窓の外を見ていたら。

「……ん？」

紺のブレザー姿の、同い年くらいの男子学生が、怯《おび》えた目つきで後ろを振り返りながら、店の前を通り過ぎていくのが目に留まった。

あれ。今の、清水《しみず》じゃないか？　保土ヶ谷二中の剣道部で一緒だった、ヘタレで糞握りで優柔不断で、中学で剣道をやめた根性なしで、さっぱり女子にもモテなかった、いつも半分引っくり返ったような声で喋る、あの清水ではないか？

しかも、相変わらずの挙動不審ぶり。なんでそんなに後ろばかり気にしているんだ。転ぶぞ。人にぶつかるぞ。

だが、原因はすぐに分かった。

同じブレザーを着た三人組が、清水の向かった方を睨みながら、店の前を通り過ぎていく。ぼさぼさの茶髪が一人、長い金髪を後ろで括《くく》ったのが一人、眉の薄い五分刈りが一人。

はっはぁ。さては奴、何か悶着《もんちゃく》を起こしたな。

「……田原。あと片づけ、頼む」

あたしは立ち上がり、竹刀袋を担ぎ、駆け足で店を出た。

いったんは見失ったが、方角としては清水の家の方だろうと思い、そのように進んでいくと、案の定だった。

踏み切りを渡って、今井川の拡幅工事をやっている現場のすぐ脇。すでに用地買収もすんで、空き家だらけになっている一画。その中心を、真っ直ぐに貫く路地。そこに街灯はなく、むろん家々に明かりもない。朽ちかけた平屋が暗く佇《たたず》む、ちょっとしたゴーストタウン。だが、一本向こうを走る国道から射し込む街灯と月の明かりで、大体の状況は分かった。

路地を十メートルほど入った辺り。左側のブロック塀に押しつけられているのが清水で、奴を囲んでいるのが、たぶん追いかけていった三人組だ。

「……っていったろうがテメェ」

一人が清水の腹を殴る。たぶん、ぼさぼさの茶髪野郎だ。ぽてっ、とこもった音が聞こえた。

「うぐぇ……ごめ……なさ……ごめんな、さい」

「謝ってすんだら刑務所いらねえんだよッ」

警察の間違いだろ、と思ったがまあいい。

「いつ払えんだよォ、ノリオ」

そういえば清水って、ノリオって名前だったたな。うんうん。

「む……無理だよ、そんな……万円なんて」

金の話なんだろうが、肝心の、金額のところが聞きとれなかった。

「お前が払わねえのが、無理だっつんだよッ」

うーむ。事情はよく分からないが、でも、見ちゃったからな。それに、あんなんでも、もと剣道部の同輩だからな。武士の情け。助け舟でも出してやるか。

「……おォーい、しーみずー」

あたしの声に、一番手前の奴が反応した。五分刈りだ。続いて清水と、あとの二人も。

「なァーんか大変そーだなァ。助けてやろうかァー」

普通に歩いて距離を詰める。手前の五分刈りが、女か、とか、女だぜ、とか、そんなことをいった。

「い……磯山ッ」

脱兎《だっと》の如く、とはこのことだろう。清水は五分刈りと塀の間をすり抜けて、いきなりこっちにダッシュで向かってきた。なんだ。こういうときの判断は早いじゃないか。

「あっ、待てコラッ」

すぐさま、連中も縦に並んで追ってくる。しかも、そこそこの全力疾走だ。

あたしは竹刀袋を肩から下ろし、左手に持った。

目の前までできた清水に、すれ違いざま、

「持っとけ」

手渡す。受け取った清水は、そのまま背後に走り去った。

「……あんだァ、このブスは」

先頭を走ってきた五分刈りが、あたしの二メートル手前で歩をゆるめる。その刹那《せつな》、

「シタッ」

あたしは両手で守りを固め、体当たりの要領で、思いきりぶちかました。

腰、踏み込み、申し分なし。真後ろに体を崩した五分刈りは続く金髪野郎に寄りかかり、二人は揃って尻餅をついた。

残るは茶髪、ただ一人。

あたしは止まらず、そのまま刺しメンの形で右掌底《しょうてい》を繰り出した。顔面ど真ん中を狙ったが、ややはずれて左目の下に当たった。メシ、と頬骨の軋む音を掌で聞いた。

白目を剝《む》いた茶髪が、ゆっくりと真下に崩れていく。

「逃げるぞ清水ッ」

踵を返し、今度はあたしが全力疾走した。

でも、あれ？　清水、どこにもいないじゃん。

駅まで戻って走るのをやめた頃、ようやく、どこからともなく清水が現われた。たぶ

んどこかに隠れていて、あたしのあとに三人組がいないことを確かめた上で、声をかけてきたのだろう。

「……助かったよぉ、磯山選手ぅ」

半泣き状態で竹刀袋を差し出す。子狐のような情けない顔つきは、中学の頃からまったく変わっていない。

「お前、そんだけ逃げ足速いんだったら、最初からさっさと逃げりゃよかったろうが」

「いやぁ、あっちは三人すからね。なかなか……そうもいかないんすよ」

あたしは竹刀袋を受けとり、肩にかけた。

しかし。いまさら繰り返していいたくはないが、ここまでくると、さすがにいわずにはおれない。

「……まったく。情けない奴だなぁ」

それでも清水は「えへへ」と笑ってみせた。助けたことを、いくぶん後悔する瞬間だった。

「しかし、あれっすね。磯山選手は、剣道だけじゃなくて、喧嘩も強いんすね」

なんだ。一応、成り行きは見ていたのか。

「当たり前だろう。剣道より、喧嘩の方が数段簡単だ」

「えっ、そうなんすか」

馬鹿かこいつ。

「あのなぁ、お前少しは、考えてからものを喋れ。じゃあ訊くが、剣道で使っていい竹刀は何本だ？」

「えっ、そりゃ、一本、でしょう。高校までは」

「じゃあ、喧嘩で使っていい手の数は？」

「手？　あ……右と左、ってこと？　二本？」

そうだよ。それとも何か、お前にはまだ他にも隠している手があるのか。

「……分かったろ。つまり、そういうことだよ」

「え？　そういうことって？」

あー、苛々する。

「だからァ、竹刀を一本しか使っちゃいけない剣道より、右も左も使っていい喧嘩の方が、自由度が高くて簡単だろうといってるんだ。場合によっちゃ蹴ったって頭突きしたっていい。何やったって勝ちゃいいんだから。その方が簡単に決まってんだろうが」

「……はあ」

キサマ。人がこんだけ丁寧に説明してやってんのに、はあ、はないだろう。はあ、は。なんでこんな、簡単な理屈が分からんかな。

4　そんな無茶な

帰り支度を整えた黒岩さんが、後ろから顔を覗《のぞ》かせる。

「今日はとりあえず、全体稽古やけんね」

始業式の日から部活？　と思ったけど、まあ、郷に入っては郷に従え。サボって帰るわけにもいかない。

「うん、分かった……」

というわけで、黒岩さんと一緒に教室を出た。

ちなみに、私たちのクラスはＪ組。一学年十二組あるうちの、後ろから三番目。通称、部活一組。四十六人いるクラスメイト全員が、スポーツ推薦で入学してきた生徒なのだという。Ｋ組とＬ組も同じ。だから、部活二組、部活三組、って呼ばれてるらしい。

そうか、だからだ。いくら九州だからって、あんなに男子がゴッいのばっかりって、変だなって思ったんだ。みんな野球とかサッカーとか柔道とか、何かしらスポーツをやってる人たちなんだ。っていうか、そういうことは普通、事前に先生が説明してくれるもんだと思うけど。なんか、あんまり親切じゃないな。この学校。

っていうか、とりあえず全体稽古って、どういう意味？

「ほら、急ご」

「あぁ……うん」

大勢の生徒の流れに混じって、私たちも階段を下り始める。

「……ねえ、全体稽古って、なに？　全体じゃない稽古っていうのも、あるの？」

黒岩さんは、綺麗な形の眉をひょいと吊り上げ、目で笑った。

「聞いとらんと？　うち、女子だけでも部員が五十人以上おるから、普段は三つのグループに分かれて稽古しよーとよ」

五十人以上って、東松の、ほとんど四倍だ。

「それが、一班、二班、三班に分かれて稽古しよーと。一班は第一道場、二班は第二道場、うちら三班は小道場。今朝いった、あの一番ボロかとこ……でも今日は、総合武道場での全体稽古やけん。そんなにキツくはなかと。班別稽古の方が、内容はキツかね。ちなみに一班が強くて、三班が弱いとかいうことじゃなかよ。あくまでも、担当顧問の育成方針と、選手それぞれの特性の問題やけんね。まあ、分かりやすくいえば、攻めの一班、守りの二班、革新の三班、ってとこかいな」

そんなこと、全然聞かされてないし。

やっぱり不親切だな。この学校。

いったん小道場に寄って、置かせてもらってた防具一式を持って、それから総合武道場に向かった。

総合武道場というのは、まさに総合で、大きな柔道場、剣道場、ボクシング部のジム、それから、トレーニングルームなんかが集まった、一大格闘スポーツ施設なのだった。

「ねえ、なんで毎日、ここで稽古しないの？」

女子用の更衣室も、けっこう広くて快適なのに。

道着に着替えた黒岩さんが、垂《たれ》を着けながらこっちを向く。

「……他の日は、男子剣道部が二日、空手が一日、あと週末は、たいがいどっかの部が練習試合で使うけん、女子剣道部は、週に二回しか使わせてもらえんとよ」

「そっか……けっこう、厳しいのね」

そうこうしてるうちにも、続々と剣道部員と思われる女子が更衣室に入ってくる。最初、私は一人ひとりに挨拶しようと思って構えてたんだけど、でも誰も、私になんて目もくれなかった。声をかけるタイミングもつかめない。なんか、あんまり居心地好くない感じ。

そんなこんなしてたら、ふいに黒岩さんが「そうだ」って、防具袋のポケットから何やら取り出した。

「これ、ちょうどできとったけん、使うて」

「ん？……あ、ありがとう」

彼女が差し出したのは、垂に付けるネームゼッケンだった。学校が作ってくれたのだろう。ちゃんと黒岩さんのと同じ字体で「福岡南」と入っている。

でも、駄目だ。名字が「河本」になっている。

「うーん、困ったな……私の名字、この字じゃなくて、甲乙のコウの、甲本なんだ」

「あっ、ほんとだ。これじゃあ使えんねぇ」

とはいえ、こんなこと、黒岩さんにいっても仕方がない。

「うん、いいや。自分で直すから」

「え、あんた、自分で縫えると？」

まさか。

「縫わないよぉ。武道具屋さんに持ってって、作り直してもらうよ。博多の方にいけば、けっこうあるでしょ？　そういうお店も」

黒岩さんは眉をひそめて、小さく頭を下げた。

「ごめんな……じゃあ今日だけ、我慢して使うて」

「うん、そうする。ありがとう」

よかった。やっぱり黒岩さん、私には優しい。

準備運動等は各自ですませて、四時四十分に全員集合。

「神前に、拝礼……先生に、礼」

「よろしくお願いしますッ」

さすがに五十人以上いると、挨拶にも迫力がある。二列に並んだ部員の向こうにいるのは、城之内先生と、他三人。一人、無精ひげを生やした人がいる。垂には「吉野」と書いてある。隣にいるのは、もっとスポーティな感じの男の人。名前は、ごちゃごちゃしててここからでは読めない。最後の一人は女性だ。あらら。よく見たら、J組担任の福田貴子先生だ。

そんでもって、道場いっぱいに広がったら、いきなり素振りがスタート。

なんとかなんとかメーン、五十ぽーん。ハイーッ。

よく聞きとれなかったけど、どうせ前進後退メンだろう、と思ってたら、全然違った。イチ、で一歩踏み込んでそのまま腰を深く落として、なに？　お尻に当たるまで大きく振りかぶって。次のイチニッサン、で立ち上がりながら、メンか。でまたイチニッサン、で戻る。なんだこりゃ。次はなに、左足を出すの？　あらそうなの。

見よう見真似でやってみる。

イチ。イチニッサン。イチニッサン。ああ、これけっこうキツい。こういう動き、あんまりやったことないから、あときっとお尻が痛くなると思う。

それが終わったら、右にぐるっ、左にぐるっ、て回してから振るメンを、やはり五十本。これも名前は分からず。

その次に、ようやく正面打ち、百本。前進後退メン、百本。そしたら次は、また知らないのが始まった。

早素振りなんだけど、なんかリズムが違う。どうやってんのかなと思ったら、右足を出してメン、左足を出してメン、を素早く繰り返してるんだった。これも百本。そのあとは、一本一本止める早素振り、百本。最後にようやく、普通の早素振り。いや、まだ最後じゃなかった。左右メンの早素振りもあった。

素振りだけでも、けっこういろいろ、バリエーションがあるようです。

「面つけェーッ」

「ハイッ」

これは稽古になったら、さぞかしまた戸惑うんだろうな、と思いきや、集められて、何やら説明が始まった。

話をするのは城之内先生だ。

「今日は月例の一分査定をする。審判は試合が終わった者が交代で。おかしな裁定は、三年生が責任を持って訂正してやってくれ。各班のマネージャーは本数を記録。一巡したら組み替えて。五時五十分まで」

「ハイッ、よろしくお願いしますッ」

ああ。またタイミングつかめなくて、いいそびれた。

「甲本さん、ほら早く」

「うん……」

黒岩さんに引っ張られながら、道場の真ん中の方にいき、列に並ぶ。なんでここなのかは、私には分からない。

「お願いしますッ」

「始めッ」

何年生かは分からないけど、先頭の人同士でいきなり試合開始。双方共に、激しく技を出し合う。で、それを今は貴子先生が見ながら、何やら手にしたファイルに書き込んでいる。そういえば、査定っていってたもんね。こういうことか。この結果によって、班分けが再編されたりするのかな。

「メンあり……始め」

ちなみにこれは、何本勝負とかは決まっていないようだった。一分の間に取れるだけ取る。そういう勝負のようだ。

「コテあり……始め」

この組み合わせ、かなり力量差があるらしく、向こうの選手が二本取って終わりになった。

そのあと三、四試合あって、いよいよ黒岩さんの番になった。相手は堀《ほり》さんて人だ。

「始めッ」

黒岩さん、どんな試合するのかな、やっぱりガンガンいくのかな、なんて思ってたけど、違った。すっと下がった黒岩さんは、いったんお辞儀をしてから、両手を大きく上げた。

これは、諸手《もろて》左上段——。

中段とは反対に、左足を前に出して、竹刀は頭の上で斜めに構える。両肘《ひじ》は大きく開く感じ。ようは、最初から振りかぶってる状態。だから、相手が間合いに入ってきたらすぐ打てる。諸手左上段とは、そういう攻撃重視のスタイルだ。

東松には、上段をやる人なんて一人もいなかった。大会でたまに見るくらいはあったけど、私はこれまで、試合でも一度も当たったことがなかった。

そっか。黒岩さん、背も高いし。上段向きかも。

ハイトーンの鋭い気勢。互いに間合いを詰め合うけれど、どうなんだろう。私だったら、どれくらい近づいていいのか分かんなくなりそうだ。

対する堀さんは中段よりやや高く構え、竹刀を右に左に、刃を寝かせるように動かしながら近づいていく。そうか。上段の相手に対しては、右小手だけじゃなくて、左小手も有効打突《だとつ》部位になるんだった。堀さんが今やってるのは、コテは右も左も打てますよ、っていうモーションなんだ。たぶん。

「ハァッ、メンヤッ」

黒岩さんの竹刀が、大きくしなりながら打ち下ろされる。左の片手打ちなのに、ものすっごい速い。

でも、堀さんも慌ててない。捌いてすぐドウで返した、かと思いきや、

「ンメヤッ」

くるっと回って、竹刀を逆さまにして受けた黒岩さんが、今度は諸手で持ち直して、瞬時に打ち込んだ。

「メンあり」

黒岩さん、上手い。しかも動きが、なんか変則的。竹刀捌きがやけに曲線的で、刀っていうよりは、むしろ鞭《むち》みたいに見える。

再開して、また上段から何本か打ち込む。なかなか決まらないけど、でも私には面白かった。特に、片手で打ったあとの動きが面白い。避け方が、なんというか独創的だ。

そんなこんなで、一分はすぐに終わってしまった。結果は、黒岩さんの一本勝ち。

礼をした彼女は、そのまま審判として試合場に残った。

さあ。次はいよいよ、私の番です。

お相手は笹岡《ささおか》さん。背も、ちょうど私と同じくらいの人。

「お願いします」

まあ、私は私。東松で学んできたことを、作り上げてきたものを出すだけ。できるだけ長く構えて、相手の部分部分じゃなくて、全体を見ながら、空気を読むように——、

「エヤッ、テェェーアッ」

なんて、悠長に構えてる暇はなかった。まず竹刀を払われてコテがきた。左に回りながら捌く。相手に中心を向けながら、剣先は喉元から逸らさず。

笹岡さんが続けて打ち込んでくる。メン、メン、引きメン、コテメン。

でも、うん。分かる。けっこう見える。

笹岡さんの気勢はわりと野太い。私のは、ハァーッて感じで、前は笛みたいで力が抜けるって、よく馬鹿にされた。でもいいんだ。この声の方が、私は気合いが入るんだから。

次きたら、そろそろ返そう。

「ヤッ」

メンッ、で手元を浮かせて、

「ドォォォーッ」

お、今の入ったんじゃない？　駄目？　あら駄目ですか。

間合いが切れた。詰め直して、次は——。

「やめ……引き分け」

うん。でもわたし的には、けっこう満足。いい感じで動けた。

何回かシャッフルもして、結局夜の七時くらいまで一分試合は続けられたけど、でもそれでいきなり班が再編されるわけではなく、今日のデータはあくまでも監督側の、指導やチーム編成をする際の参考資料として使われるということだった。ちなみに一班の担当顧問は、あの、わりとスポーツマンタイプの、漆原《うるしばら》先生。二班が貴子先生。で、私が入る三班の顧問が、残念ながら、あの無精ひげの吉野《よしの》先生ということだった。城之内先生は直接は班を持たない、全体の監督らしい。なんかそんなことを、黒岩さんはいってた。

そして翌日。迎えた、初の班別稽古の日。

「甲本さん。稽古始まる前に、吉野先生に挨拶、いっといた方がよかよ。一応そういうの、うるさい人やけん」

「うん、分かった。いっとく」

私は黒岩さんの忠告に従い、稽古前に、師範準備室を訪ねることにした。小道場の左奥。神棚の向こうにあるドアがそれだ。

軽くノック。

「失礼します。二年J組の、甲本です」

「おお……入れぇ」

お辞儀の姿勢でドアを開けた、その途端だ。何かが、ぷーんと臭ってきた。防具とか、剣道ちっくな臭いじゃない。お酒だ。日本酒とか焼酎とか、なんかそういう臭いだ。

でも、我慢して中に入る。

師範準備室は、そんなに広い部屋ではなかった。六畳とかそれくらいのスペースに、ロッカーと、スチール棚と、ソファセットが置いてあるだけ。明かりは点《つ》いていない。窓が北向きなんだろうか。夕陽もここには射してこない。

吉野先生は、テーブル横のソファに寝転んでいた。

「……二年、J組の、甲本です」

「それはいま聞いたから、分かっとーよ」

よいこらしょ、と起き上がる。ぼさぼさの髪に、やっぱり無精ひげ。着てるのはグレーのジャージの上下。武道家というよりは、どっちかっていうと、浪人《ろうにん》。いや、大学に落ちた浪人じゃなくて、江戸時代とかの、就職先がない武士って意味の、あの浪人。

「今日から、三班で、お世話になります……甲本、早苗です」

頭を下げてもリアクションなし。どんよりと濁った目で、じっとこっちを見てるだけ。ここが学校じゃなかったら、近所でこんな人を見かけたら私、警察に通報しちゃうかも。

「よろしく、お願いします……失礼します」

それだけでいこうと思ったら、げふっ、と臭そうな息を吐く。やだな、もう。

「……待てぇ」

ようやくリアクションあり。肩でも凝ったのか、ぐりぐり首を回し始める。まさか、揉めとかいうんじゃないでしょうね。

「……甲本。なんやァ、お前の、そん顔は」

え？　何いきなり。

「臭うとか。俺ん部屋が、臭かとか」

ちょっと、何いってるの、この人。酔っ払い？　生徒に絡んでるの？

「い、いえ……別に」

「うそつけェ。ドア開けた瞬間、顔ば、こげんにしよったやろうがァ」

鼻筋に皺《しわ》を寄せて、いかにも臭そうな顔をする。さすがに、そこまで汚い顔はしなかったと思いますけど。

「……すみません」

「酔っ払いかァ思って舐《な》めとったら、承知せんぞコラ」

「……別に、そんなこと、思ってません」

「思っとーやろうがァ。でもなァ、こんな酔っ払いでも、お前よりは強かとばい。なんや……昨日の査定での、お前の試合は。避けるばっかで……情けなかねぇ」

強かと、って、あなた大人でしょ。男でしょ。女子高生と張り合おうとしないでよ。

「それから、その、名前な」

「……はい？」

「字が、いけん。漢字が、よくなかね」

ハァ？

「……あ、それ、って……え？」

「お前のォ、名字のォ、漢字がァ、よくないィゆうとーよ」

「え……よく、ないって……何が、ですか」

「だからァ、漢字がよくないィゆうとーやろうが。お前のコウモトの、コウの字は、どういう意味ばい」

「どういうって……甲羅の、コウとか、甲乙の、コウとか」

「ちがァァァーう。俺は今、剣道の話ばしようとやろうが」

えっ、分かんない。なに？　なに？

「剣道の話ばしとるときに、コウといったら、コテのコウに決まっとろうがッ」

確かに、コテは「甲手」とも書くけど。

「はぁ……でも、それが、何か」

「何かやなか。つまりお前の名前は、甲手の元っちゅう意味やろうが。それは、まんま……ここ」

自分の右手首を叩く。

「コテを打ってくださいと、そう相手に、ゆうとるのと同じやろうがッ」

「そんな……」

全ッ然、違うと思いますけど。

「何が、そんなぁや。……ばってん、俺が気ぃば利かして、お前のゼッケンを、カワの字のコウモトで、注文しといたけんね。甲手の甲本より、だいぶ見栄えばよかったやろうが」

じゃあ、あのゼッケンの字って、ミスじゃなくて、わざと――。

なんで？　なんで私、転入早々、こんな仕打ちを受けなきゃなんないの？

「先生……それって、あんまりじゃ」

「何があんまりや。名前を取り返したかったら、次の月例査定までお前は、誰にもコテを取らせるな。むろん、打ち込み稽古は別にして、だが互角稽古でも、練習試合でも、誰にも、コテば打たせたらいけんばい」

そんな無茶な。

「それができんようなら、お前は、この三班にいる間は、ずーっとカワの字の河本ばい。

よかね」

そんなの、よかはずなかばい。

5 忠義心

関東大会団体戦のメンバーは、すでに決定している。

先鋒、あたし。次鋒《じほう》、三年の平田。中堅《ちゅうけん》、二年の久野。副将、三年の上原。大将、河合部長。

「でもぉ、香織先輩は、一年ときからチームに入ってたんですよねぇ」

「うん、入ってたよ」

強かったからな。ちなみに今は稽古中。私語はほどほどにしろ。

「なんであたしは、入れなかったんでしょうねぇ」

馬鹿か、お前。

「そんなの、実力が足りないからに決まってるだろう」

「えー、あたし、けっこう強いじゃないですか」

自分でいうな、自分で。

「そんなの、いまさら文句いったってしょうがないだろ。そんなこというくらいなら、査定試合で勝てばよかったんだよ……コラ高橋ィ、下がるなァ」

「でもあたし、久野さんには勝ちましたよ」

しつこいな、こいつ。

「その代わり、田村とか他のやつには負けただろ。現有メンバーに一回勝ったくらいじゃ、チームには入れないんだ」

そんなことも分からないのか、と思ったが、よく考えたら無理もないかもしれない。この田原や西荻のいた東松中学女子剣道部は文字通りの弱小で、団体戦のメンバーなんて、五人揃ってれば御の字みたいな部だった。

そこにわざわざ出稽古にいって、高校剣道部で通用するように育てたい、ついてはそれに付き合ってくれと西荻からいわれたときは、さすがのあたしも呆れて二の句が継げなかった。いや、ほんとは散々文句をいったのだが、奴は市民大会での勝ちを理由に、あたしを黙らせた。結局半年もの間、休み返上で中学剣道部に通わされる破目になった。

だから、田原。お前が強くなったのは、お前一人の力じゃないんだ。あたしや西荻が心血を注いで、お前たちの稽古に付き合った結果なんだ。そこのところをお前は、もっと胆に銘じて——。

「あたしも、やっぱ竹刀、小判にしよっかなぁ」

だから、そういう小手先の問題じゃないんだってば。

顧問の小柴が笛を吹く。一回みんなを集める。

「ええと……じゃあ団体戦用の、変則メニューをやる。チームは上手、その他は全員下手。チーム側が一本取ったら……いや、どっちが取っても、下手側は選手交代にしよう。取れなくても、一分経ったら交代。分かったか」

ようするに、試合ではどんな選手と当たるか分からないから、相手の戦い方が変わったり、一本取ったり取られたりしたとき、さっとこっちも気持ちを切り替えられるように、という、そういう稽古なわけだ。

分かってますよ。去年もやりましたから。

さらにあたしは最近、無駄打ちをするなと小柴にしつこくいわれている。なるべく連続技は使うな。できる限り、一発で決められる戦いを心掛けろ。一撃必殺。そういう打ちどころをつかめ。

先生よ。そりゃ、あたしだってできるときは、そうしますよ。でもね、展開によっちゃ――。ああ、はいはい。すんませんでした。文句いうのは、やってからにしろってね。後輩の前で、みっともない口答えはするなってね。そうでしたそうでした。

へえへえ。

なんだかんだあたし、小柴の指導に慣れてきてるな。

そして迎えた、五月の第二土曜日。関東大会団体戦の県予選。場所は小田原アリーナ。

「河合サン。手首、もうすっかりいいんすか」

ついこの前まではサポーターをしていたが。

「うん、もう平気。ご心配おかけしました」

そんな、あたしに頭なんて下げなくていいっすよ。

まあ、不安要素が減るのは、なんにせよいいことだ。

東松女子は去年の関東大会優勝校というのもあり、一回戦はシード。初戦は二回戦ということになるが、かといって、決して楽観視できる状況ではなかった。

正直いって次鋒から副将までの、平田、久野、上原の三人は、どこの誰に負けてもおかしくない選手だ。だから、先鋒のあたしがまず勝って空気を作り、続く三人は最悪でも引き分けに持ち込んで、河合まで繋げる。そういう戦いをしていくしかない。

「……香織先輩って、河合部長と仲良いんですね」

ちなみにこの田原も、一応は補欠選手として登録されている。まさに去年の西荻ポジション。まあ、実力も戦い方も、まったくの別物ではあるが。もう一人の補欠は三年の東野。

「別に、良いも悪いもないよ」

田原。なぜお前が口を尖《とが》らせる。

「あたしは……完全に、香織先輩派なんですけど」

「ハァ？　なんだそりゃ」

「だから、河合部長派じゃなくて、香織先輩派ってことです」

何いってんだ、こいつ。

「ないだろ、うちには派閥とか、そんなもん」

「えー、ありますよ漠然と。しおりとかは、河合部長派ですもん」

「他は」

「は？」

「お前と佐藤の他は、どうなってんだ」

「今のところは、それだけです」

ガックシ――。笑う気にもなれない。

「……お前な、そういうの派閥っていわないんだよ。それに、そもそも派閥が作れるほど、うちは人材が潤沢じゃないんだ」

「なんですか、ジュンタクって」

アアーもう、面倒臭い奴だなァ。


四回戦までは、当初の思惑通り進んだ。

あたしが勝って、続く三人は決定打を打たせないように粘るという作戦。三回戦では上原が、四回戦では久野が土をつけられたが、最後には河合がきちっと決めてくれたので、特に問題はなかった。

しかし。こういう布陣における先鋒というのは、なんとも心臓に悪いものである。最初に勝って自分の仕事をしてしまったら、あとはずっとやることがない。せいぜい、大将の河合まで無事に繋げてくれと、いま戦っている選手の背中に念ずるくらいしかできることはない。だがこんなときでも、間違っても神や仏に祈ったりしてはいけない。仏神をたのまず、が武蔵の教え。あたしはそれを今も頑《かたく》なに守り続けている。

そう。あたしは去年辺りまで、繰り返し『五輪書《ごりんのしょ》』を読むのを日課としていた。常に兵法者たらんとし、それ以外の行動を可能な限り慎み、自らを律してきた。その一方で、団体戦なんて自分の出番が終わったらお終《しま》い。チームが勝とうが負けようが知ったことではない、と考えていた。剣道はあくまでも個人競技。複数で勝ち星を持ち合って競うものではないという認識だった。東松女子剣道部への帰属意識も、当時は非常に薄かった。

だが西荻を始め、この部の面々と時を過ごす間に、少しずつ、違う考えも芽生え始めた。

大きなきっかけとなったのは、奇《く》しくも長きにわたっていがみ合ってきた、父の言葉であった。

その言葉とは、武士道――。

「義、勇、仁、礼、誠、名誉、忠義、克己《こっき》……集約すれば、世のためを思い、他人を敬い、精進を怠らない……そういう心得にいき当たる」

悔しいが、少なからずこれには感銘を受けた。

以後、あたしは何かにつけて、武士道について考えるようになった。むろん、新渡戸稲造の『武士道』の訳本も読んでみた。

しかし――。

どうも今一つ、この『武士道』というのは、『五輪書』ほどは面白くない。のめり込めない。夢中になれない。

「武士の情け」とは力ある者の慈悲。そういう一文を見れば、なになにと思って熟読はする。武士は個人よりも公を重んじる、とあらば、なるほど親父のいっていたのと重なるものがあるな、と気づく。軍事教育において当然あるべきはずなのに、武士道の教育ではあえてはずされていたものが数学であった、なんてのを読むと、そうだよな、あたし、ちっちゃいときから算数苦手だったもんな、といたく納得する。

が、全体でいうと、品格がどうとか、道徳がなんだとか、そういう話が大半を占めている。『五輪書』みたいに、最善のかまえは中段にあると心得よ、とか、体あたりとは敵が死にそうになるまであたるものである、みたいな、戦いに関する具体的な記述はないに等しい。

　要するに『武士道』は、いくら読んでも強くなれる気がさっぱりしない本なのである。

　これは参った、と思った。

　あたしは西荻に、知ったかぶって「これからは武士道の時代だ」とかいってしまった。でも最近は、なんかちょっと違う気がしてきている。

「武士道の時代」なんて、たぶんこない。武士道とはおそらく、きたり過ぎていったりするものではない。むしろ日本人なら誰の心の中にもあって、ふとあるとき気づいたり、合点がいったりするものなのだと思う。

　そしてあたしにとっての、現時点での「武士道」とは——。

　とりあえずあたしのいる「国」あるいは「藩」である、東松高校女子剣道部に忠義を尽くすこと、なのである。

　というわけで、いよいよ準々決勝なわけだが、ここ神奈川から先にいこうとするとき、こいつらとは、必ずやどこかで戦わねばならぬ運命にあるようである。

　葵商業。

　しかも今大会では、なんとあの巨大ロボット、庄司文恵《ふみえ》が、先鋒を務めている。

「始めェェーッ」

去年は村浜に負け、この前の個人戦では平田に勝ち、河合に負けている庄司。順繰《じゅんぐ》りだとすると、次はあたしが負ける番のような気もするが、むろんそうはさせない。剣道はタッパでやるもんじゃないことを、思い知らせてやる。

「シャッ、カテェェェアッ」

ちっ、コテは上手く捌かれた。鍔迫り合い。くそ、何キロあるんだこいつ。ビクともしない。

さっぱり打てる気がしなかったので、あたしから下がった。庄司もそれに応じ、間合いが切れる。

最近の剣道界は全体に、鍔迫り合いを極力短くしていこうとする傾向にある。まあ、別にあたしは長くても短くてもかまわないが、引き技が得意な選手はつらいだろうな、とは思う。ツバゼリでくっついて、じっくりチャンスを窺《うかが》う時間が減るわけだから。

「ホエアッ、メェェエンッ」

しかし、いちいちドスドスやかましい奴だ。打ちは無駄に強いし、重たいし。応じること自体は難しくないが、何せ力が強いから、受け止めるだけでこっちは体力を消耗する。

ここはツバゼリ、と見せかけて、

「メヤッ」

引きメン、は駄目か。近かった。

いったん間合いを切るまで下がろう、と思ったが、うわうわ、追っかけてくる。壁が迫ってくる。メンで突っ込んでくる。このままじゃ轢《ひ》かれる。踏み潰される。捌くか、応じるか、逃げるか。いや、

「ドォォーアッ」

抜きドウ。あたしは左手を放さず、相手の背中まで、きっちり斬り抜いた。どうだい、審判。

「ドウあり」

ふう。ようやく取れた。

「二本目ェ」

だがまもなくブザーが鳴り、試合終了。

手堅く、またあたしは一勝を挙げた。


続く次鋒、平田は引き分け。中堅、久野も引き分け。ここまでは作戦通り。だが、よりによって副将の上原がポカをやらかした。

押し出されて場外。これで反則一回。竹刀を叩き落とされて反則二回。合わせて一本。しかもそれで動揺したか、直後に正面打ちを喰らって二本負け。最悪の結果となった。

これで勝ち数は一対一。本数は一対二。河合が分けたらチームは負け。そういう場面だ。

「始めッ」

だがそうなると、相手はあざとく引き分けを狙ってくるものである。やや右に竹刀を寝かせる、平正眼《せいがん》気味の構えで遠間を守り、なかなか河合を中に入らせない。無理に入ろうとすると嫌らしく刃を返し、コテなんぞを触ってくるので始末に負えない。

焦るな、河合——。

あたしは心でそう念じ続けた。

落ち着いて、溜めて溜めて、最後に一発、脳天にでもどてっ腹にでも、喰らわせてやればいい。

三分頃までは、そう思っていた。だがそれを過ぎると、見る側にも少なからず苛立《いらだ》ちが生じ始める。

河合も攻めてはいる。惜しい打突も何度か繰り出していた。しかし一本にはならなかった。相手の竹刀に、わずかに触られたり、寄られて残心を潰されたりもした。

あと三十秒。あと、二十秒——。

もうここまできたら、最後の一打に賭けるしかない。相手も剣士だ。最後くらいは打ち合いに乗ってくるかもしれない。

十五秒を切った。互いに遠間を保って、剣先で探り合っている。

十秒。どうした河合、もういってもいいだろう。
九、八。おい、今いかないと、今。
七、六――。
「イヤッ」

動いた。しかも相手が。

メンだ。いけるぞ河合、見えるだろ、ドウだよ。ドウいけ。応じず、そのまま抜いて斬り抜けろ、河合――。

「やめ……引き分け」

おわっ、と、これは――？


東松女子、関東大会県予選、準々決勝で敗退。

まあ、その後の五位から七位の決定リーグ戦で三勝したので、結果は五位。関東大会本戦への、神奈川県の出場枠は七つだから、連続出場の記録はかろうじて途絶えなかったが、しかし――。県予選五位では、正直嬉しくない。

さすがにこの日は、あまり勝った負けたで騒がない小柴も機嫌を損ねていた。遠征用マイクロバスの中でも、ほとんど口を利かなかった。

河合が「すみませんでした」と謝っても、

「……今日は俺、ただの運転手だから」

と素っ気ない。それでショックを受けたか、今度は上原が泣き出す始末。

学校まで帰り着いたら、防具だのなんだのの片づけ。その間は部員同士もほとんど会話なし。小柴はマイクロバスから、自分のアルなんとかって車に乗り換えてさっさとご帰宅。それを見てまた上原泣く、他の部員慰める。河合謝る、みんな慰める。その繰り返し。

片づけが終わった瞬間、また河合が何か謝り出しそうだったので、あたしが止めて「はい、かいさぁーん。お疲れっしたー」と手を叩いたら、それでほんとに解散になった。


田原と二人で保土ヶ谷駅に着いたのは、ちょうど夜の八時頃だった。

「じゃあな」

「えっ、そんな」

ちょこんと、あとに続いて電車を降りる。

「……おい、今日くらい真っ直ぐ帰れよ。あたし、マックなんか寄んないよ」

でも、田原の背後でドアは閉まる。

「分かってますよ。防具屋さんにいくんでしょう」

げげげ——。なんで知ってんだこいつ。

「お付き合いします」

「いいよ、せまいから」

「いいえ、お付き合いします。前からいきたいと思ってたんです。たつじいさんのお店」

確かに、子供の頃から世話になってる武道具店がある、あたしはそこの店主を「たつじい」と呼んでいる、という話はした。でもだからって、それに「さん」付けはないだろう。

まあ、こいつがいっても聞かないことは、ここしばらくの付き合いですでに悟っていたので、放っておくことにした。

だが、駅を出たところでさらなるトラブルが発生。

「ハァーイ、磯山選手ぅ。こんなところでお会いできるなんて、素敵な偶然じゃ、あーりませんかァ？」

清水。なんだお前の、そのダッサい私服は。紺のブレザーに、ピンクのシャツに、太い革ベルトに、色落ちしてないジーパン。なんか、洋画に出てくるモテないいくん、そのものだぞ。

「えっ、えっ、もしかして、香織先輩の、彼氏さんですか？」

田原、キサマ、何をいうか、この戯《たわ》け者がッ。

「……フザケるな。こんな、試合中に自分の袴《はかま》の裾を踏んですっ転んで、がら空きになった後頭部を叩かれて泣き出した挙句、試合を放棄して逃げ帰ってくるような糞握りが、あたしの何者かであるはずがなかろうが」

「いぇーす。それも今は、いい思い出だねぇ、磯山選手ぅ」

「あっ、待ってくださいよ、香織センパーイ」

なんなんだ。今日は仏滅か。赤口か先勝か。


苛立ちで歩幅が大きくなっていたのか、あっというまに着いてしまった。蒲生《がもう》武道具店。たつじいの店。

「……ほらな、せまいだろ。だから帰れって。清水、この子送ってってやれよ。男だろう」

「えっ、この子……強い？」

なぜキサマが、送ってもらう側の女子の強弱を気にする。

「あたし、けっこう強いですよ」

お前も、そういうことを自分でいうなといってるんだ。

「そうなの？　じゃあ、送ってっちゃおうかな」

ふん、勝手にしろ。

あたしは、相変わらず建て付けの悪いガラス引き戸を両手で開け、中に入った。

「こんばんはァ。あたし、香織ィ」

すぐに奥からたつじいが顔を出す。もう夕飯はすんでいるらしい。

「はい……ああ、いらっしゃい……おや、香織ちゃんがお友達連れとは珍しい。ということは、そっちの娘《こ》が、噂の早苗ちゃんかな」

ついにボケたか。西荻は九州に引っ越したと、何度も説明しただろうが。

「いえ、早苗先輩の後輩で、田原美緒です。よろしくお願いします」

「おお、あんたが美緒ちゃんか……ってことは」

なんとなく、全員の視線が一点に向かう。

「え、ああ、僕？……ああ、どぉも。清水です」

「ほぉ、清水くん……はて」

どうにも、落としどころの見えない展開だ。

「こいつらのことはいいから。これ、頼むよ」

竹刀袋ごと渡す。たつじいは中から傷んだのを出して、やっぱり安い竹は持ちが悪いね、前のに戻そうね、などとブツブツいった。あたしもそうだね、と適当に応じておく。

しかし、清水。

「お前、さっきから何やってんの」

壁の棚に立てられた木刀を、ぺたぺたと無遠慮に触りやがって。

「ん？　ああ……木刀って、いくらくらいするのかな、って思って」

今から日本剣道形の稽古か？　心掛けとしては悪くないが。

「その、いま僕が触ってるのは高いよ。紫黒檀《こくたん》だから」

「おいくらっすか」

おや、清水くん。意外に食い下がるね。

「九千円……でも、初心者ならその、白い方でいいんじゃない？　白樫《しらかし》。同じ長さで三千円だよ」

たつじい。確かにできなそうな佇まいはしてるけど、こいつこれでも、小学校から中学までは剣道やってたんだよ。初心者は可哀想だって。

「ああ、でも、九千円なら、これ、もらっとこうかな……こっちの方が、木、硬いんですよね？」

いらないいらない。そんな高級品、お前には必要ない。

武士道

6　梅ヶ枝餅は好きです

班別稽古で一番戸惑ったのは、その独特なフォーメーション練習の数々だった。

技を打たせる元立ち三人が、適当に距離を空けて縦に並び、技を出す習技者が、手前から順々に打ち込んでいく。一人目にメン、二人目にコテメン、三人目に何か好きな技を出す、のかと思ったらそうじゃない。最後の元立ちには、みんな何本かずつ打ち込んでいる。

分からないことが出てきたとき、黒岩さんが近くにいないと、私もう、慌てまくり。

「すみません、これの最後って、何本打ち込むんですか」

後ろにいた、関《せき》さんって人に訊いた。たぶん三年生。

「元立ちの中段を崩すか、応じるかなんかで、ちゃんと一本入るまで」

「はい、分かりました……ありがとうございました」

うう、怖い。みんな、なんかピリピリしてる。

でも、ちゃんと入ったかどうかって、誰が決めるんだろう。私？　それとも元立ち？

やってみれば、どうにかなるのかな。

「ハッ、メェェェン……コテッメェェェン……コテッ」

今の出ゴテ、駄目？　駄目か。

「……メェェン、メンッ、ドウッ」

何本かやってみたけど、入ってるっちゃあ入ってる、イマイチっちゃあイマイチ、って感じの当たりが続く。そしたらそのうち、元立ちの人が構えを崩した。で、手招きする。何か教えてくれるんだろうか。

とりあえず駆け寄って、一礼したら、胸をぽんとつつかれた。

「あんた……いい加減、適当なとこで終わってよ」

はい、ご、ごめんなさい――。

もっとわけ分かんなくなる稽古もあった。

名前はよく分かんないけど、真ん中にいる習技者に、三方から元立ちが襲い掛かっていくという、ループ式の応じ技稽古がそれ。

習技者はもちろん一人。他の六、七人は全員元立ち。でも三方から打ち掛かるだけじゃない。その都度、習技者と元立ちが交代していくのだ。

まず真ん中に一人いて、一列目の先頭が掛かっていったら、真ん中の人は技を受けてなんか返して、その人がいた列の後ろに並ぶ。一列目の先頭は真ん中に残って、そこに二列目の先頭が掛かる。そうやっていくと延々、ループして稽古が続けられる。その法則が分かるまで、かなりの時間が要った。私、何度もループを止めちゃった。そのときの気まずさといったら――。

もちろん事前に、どういう仕組みなのかも訊いてはみたんだけど、

「……見てれば分かるでしょ」

冷たくいわれてお終い。誰も丁寧に教えてなんてくれない。もしかしたらこういうことの説明って、私が参加しなかった春休みの間に、全部終わっちゃったのかもしれない。見れば周りの一年生も、みんなちゃんとできてる。ループを止めちゃう子なんて一人もいない。そういえば、一年生は入学前から寮に入って、稽古には強制参加だったって、誰かいってたもんな。失敗だった。やっぱり私も、少しくらいは春休みの稽古に出とくんだった。

ちなみに顧問の吉野先生は、あまりずっとは見ていない。よくいえば自由度が高い稽古。悪くいえばほったらかし。こんなんでいいんだろうかと、正直思う。

他にも風習の違いからか、疑問に思うことは多い。

たとえば、ちょっとした休憩中の、手首のストレッチ。なぜだかみんな、わざわざ竹刀の剣先を持って、ぐるぐる回し始める。

「……ねえ、どうして剣先を持つの？」

そのときは黒岩さんが近くにいたんで、彼女に訊いた。

「ん？　柄の方が重いけん、こうやって逆に持った方が、余計手首に負荷がかかるとよ。そんだけたい」

そんだけ、って。

竹刀というのは、あくまでも刀の代わりなわけでしょう。そういうものの先を手で握って振り回すって、どうなの？　と私は思う。真剣だったら、指全部飛んでるわけだし。少なくとも、東松の人は誰もこんなことしなかった。

まだある。

これは、黒岩さんがみんなの前に出て、素振りの号令係になったとき。また、ナントカカントカァーッていって、いきなりみんな、二人組になる。しかもすっごい間合いが近い。

何かなぁ、って思って見てたら、ゴチンッ、て横からメンを打たれた。

イタッ、何すんのよ、って思ってそっちを向いたら、いつのまにか私を相手と認識したらしき人が、私に何か怒鳴っている。それに耳を傾けながら周りを見ると——。

なんと。

二人組の一方は普通に早素振り。でもその相手は、近間《ちかま》でそれを避ける練習をしているのだった。首を素早く横に倒して、相手のメンを左右に受け流す。そういう練習だ。

「あんたァ、ちゃんと避けてよォ」

私はその相手に頷き、近間に立った。

やおら早素振りが始まる。剣先が真上から襲ってくる。私、見よう見真似で避ける。でもこれ、たぶんタイミングつかんで、惰性で避け始めたらなんの稽古にもならないんだろうな。ちゃんと見て、相手の攻撃を見切って避けないと——。いや、違う。キツい。十回もやったら、けっこう首が痛くなってくる。面そのものも重いし。あれ、全部で何回っていってたっけ。確か、五十回とかいってなかったっけ。三十回くらいで首の横の筋が攣《つ》り始めた。四十回を超えると、避けきれなくて何度も耳の辺りに当たった。それが痛いのなんのって。四十九、五十は、もうまったく避けられなくて、脳天にメンをもらう恰好になった。

で、交代。ようやく私の番。こんなに早素振りが楽だと思ったこと、今までなかったかもしれない。

でも相手の人、すごい。ちゃんとずっと避けてる。あとで聞いたんだけど、これって黒岩さんが考案して、採用された練習なんだって。はあ、避ける練習ですか。こういうこともやればちゃんと、みんなできるようになるんだ。でも東松では、こんなことといっぺんもやらなかったな。

剣道っていろいろあるんだなって思ったら、なんか私、段々疲れてきちゃった。

そんな私とは関係ないところで、試合メンバーは着々と選出され、福岡南高校は着実に大会成績を挙げていった。

全九州高体大会中部ブロック予選を兼ねた、福岡県高校中部ブロック剣道大会。団体戦においては、男女共に福岡南が優勝。男子個人戦では優勝・準優勝を独占。女子個人戦では、惜しくも一人がベスト4入りを逃したが、もう一人はきっちり優勝。福岡南は、中部ブロックではほぼ敵なしの状態であることが分かった。ちなみに選手は全員、私とは面識のない他班の人ばかりだった。

五月の初めには、その全九の県予選を兼ねた福岡県高校剣道大会があった。中部ブロック大会で活躍した選手団はここでも大暴れ。男女共に団体優勝、個人優勝を総なめにする結果となった。

ただ、全九に出る選手がいない三班は弱い集団なのかというと、むろんそうではない。五月半ばに行われるインターハイの県ブロック予選を兼ねた大会には、黒岩さんを含む、三人の選手が三班から抜擢された。

しかも、黒岩さん以外の二人のうち、一人というのが、なんと私。

一体どういう選択基準なのかはよく分からないんだけど、とにかく、そういうことになってしまった。

その、インハイの中部ブロック予選を翌日に控えた、金曜日の夕方。団体戦の選手は少しペースを落とそうということで、その日は三十分ほどのミーティングだけで終了となった。ちなみに、このチームの顧問は城之内監督。やはりインターハイは部にとっても、最重要イベントということなのでしょう。

そんなわけで、その日は珍しく早く帰れることになった。こんなチャンスはめったにないので、私は何か、特別なことをしようって考えた。で、思いついたのが図書館だった。

読みたい本もあったし、この学校の図書館ていったことなかったから、どんな本があるのかすごい気になってた。そしたら、けっこう新しめの小説とかも入ってて、しかもタイミングがよかったのかすぐ借りられて、チョーラッキーだった。私の好きな森絵都さんの本も何冊かあって。まあ、それは全部読んだのだったんだけど、へー、とか思って真ん中辺りを開いて、記憶にある一文を読んだらやめらんなくなっちゃって。この節だけ、あと一ページだけ、とか思って読んでたら、閉館時間になってしまった。失敗した。何も、うちにある本を図書館で読む必要はなかった。

ちなみに、うちのお母さんの絵本も一冊だけあった。ちょっと嬉しかった。

福岡南高校は、かの有名な太宰府天満宮《だざいふてんまんぐう》より少し北に位置する、三条という町にある。

西鉄太宰府線の太宰府駅までは歩いて十分くらいだから、交通の便もけっこういい。この点に限っては、東松より格段にいい。

図書館を追い出されたから帰ってきたんだけど、それでもまだ空は真っ暗じゃなかった。部活の日よりまだ全然早い。せっかくだから、太宰府にでも寄ってから帰ろうかな。でも一人じゃつまんないかな。黒岩さんは用でもあったのか、ミーティング後、さっさと一人で消えちゃったし。もう一人いる三班の三年生選手、森下《もりした》さんとは喋ったこともないし。他の二人は知らない選手だし。

なんて思ってたら、表参道の入り口で肩を叩かれた。

「さーなえッ」

振り返るより前に、声で分かった。

「ああ……黒岩さん」

なんだろう。カバンとは別に、丸く膨れたナイロンの巾着《きんちゃく》を持っている。

「どこいくと？　お参り？」

「あ、いや、別に……」

受験生でもないんで。

「じゃ、たまにはなんか食べていかんね。梅ヶ枝餅とか、好かん？」

「あ、好き好き」

黒岩さんのこういうとこ、なんか普通の女の子っぽくていい。磯山さんにはこういうとこ、全然なかったもんな。

あ、磯山さん――。そういえば私、ここんとこ自分のことで精一杯で、連絡しないいま、すっかり時間が経っちゃってた。

怒ってるかな、磯山さん。怒ってるだろうな。だってもう、一ヶ月半経つんだもんな。逆にいまさら連絡って、しづらいよな――。

「……はい、どーぞ」

ぼーっとしてたら、黒岩さんが買ってくれてた。

「あ、ども。えっと、百五円だよね……」

「よかよ。今日は奢るけん」

へへ、って感じの笑顔があまりにも可愛かったんで、私はなんとなく頷いてしまい、甘える結果になってしまった。

じゃ、遠慮なく。いただきますね。

うん。梅ヶ枝餅って、やっぱり美味しい。このサクサクしたお餅と、小豆《あずき》の濃いあんことのコラボレーションが絶妙。しかも焼きたてなんて久しぶり。何個でもいけちゃいそう。

黒岩さんもそう思ってたみたい。

「……なんか、一個じゃ物足りんね」

「あっ、じゃ今度は私が買う」

別のお店でまた購入。ちょっとあんこの味が違うけど、これも美味しい。

二人でパクつきながら、夕方の参道をぶらぶら歩く。シーズンオフだからか、それとも時間が遅いからか、お参りしてる人はそんなに多くない。おみくじを売ってるお店の、赤い提灯《ちょうちん》の明かりがなんとも幻想的。夕方の曇り空が、少し紫がかって見える。

ふいに、黒岩さんが訊いた。早苗は何歳から剣道やってるの、って。

「ああ……私は、すごい遅いの。小さい頃は日本舞踊をやってたんだけど、中学に、そういう部活がなかったから、他に似たのはないかな、って考えて……日本的なもので、しかも立ってできること、って絞ってったら、剣道にたどりついた、っていうか……」

それしかなかったっていうか――。

磯山さんは、私のこの経歴をすごい馬鹿にした。あるときは、お前の剣道はチャンバラダンスだ、までいわれた。黒岩さんは、どうだろう。ちょっと心配だったけど、でも、彼女は優しく微笑んでくれた。

「分かる。私も、本当はフェンシングやりたかったたっちゃけど、なかなか、家から通える範囲に教室がなかったとよ。……やけん、剣道やることにしたと」

へえ。私にいわれたくはないかもしれないけど、たぶんそれ、すごい変わってると思う。

「いつ頃の話？　それ」

「んー、三歳くらい、かな」

うわ、はやっ。

「三歳で、どうしてそんなに、剣を持つ競技がやりたかったの？」

「ああ。うちのお母さん、フェンシングのオリンピック選手やったと。その頃は結婚前で、まだフランスにおったたっちゃけど」

えっ――。

「く……黒岩さんのお母さんて、フランス人なの？」

「うん。日本人とのハーフやけどね。やけん私は、クォーターになると」

はっはー。黒岩さんは、クォーターさんでしたか。なるほど。どうりで、日本人離れしたお顔立ちをしてらっしゃるわけだ。ちなみに色黒なのはお父さん譲りらしい。なんでも「純日本人なのにレイ・チャールズそっくり」なのだとか。私には、そのレイ・チャールズって喩《たと》えがピンとこなかったので、あはは、って、軽く笑って流しちゃったけど。

いつのまにか、校庭みたいな感じの広場までできていた。大きな東屋《あずまや》があって、その下にはベンチがたくさん並んでいる。

黒岩さんがそこに腰掛ける。

「私はね……私が大人になる頃には、きっと剣道もオリンピック競技になっとるやろうって、そう思おとったとよ。まあ、現実は、そう上手くはいかんかったけど……でもね、私、それがなくとも、剣道はもっと、高度に競技化した方がよかと思おとるんよ。そのために、いま私ができることはなんやろって、いっつも考えてる」

私がさっき、何かなって思ってたナイロンの巾着。黒岩さんはその口を開けて、私に見せた。

「……ボクシンググローブ？」

黒岩さんが頷く。

「私、一年のときは週に一回、ボクシングも習っとったとよ。なんか剣道の役に立つかなぁと思って。まあ……二年になったらなかなか、そこまでの時間作れんようになったけん。今までありがとうございましたって、今日、引きとってきたとやけどね」

オリンピック化に、高度競技化。フェンシングに、ボクシングか。

ちょっと、私には難しすぎて、よく分かんないや。

五月の第三土曜と日曜。

場所は福岡市中央区にある、九電記念体育館。

正式な大会名称は、福岡県高等学校総合体育大会剣道競技選手権大会、兼全国高等学

校総合体育大会中部ブロック予選会。ようするに、インターハイ県予選の、一歩手前のブロック予選ってこと。

ただ団体戦メンバーに抜擢されたといっても、私はいわゆる補欠選手なので。ええ、今年も補欠なので、誰かが怪我や病気にでもならない限り、試合に出ることはありません。つまり、もう一人の補欠選手と一緒に、試合場脇で拍手係、ってわけ。

試合に出るのはこの五人。先鋒、新井《あらい》さん、三年生。次鋒、森下さん、三年生。中堅、黒岩さん、二年生。副将、上島《うえしま》さん、三年生。大将、坪井《つぼい》さん、三年生。この坪井さんは女子剣道部の副部長。ちなみに部長の西木《にしき》さんは個人戦に出場するため、団体戦には出ません。

今回のエントリーは三十八校。うち八校が県予選への出場資格を得られる。だからまあ、十二校ほどくじ運の悪い学校は三回になるけど、大半の学校は二回勝てば県予選に進出できる計算になる。福岡南も一回戦はシードだから二回。

さあみなさん、がんばってください。

「始め」

先鋒は新井さん。何度か道場で見ただけだけど、ちょっと磯山さんに似た戦い方をする人って印象がある。連続技のバリエーションが豊富で、スタミナもあって、とにかく攻め、攻め、攻めでいくタイプ。

「ドワヤァァァーッ」

お、お見事。

「ドウあり。……二本目」

まもなくもう一本ドウを奪って、堂々の二本勝ち。いや、別に洒落とかじゃなくて。

続く次鋒の森下さんは三班の先輩。個人的に話したことはないけど、でも顔を見慣れてるだけ、他の先輩よりは感情移入できる。かな。

「メンあり」

そうそう。相打ちのメンが妙に得意で。途中までは一緒に見えても、最終的に当ててるのはいつも森下さんなんだよね。たぶん手首が、ものすっごい強いんだと思う。最後のインパクトの瞬間が、何しろ速い。

「メンあり……勝負あり」

さすが。余裕の二本勝ち。

さあ、次はいよいよ、男子もお待ちかねなのではないでしょうか。上段の麗人、黒岩伶那選手の登場です。あそうそう。「レナ」って「伶那」って書くんだよね。漢字までチョー個性的。

「始めッ」

いつものように、蹲踞から立ったら、まず一歩下がって礼。それから諸手左上段の構えに入る。この最初の礼っていうのは、偉そうに上段に構えますことをお許しくださいい、って意味らしい。うん。こういう作法があるのって、剣道のいいところだと思う。

さあ黒岩さん。どう攻める。

「ヨアッ……コテアァーッ」

相手が左コテを狙ってきた。でも黒岩さん、落ち着いて、柄の辺りで捌いた。いったん間合いが切れる。また上段と中段。互いに間合いの測り合い。じり、じり、と詰める黒岩さん。相手はできるだけ下がらず、横に回って距離を測ろうとしている。そこに、

「ハイッ、メンヤァァッ」

いきなり、左の片手メンを打ち込む。でも惜しい、捌かれた。

上段からの片手メンは、相手より遠間から打てるという利点はあるけれど、相手の捌き方によっては、ピンチに陥る可能性がある。

「ンメッ、メッ、イヤッ、コテイッ」

でも黒岩さん、上手い。相手の反撃を器用に片手で避けながら、いつのまにかまた諸手に持ち直してる。

で、相手の足が止まったところに諸手メン、は下がって避けられたけど、さらに追撃の、

「メェェンヤッ」

片手メン再び。あっ、でもこれも捌かれた。大きく弾かれた。

これはまずい。

相手が黒岩さんの左に回り込む。何がくる？　左コテ、メン、右ドウ、左ドウ、相手はなんでも狙えちゃう間合いだ。けど——。

ん、あれ？　いま音もなく、相手の竹刀がぽわんと揺れて、その隙に、また黒岩さんは竹刀を諸手に持ち直してしまった。

えっと、あれれ？　今、何が起こったのかな。

私の目には、なんていうか、黒岩さんが、竹刀を持った左手で、相手の竹刀の真ん中辺りに、軽くパンチを入れたように、見えたんだけど。

7　理合い

なぜあたしは、こんなものを受けとってしまったのだろう。

木刀。白樫でできてる、一本三千円のやつ。

清水はたつじいの説明を聞き、一度は九千円もする紫黒檀の品を購入すると宣言した。しかし、財布を出した時点で惜しくなったか、すぐに意を翻《ひるがえ》した。

「……やっぱり、三千円のを二本買います」

いや、惜しいのとも、ちょっと違うようだった。

「お前、いっぺんに二本も必要ないだろう。一本にしとけって。そんな無駄遣いするくらいなら、あたしに竹刀を買ってくれよ」

むろん、冗談のつもりだった。少なくともそれは、田原には通じていた。彼女は笑いながら、「じゃあ特注で、燻竹の小判で」などといっていた。

しかし、奴には通じていなかった。

「いや……これを、あげる。その竹刀袋、けっこうたっぷりめでしょ、入るよね……いつも、肌身離さず、持ってて。俺からの、プレゼント」

ハァ？　なに考えてんだお前。いくら色恋に疎《うと》いあたしでも、男子高校生から女子高校生に、木刀をプレゼントするのが如何に滑稽な行為であるのかくらい、容易に察しがつくぞ。

「エエーッ、ペア木刀？　素敵ィーッ」

田原、お前もおかしい。素敵じゃないだろ。なんだよ、赤くなんてなってないよ。茶化すなコラ。ほらこれ、鏡を見ろよ。いやいや、よく見てくれよ。赤くなんてなってないだろう。

清水、お前もなにさっさと会計してんだよ。勝手にあたしの竹刀袋に入れるなって。

いらないってそんなもん。おい、コラぁ――。

　とまあ、そんなふうにして押しつけられた木刀をリビングでいじっていたら、親父が帰ってきた。

「お帰り」

「ああ……いたのか」

　顔を合わせるのは、一体何日ぶりだろうか。

　うちの父親は神奈川県警の警察官である。階級は巡査部長。この春、長らくいた横浜市都筑《つづき》区の都筑警察署から、同じ横浜市だが西区にある戸部《とべ》警察署へと異動になった。といっても別に、仕事に変わりはないらしい。所属する課を問わず警察官に逮捕術や剣道を教え、また特練員と呼ばれる剣道エリート警官にも稽古をつけ、週に二度は少年剣道教室で子供にも指導をするという、いわば所轄署の道場主みたいな仕事だ。

「またずいぶん、安っぽい木刀だな」

　ああ。安いんだよ実際。

「どうしたんだ、そんなもん」

「別に……どうだっていいでしょ」

　誤解なきよう言い添えておくと、これでも我々の父娘関係は、去年の中頃までよりはだいぶ親密になってきている。

　トイレにいっていた母親が戻ってきた。

「あら、お帰りなさい。ごめんなさい、ちっとも気づきませんでした。お夕飯、どうされます?」

「ああ……お茶漬けかなんか、もらおうか」

　ご覧の通り、昭和な父親と昭和な母親である。

　大して中身もないカバンをソファに置き、ネクタイをゆるめる。

「県予選、五位だってな」

「そう……誰から聞いたの」

　兄情報によると、こう見えてこの父親は、密かに会場まであたしの試合を観にきたりもしているらしい。

「さっき、大会関係者からな……やっぱり、西荻くんの抜けた穴は、思ったより大きいか」

　以前なら睨みつけて罵《のの》り合いに持ち込むところだが、最近は、どういうわけかそこまで腹は立たない。

「まあ、そんなとこ……あたしと河合部長だけじゃ、あれが限界だよ。ちなみにあたしは、全戦全勝ですんで」

リアクション、なし。っていうかこの男、まずあたしのことは褒めない。西荻のことは一回観ただけで「確かに面白い選手だ」とか、「先が楽しみだ」とかいうくせに、あたしには「お前は負けて当然だ」とか、そんなコメントばっかり。

いいけどね、別にいまさら。それよりかさ。

「ねえ……ちなみに河合部長の剣道は、どう思う？」

お茶漬けの用意ができるまでの間は、ソファセットのテーブルでご一服。

「ああ、河合くんな……あの子は、じっくり待てるし、技も切れるし、肚《はら》も据わってる印象があるが、でも……まあ、まだ若いんだから、もうちょっとガムシャラにいくところがあっても、いいような気はするな」

そう。

「……そこなんだよね。それでも、今年はまだいいんだ。マズいのは来年だよ。河合サンまでいなくなったらって考えると、ほんと、ゾッとするよ」

父の、太い眉が片方だけ跳ね上がる。

「他の二年生で、いいのはいないのか」

あたしは首を横に振った。

「駄目……今回の中堅の久野と、怪我で補欠漏れの田村。二年はその二人だけ。あたしを入れて三人……だから、早く後輩に育ってもらわなきゃ困るんだ。できることなら、インハイには一枚、誰かと交代させられるくらいに……」
だから、田原。お前には、がんばってもらいたいわけよ。

次に控えているのは、あたしと河合、平田、上原が出る、インターハイの県個人予選。なので、すでにあたしら四人は調整っていうか、みんなと一緒にハードなメニューはやらないようにしている。

みっちり素振りをやったら、小柴と一緒に、少しみんなの打ち込みなんかを見て回って。でも体が冷えないように、四人でときどきペアを組んで、適当に打ち込みもやって。最後の小一時間は、相手をとっかえ引っかえしての互角稽古。あたしは小柴に頼まれてるというのもあり、できるだけ後輩の相手をするようにしている。

「突いてこいよコラ。なにビビってんだよ。はずしたって怒んないから、思いきり、ズンッって、突いてこいって」

ツキを怖がる奴は多い。自分がやられるのが怖いから、相手にやるのも怖くなってしまうのだろうか。はずれたらどうしよう、悪いな、とでも思うのだろうか。

確かに、突《つ》き垂《だれ》からはずれた剣先で、喉の脇を突かれるのは痛い。最終的には首の横に抜けていくのだが、竹刀にささくれがあったりしたらさらに危険だ。下手をすれば切れて出血することもある。

　でもこれは、慣れるしかない。突いて突かれて、恐怖を飼い馴らしていくほかにない。あたしは中学時代も町道場で、ずっとツキありで稽古してたから全然平気だ。そもそも、相手にツキなんぞやらせはしないが。

「だったらあたしからいくぞ。ほら、ほらァッ」

　この一年生、高橋みたいに、くるって思っただけで、上体が無意識に逃げちゃってると、

「ツキィィーエッ」

　こんなふうに、軽く突かれただけで、ドーンと後ろに飛ばされる破目になる。しっかし、見事に飛んだな。あー、いいから周りは、手なんか貸さなくて。自分で起きろって。

　はい次。

「お願いします」

　きたな、田原。いいよ。好きに掛かってきな。

　互いに剣先を探り合う。一足一刀の間、までは入ってこない。ほんとに、剣先がぽんぽん当たるくらいの間合いで観ている。いいね。あたしが遊びで当ててるのを、上手いこと無視してる。

　と、思った瞬間だ。

「ツキッ」

おっと危ない。やるじゃないか。あたし以外の部員だったら、今ので一本取れてたよ。

でもまだだ。あたしの突き垂にはかすりもしないね。

ほら、脳天がら空き。

「ンメェェエン……タァ」

はい、今のあたしの一本。しかも、けっこういい感じで入ってた。

そう。小柴が今のあたしに求めてるのって、たぶん、こういうことなんだと思う。連続技で、相手の防御をこじ開けて決めるんじゃなくて、本当の意味での、「機会」を捉えて打つ一本。力でもなく、技でもなく、「理」に適った攻め。そういうものを身につけろと。

特にあたしの場合、先輩相手だとすぐムキになるから。だからそうならないように、後輩の相手をしながら、自分なりの「理」による攻めを、じっくり試せと。おそらく、そういうことなんだろう。

「イィーヤッ、メッ、メッ……イィヤッ、コテェーッ」

うん。田原、いいよいいよ。どんどん攻めといで。

メンできて、ツバゼリから、引きドウか。でもほら、あたしは追いかけていけちゃうよ。

「カテェェー……」

な？　今のコテも入ったろ。ほら、続けてこいよ。じゃないと突くぞ、突くぞ、突くってば。突くってばよ。

「カテェェー」

またあたしのコテあり。駄目だな、このままじゃ。

ちょっと中断して呼ぶ。いったん竹刀を左に収めた田原が、てててっと駆け寄ってくる。

「……お前さ、せっかくいいツキ出したって、そのあと、他の三つと交ぜて使わなきゃ、意味ないだろう」

はい、という返事はいい。でも、ほんとに分かってるか？

「間合いを詰めてくときに、メン、コテ、ドウしかない奴と、ツキもある奴とじゃ、相手の意識の散り方が違ってくるんだよ。三つから四つになったら、二十五パーセントアップだろ」

いや、三十三パーセントアップか？　まあいいや。

「その分、相手は余計に警戒しなきゃならなくなるんだから」

「はい」

「相手を騙せ。うそを見せろ」

「はい」

ほれ、もう一回。田原。お前には、ビッシビシいくからな。しっかりついてこいよ。


最後の方に選手同士でやって、稽古はお終い。

手早く着替えをすませ、更衣室から再び道場に出る。

「お疲れさまでした」

口々に挨拶を交わしながら、それぞれが出口に向かう。

あたしはなんとなく、がらんとなった道場を見渡した。

同じフロアの向こう半分、一段低くなっている体操場の方は、すでに照明が消されている。今はこっち、道場側にだけ、白熱灯のオレンジがかった明かりが点いている。

もはや見慣れた風景。でも、あの頃とは、違う眺め——。

かつてのあたしは、ここを敵の国だと考えた。宿敵甲本早苗、のちの西荻早苗を倒すため、あるいは兄の仇《かたき》、岡巧《おかたくみ》を討つためにもぐり込んだ、異邦にすぎないと思っていた。

いつ頃からだろう。自分がここの一員であると感じるようになったのは。村浜たちの、最後のインターハイを見たときからか。それとも西荻に再び負けた、秋頃からだろうか。

いや、違う。西荻に付き合わされて、中学剣道部の稽古にいくようになった辺りからだ。そうか。あれによってあたしは、東松への忠誠心を植えつけられたのか。あの出稽古こそが、あたしを東松の一員にする儀式だったのか。

そう考えると、なんだか可笑《おか》しくなってくる。

今あたしは、まんまとこの地で後輩を育てようと、日々心を砕いている。西荻にしてやられた。そういうことになる。

「……おい、磯山」

振り返ると、そこに小柴が立っていた。少々タバコ臭い。さては裏口から出て、外で一服してきたな。

出口の方を見やりながら、あたしの様子を窺っている。

「……ちょっと、いいか」

「ああ、はい」

あたしは出口のところにいる田原に、先に帰れと顎《あご》で示した。とはいっても、ほんとに帰りはしないだろう。たぶんあたしがいくまで、あの子はいつまででも玄関で待っているはずだ。

「なんでしょう」

小柴も田原の姿を目で追っている。見えなくなるのを、待っているかのような間だった。

「……いや、田原のことだ」

「はあ」

困ったように、少し口を尖らせる。

「まあ……お前が、田原を見込むのは、よく分かるし、実際、一所懸命やってくれてるのは、俺も嬉しく思ってる。だが……あんまり、いっぺんに詰め込みすぎるのは、どうかと思うぞ」

はて。それは一体、どういう意味だろう。

「詰め込み、すぎてますか、あたし」

小柴は口の中で舌を転がしながら、小さく頷いた。

「田原とお前じゃ、まず剣道に対する、立脚点が違う。何かを教えられたときでも、受け入れ方がまったく違う。……田原は、はいはいと素直に聞く。実際、それだけで何割かはできてしまう。身体能力が高いし、頭も悪くないからな。……ただ、今のお前みたいな教え方だと、今度は、あいつの中に〝理〟が育たない。もう少し、考えるきっかけと、猶予を与えてやらなきゃ」

詰め込みすぎると「理」が育たない、か——。

そういえば、ニュースでもときどきやってるな。詰め込み教育がどうたらこうたらって。

それに気づいた途端、なんだか急に、話すのが面倒臭くなった。

「先生。あたし今、初めて小柴先生って、教師なんだなぁって、思いましたよ」

眉を怒らせ、舌打ちをする。

「お前……この野郎」

だがすぐ、小柴は笑った。それも、けっこう嬉しそうに。

いやいや。褒めてませんけど。全然。


案の定、田原は玄関で待っていた。

「お疲れさまです……なんの話だったんですか」

それをお前にいっても始まらん。

「保護者面談だよ」

「えっ？」

かなりしつこく訊かれたが、あたしは教えなかった。

実際こいつは、はいはいと人のいうことをよく聞く。中学のときだって、変なふうに頭を振って竹刀を避けるから、それはなんの真似だと訊いたら、なんとかって格闘イベントに出ている、ゴウノなんとかって選手の避け方がカッコよかったので参考にしている、という答えが返ってきた。

　あたしは即刻やめろといった。ボクシングの要領でメンを抜くと、それだけで上体が崩れる。崩れた姿勢で放った打突は、絶対に一本にはならない。ということは、避けた直後のお前には、そもそも攻撃の資格がないことになる。それは、どう考えても無駄だろう。相手の攻撃は竹刀で捌け。それができなきゃ潔《いさぎよ》く負けろ——。

　田原は「はい」と元気に答え、以後ぱったり、頭を振って避けることはしなくなった。代わりに相手の攻撃を、的確に竹刀で捌くようになった。

　ある意味、すごいな、と思った。だが一方で、素直すぎやしないか、と思ったのも事実だ。いわれてみれば確かに、こいつには自分で考えるきっかけと猶予が必要なのかもしれない。

　大体、どういう育ち方をしてきたんだろう。こいつは。

　下からの持ち上がりってことは、東松の場合、幼稚園か小学校、あるいは中学のどれかを受験したってことになる。それってそもそも、本人の意思だったのだろうか。親にやれといわれて、勉強してみたらそこそこいけそうだったから、そのレールに乗ってみただけなのではないのか。

　だとすると、剣道も、そうだったのかもしれない。

親が何か習い事をさせようとした。剣道が候補に挙がった。提案すると、本人も特に嫌だといわなかったので、町道場か、警察道場かに入れてみた。そうしたら運動神経がよかったので、けっこう勝てるようになってしまった。小学校の間ずっと続けてきたから、なんとなくもう、やめるのももったいない。その惰性で、中学、高校とやり続けている。

うん。あり得るな。

「……なあ田原。お前、剣道始めたの、いつだ」

薄暗いバスの客席。一番後ろのベンチシート。田原はさっきから、携帯にストラップの紐を通そうと躍起になっている。なぜはずしてしまったのかは不明。

「……前に、いったじゃないですか……小一んときっすよ」

「なんで始めたんだ。親に勧められたのか」

「いえ、違います。自分から、やりたいっていったんです」

よかった。少なくとも、親のお仕着せではなかった。

「へえ……しかし、なんでまた、剣道やりたいなんて思ったんだ」

「えー、いいっすよそんな、昔のこと……」

いいや、俄然興味が湧いてきた。父親が剣道家の警察官。一つ年上の兄は先に始めていた。そんな環境にいたあたしには、剣道をやらないという選択肢はほとんどなかった。むしろ、一日も早く始めたいくらいに思っていた。

だから逆に興味があるのだ。いろんな選択肢がある中から、わざわざ剣道を選びとった人間の思考に。なぜ剣道だったのか。どうしてクラシックバレエや、ピアノやテニスじゃなくて、剣道だったのか。

「いえよ、田原」

「えー、マジっすかぁ」

「マジだよ。……分かった。正直にいったら、マックでアップルパイ奢ってやる」

「百円じゃないっすか。香織先輩、ケチくせー」

やかましい。

「いらないのか」

「いや、いります」

「じゃあ白状しろ」

それでもまだ田原は粘った。最終的には、三角チョコパイとやらを追加させられた。旨いのか、あんな甘ったるいもん。

「あのぉ……実はぁ……幼稚園の頃好きだった、ヒカルくんて男の子がぁ、剣道やってたんですよぉ……でもぉ、卒園したら、小学校が別々になっちゃってぇ、でも会いたかったんでぇ、ヒカルくんのいる警察道場に、入門したんですよぉ……」

「あ、そう……なんだ」

どうなんだ、おい。こういうのは。

家の最寄り駅の前にいるのは、個人の自由である。

「はぁーい、磯山選手ぅ、はぁーい」

だが、こうしょっちゅう付きまとわれたら、さすがに迷惑だ。平日のため、制服姿であるだけあの夜よりはマシだが。

「何か用か」

「そんなぁ、冷たいこといわないのぉ。どうせマックいくんでしょう？　ねえ、美緒ちゃん」

「はい。今日は香織先輩の奢りなんです」

お前も、余計なことばっかいうなっての。

「じゃ、僕もいっちゃお」

「断る」

あたしは改めて、清水に正面を切った。

「お前、ここんとこなんなんだよ。人を待ち伏せちゃ、勝手についてきて、へらへら笑ってばかりいやがって。木刀の件だって、あたしゃ受けとったつもりはないんだよ。今日もここに持ってる。でも抜き身で返されても困るだろうから、今日は返さない……お前だって、まだ竹刀袋くらい持ってるだろう。明日、また待ち伏せる気があるんなら持ってこい。返すから。木刀なんて、そもそもあたしも家に売るほど持ってるし、竹刀と違って滅多に壊れないから、増えたってありがたかないんだよ」

いってる途中から、なんか清水の様子が変だな、とは思っていた。ちらちら辺りを気にしたり、ひくひく頬を震わせたり。

言い終わっても、しばらく清水は黙っていた。普通男子が、女子にここまでいわれたら怒ってもいいと思うが、そういう予兆は微塵《みじん》もない。むしろ、困惑。退くも地獄、進むも地獄。他に逃げ場はないものか。そんな目で辺りの様子を窺っているように、あたしには見えた。

田原は、自分まで怒られた気分になっているのか、しょんぼりと俯《うつむ》いている。この子はこの子なりに、清水とあたしと、三人で過ごす時間を楽しみにしていたのかもしれない。そうだとしたら、すまない。あたしには、そういう真似はできない。

ようやく、清水が口を開いた。

「磯山……頼むよ」

なぜかその目に、あふれてくるものがある。

「少しだけで、いいんだ……俺と会って、話を、してくれよ。できれば、なるたけ、仲良さそうに……遠くから見たら、付き合ってるみたいに、見えるように……これ以上、迷惑かけないように、するからさ……だから、ちょっとだけ。俺も、一緒にいさせてよ……」

ああ、なるほど。そうか。そういうことか。

あたしは、路線バスが一台だけ停まっている、駅前ロータリーの向こうを見渡した。

どこからか、見ているのだな。

あの夜の、ならず者三人組が。

8　軽く殺意を覚えます

季節は、いつが好き？

そんなこと実際はあんまり訊かれたことないけど、次にもし誰かに訊かれたら、私はこう答えようって思ってる。

今頃。今くらいの季節が一番好き。

初夏ってこと？　んーん、いま自分がいる季節を、好きでいたいってこと。じゃ夏になったら、夏が好きなの？　たぶん、そうなると思う。秋は？　冬は？　春は？　私はその都度、その季節を好きになりたいと思う。

それって、全部好きって、結局どれも好きじゃないってことなんじゃないの？　違う違う。せっかく四季がある国に生まれたんだから、それぞれの季節を目いっぱい楽しもうよ、ってこと。それぞれに楽しみ方はあるでしょ、ってこと。

優等生的発言ね、とかいわれちゃうかもしれない。けど、夏は暑くてダルい。秋はなんか物悲しくてイヤ。冬は寒いから外出たくない。春なんてクシャミが出て最悪。そんなふうに一年中文句いってるよりは、春は何か始まる感じが好き。夏は海、お祭り、休みが長くて楽しい。秋はロマンチックな気分。冬はお母さんの作ってくれるおでんをコタツで食べるのが楽しみ。そんなふうに「好き」をいっぱい数える方が、私は幸せだと思う。

だから、今日みたいな雨の日も、好き。

そりゃ、学校の行き帰りは制服濡れるし、校庭は使えないし、空は灰色でお世辞にも綺麗とはいえないし、机の上もちょっと結露して湿った感じにはなるけど、でも、雨って落ち着くでしょう？　ただ音を聞いてるだけでも。窓の水滴が、隣や下の雫《しずく》とくっつきながら大きくなって、スピードアップして落ちていくのなんて、けっこう見てると面白くない？

「……早苗は、何がそげん楽しかと？」

外を見ながらお弁当を食べてたら、ふいに後ろから、レナにそういわれた。ああそう、私はいつのまにか名前で呼ばれるようになってて、じゃあ私も名前で呼ぶねってことで、太宰府の何日かあとくらいから、「レナ」って呼ぶようにした。ほんとは私、呼び捨てにするのって好きじゃないんだけど、このルックスの子に「レナちゃん」は、ちょっとない。かといって「レナさん」じゃ、私が後輩みたいになってしまう。ので、黒岩さんだけは、呼び捨てでいくことに決めました。はい。

「雨って、見てると楽しくない？」

ちなみにレナは食堂で日替わりランチ派。っていうか、部活クラスの人は大半がそう。ほとんどみんな寮生だから、お弁当の人はごくごく少数。

「雨、楽しかと？……分からん」

お昼休みはこんなふうに、二人でゆるーいお喋りをすることが多い。私の転入が比較的スムーズにいったのは、レナがこんなふうに話しかけてきてくれたお陰なんだと思う。これには私、ものすごい感謝してるんだ。

教室に男子が、何人かいっぺんに戻ってきた。たまたまなんだろうけど、全員が格闘技系だった。ボクシングに空手、柔道。一番最後に入ってきた人は、レスリングだったかな。

あ、そうだ。

「ねえ、レナ。そういえばさ、レナは、なんでわざわざ、ボクシングをやろうと思ったの？　この学校には、空手とかもあるじゃない。なんかそっちの方が、まだ剣道に近くない？」

訊いたら即、私は卵焼きをぱくり。

レナは、ちょっと天井の方を見上げて、うーんと首を傾げた。

「別に……うん。空手でもよかばってん、ボクシングの方が、競技として完成されとろう？ それに、ボクシングの右利きの構えって、こう、左前にするけん」

あそっか。分かった。それって、諸手左上段とまったく同じなんだね。

「……間合いのとり方とか、距離の詰め方、あと、こう、ずっとガードを上げとく感じとか、ストレートジャブを打ったときのスナップ、引く力とか、参考になることが、いろいろあるとよ」

なるほど。でもね――。

「あの、これは、私の見間違えかもしれないんだけど……」

「うん、なに？」

ごめん、食べながらで。いま飲み込むから待ってね。

「……うん。あの、この前の試合中にさ、レナ、左一本で打ったときに、相手に大きく捌かれて、すぐには諸手に戻せなかったとき、あったでしょう」

うん、と彼女は頷く。

「あのあとレナ、どうやって相手の技、避けた？」

「ん、どうって？」

「ひょっとして、相手の竹刀の真ん中辺りに、パンチしなかった？」

綺麗な流線形の眉が、ひょいっと持ち上がる。

「へえ。よお見とったねェ」

「よお、って……じゃあ、あれってわざとなの？」

「うん。ああやって一発入れとけば、諸手に戻すタイミングが作りやすくなるし、間合いを切る時間稼ぎにもなるけんね」

ちょっとそこ、異議あり。

「……でも、それってなんか、反則っぽくない？」

「え、そう？」

こういうのを、悪びれたふうもなく、っていうんだろう。レナ、全然平気な顔してる。

「そりゃ、左で打って、右で竹刀を避けたら、私もズルかぁ思うけど、左でやる分にはよかでしょう。わざとやなくても、竹刀を持った左で避けようとして、たまたまそうなることもあるやろうし……それにこっちも、小手頭《こてがしら》を当てとるけん、一本取られる心配はなか。別に、緊急避難の方法としては、ノー・プロブレムじゃなか？」

「でも……まあ、そういう考え方もあるかもしれないけど、でも、小手をしてるとはいっても、あくまでもここは〝手〟なわけでしょう。その手で、刀の刃に向かってパンチって……そんなことしたら、ここ切れちゃうじゃない。手が切れちゃったら、もう戦えなくなっちゃうじゃない」

レナは、笑った。

「早苗ぇ。そげんこと言い始めたら、メンを頭振って避けた瞬間に、相手の竹刀は自分の首筋に入っとーよ。あれがもし真剣やったら、首バッサー切れて、血がドッバー噴き出て、それこそ即死たい」

確かに、それは、そうなんだけど。

「私はね、早苗。竹刀が刀だったらとか、そういう曖昧な想像力で何かを補うよりも、剣道は、一本の基準をもっともっと明確にして、反則もちゃんと、試合中に理由を宣告して、競技としての完成度を上げていった方がよかと思っとーとよ。ルールが明確になれば、今よりもっと一本の基準がはっきりすれば、今までにない技や試合展開が、必ず出てくる。こういう打ち方って駄目かなぁ、駄目なんやろうなって、先生の顔色見て諦めてた技も、自分でルールブックを確認してOKやったら、自信を持って出すことができるやろう」

ちょっと茶色がかった、レナの瞳。でもそれは、私を、というよりも、もっとずっと後ろの、遠い世界を見つめている——。そんなふうに感じた。

「私には、なんで左利きの人が反対に構えたらいけんのか分からん。高校生が二刀流やったらなんでいけんのかも分からん。私はむしろ、ちゃんと捌けて強く打てるなら、逆手で竹刀を持ってもよかくらいに思っとーとよ。審判だってルールに従って裁くんやから、初めて見る打ち方やって、ルール上ＯＫなら、ちゃんと旗を上げるはずやろう。そういう、きちんと競技化された剣道の方が、個性が出しやすくて、夢があって、面白いと思わん？」

レナの考えてる「剣道の高度競技化」って、そういうことだったんだ。正直、今はちょっとびっくりしちゃって、よく分かんないんだけど、でもなんか、私の思う剣道とは、だいぶ違うような――。

その日も普通に部活はあって、家に帰ったのはいつも通り、九時ちょっと前だった。

いま住んでるのは、西鉄天神大牟田線の、雑餉隈《ざっしょのくま》って駅の近くのマンション。グローリオ南福岡。そこの十二階。住所は博多区麦野五丁目。

ほんとはもうちょっと西にいった辺りに「日の出町」ってところがあって。前に横浜で住んでたのが「日ノ出町」だったから、私は洒落でそこがいいっていったんだけど、そうすると最寄り駅は鹿児島本線の南福岡になって、私も学校に通いづらくなるし、お父さんも大学にいきづらいからって、結局ここになった。ちなみに今お父さんは、福岡市内の大学の工学部で講師をやってる。そもそも、その関係で私たち家族は福岡に越してきたんだ。

「ただいまぁ」

「お帰りぃ……」

そしてお母さんは絵本作家、兼主婦。たまに手抜きされることもあるけど、でもおおむね家事はちゃんとやってくれている。

「あー、お腹空いた」

たぶん締め切りが近いんでしょう。今夜はダイニングテーブルまで彩色の作業台と化している。絵の具のお皿とか、なんかいろいろ置いてあって、ちょっと近づくのは危険な状態。

「……うん。お鍋にお肉を煮てあるから、それご飯にかけて、牛丼にして食べてちょうだい」

「はぁーい」

私も育ち盛りなんで、お風呂よりはご飯が優先。横浜でお姉ちゃんも一緒だった頃は、臭いから先にお風呂入ってよってよくいわれてたけど、お母さんはそんなこといわないから大丈夫。夏はたまに、黙って空気清浄機のスイッチ入れられたりはするけど。

指示通り、お鍋の具を温め直して、丼によそったご飯に、うりゃ。豪快にぶっかける。で、それをリビングに持っていって。

「いただきまーす」

「はい、どうぞぉ……悪いわねぇ、追い出したみたいで」

「うん、大丈夫」

お母さんは、仕事中は音楽もかけないし、テレビも点けない。私も別に見たいものがあるわけじゃないから、こういうときはお母さんの仕事ぶりを眺めながらってことになる。

「……おほーはん、ひょう……おほいの」

「うん。今日は、夕飯いらないっていってた。でも、もうすぐ帰ってくるんじゃないかしら」

ふーん。

「……ひごほ……うんひょーなんはね」

「なぁにぃ。食べながらじゃなくて、ちゃんと喋りなさい」

ごっくん。

「……仕事、順調なのかしらね」

「うん。なんか、いいみたいよ。お父さんが提案したプロジェクトに、どっかから予算がつきそうだとか、なんかそんなこともいってたし」

「へえ……まは……ひっはいしなひゃ……いいへどね」

うちのお父さん、数年前に一回、事業で大失敗をしている。それまでは工場の社長で、うちもけっこう裕福だったのに、お陰でいきなり貧乏生活に転落。私たち姉妹も、それまで習ってた日本舞踊をやめざるを得なくなったという過去がある。その後、お母さんと離婚。でもなんとか立ち直って、去年また再婚。こっちに大学講師の口も見つかって、それで家族三人で引っ越してくることになった、ってわけ。

ちなみに、雑誌モデルをやってるお姉ちゃんだけは、どうしても首都圏を離れたくないってことで、今は東京で一人暮らしをしている。でも、それはそれでいいんじゃないかって、私は思ってる。お姉ちゃんて、もとからそういう、独立心旺盛な人だったし。最近はけっこう売れてきてるみたいで、雑誌の表紙とかでも見かけるようになってきたし。

一段落ついたのか、お母さんは眼鏡をはずし、肩の凝りをほぐすように、首をぐりぐり回し始めた。

「あなたこそ、部活、どうなの……順調なの？」

そっか。ここんとこ、あんまりそういう話、してなかったもんね。

「んん……別に、具体的に困ったことってないんだけど、でも、なんか細かいところは、いろいろ違ってて、やっぱ戸惑う。私、東松でしか剣道やったことなかったでしょ。知らない練習メニューとか、剣道に対する考え方とかも、けっこう……」

それから、少しレナのことをお母さんに話してみた。作り物みたいに綺麗な顔で、でもバリバリ福岡弁なのがちょっと可愛くて。そのくせ、剣道はめちゃめちゃ強くて。二年生なのにインハイチームの中堅で、上段からの片手打ちが得意で。そんでもって、避け方がちょっと独特で――。

「いい人なんだけど、ちょっと考え方が……なんか、剣道に対するスタンスが、私には、ぶっ飛びすぎてるっていうか」

「競技化、ってとこが？」

「んー、それだけなのかな……うーん、なんていうんだろう。剣道を、綺麗に割り切ろうとしすぎるっていうか、スポーツライクっていうか……別に、剣道の曖昧なところがいいとか、私も、そういうことというつもりはないんだけど、でもなんか、私が感じてた、趣みたいなものは、それじゃちょっと、なくなっちゃうんじゃないかな、って……なんか、そんな感じはするんだよね」

お母さんは、剣道の趣って？　と訊いてきた。でも私は、すぐには上手く答えられなかった。そしたら、よく分かんない話ね、と切り上げられてしまった。それで、その話はお終い。お母さんは再び作業に戻った。

そりゃ分かんないよね。無理ないと思う。

だって、私自身がよく分かってないんだから。

実は私、密かに「甲本」と正しく入れたネームゼッケンを新規に注文してて、すでにそれもできあがって手元にきてるんだけど、まだ一度も使ってはいなかった。なぜって、あの〝酔っ払い〟吉野先生に、また何かいわれたら嫌だから。

そもそもの要求は、五月の月例査定まで、互角稽古や練習試合で、誰にもコテを取らせるな、ってことだった。それができないようだったら、私はこの三班にいる間は、ずっと「河本」のままだ、と。

本名を取り上げられるってどういうことよ。『千と千尋』かよ、と思ったけど、でもそう気づいちゃったら逆に、この苦難を乗り越える意味も何かしらあるんだろうなって、考えられるようになった。吉野先生の、あの理不尽な感じ。ちょっと「湯婆婆」に似てなくもないし。

私って、なにげにポジティブ。この前向きな心で、五月の査定までがんばるぞ、と、思ってはいたんだけど――。

残念でした。四月末のある日、レナにコテを取られたところを、運悪く吉野先生に目撃されてしまった。そのときの吉野先生の、意地悪な態度ったらなかった。

「こぉーもとぉ。お前いま、コテぇ、叩かれとったやろ」

よれよれのジャージ姿で。ポケットに両手を突っ込んで。

「……はい」

「これでカワの河本、一ヶ月延長ばい。めでたかねぇ」

そのときは、軽く殺意を覚えた。堪《こら》えたけど。

それが先月の話。で——。

六月に入ったらすぐインハイの県予選があるんで、月例査定はちょっと前倒しして、明日、やる予定になっていた。つまり、今日の稽古でコテを守りきって、明日の査定を乗りきったら、ようやく私は本名を名乗れるようになる、というわけ。

ところが、である。今日に限って吉野先生は、きっちり道着に垂、胴まで着けて、道場に出てきた。その道着がまた、笑っちゃうくらいボロボロで。胴紐とか面布団《めんぶとん》が当たる辺りなんて、毛羽立っちゃって穴が空く寸前。ほとんどメッシュ状態。

その恰好で、のっしのっしと私の方にくる。男としては決して大柄ではないけれど、私よりはやっぱり、ひと回りほど大きい。

「今日は、俺がたっぷり、稽古つけちゃるけんねぇ……河本ォ」

寒気なんて、生易しいもんじゃなかった。ちっちゃな虫が無数に、背中いっぱいに湧いて、しかも一斉に逃げ出していくみたいな。そんな感じ。

「楽しみやねぇ、河本ォ」

「……はい……よろしく、お願い……します」

「ああァ？　聞こえんかったが、何かァ？」

私は半泣き状態で、今一度「よろしくお願いします」と叫んだ。吉野先生は薄ら笑いを浮かべながら、他の部員の打ち込みを見回り始めた。

稽古も終盤。夜七時を過ぎた頃だろうか。いつものように四ヶ所に分かれてやる、地稽古が始まった。これは主にレナと森下さん、他何人かの三年生が下級生に稽古をつけてあげる形式のものなんだけど、今日はその一人が、なんと、

「コォーもとォーッ。こっちこんかァ、こっちにィ」

吉野先生になっていた。最悪。

「はい……お願い、します」

「声が小さかァ。お前……福岡じゃ、小学生やってそげん情けなか声ば出さんばい。声ば出とらんなんて、そげん年になって注意されるなァ」

「はいっ……お願いしますッ」

泣く泣く蹲踞。稽古開始。

でも——。

吉野先生が蹲踞から立った瞬間、なんか、場の空気が一変したような、そんな錯覚に、私は陥った。オーバーでなく、先生の背後にある道場の壁が、まったく別の景色に変わったような。いや、違うものになったんじゃなくて、歪んで、遠くなったっていうか。

先生の気勢。ホアーッて、男の人にしては甲高いけど、でもかすれてて、不思議な響き。威圧感は、あまりない。むしろ逆に、どこを見ていいのか分からない。そんな感じ

がした。

黒ずんだ剣先が、ずっと私の目の高さにある。ものすっごい邪魔。

「ハァッ、メェェエーンッ」

駄目だ。馬鹿みたいに真正面から打ち込んじゃった。何やってんだ、私。捌かれて、突き飛ばされた。でも分かってたから、踏み止まった。足の下で、ギュッと床が鳴った。

いったん間合いを切る。先生は寸分の狂いもなく、さっきと同じ構えを保っている。依然、剣先は邪魔な目の位置にある。先生の面が異様に遠く感じる。っていうかほんと邪魔、この竹刀。ちょっと巻いてから、コテいってみようか。

「イヤッ、コテェェーッ」

駄目。全然、巻けてないし。コテっていったって、鍔にも届いてないし。

なんなんだろう、この感じ。小柴先生にもよく稽古はつけてもらったけど、ここまでやりにくい感じは――。

「メェエヤァアーッ」

いきなり、脳天に喰らった。痛ぁーい。頭の芯まで、グキーンと響いた。

駄目だ。私、完全に呑まれてる。手も足も出ない。でも、いかなきゃ。いかなきゃ――。

「ハッ、テァメアッ」

払ってコテメン、って払えてないし。コテもメンも届いてないし。

「メェエーヤッタァァァーッ」

また喰らった。今度は左メン。チョー痛い。剣先で頭皮を抉《えぐ》られた感じ。なに。もっと、やることないの。私、もうちょっと、何かできるんじゃないの。ドウとかって、チャンスもないの？　あの手元は、どうやったら浮いてくれるの？　ねえ、今まで私は、四年以上、何をやってきたの。磯山さんに勝ったときって、私、どうだった？　どうやって私、メン、打ってたんだっけ――。

そんな諸々が渦巻いて、目の前になんか、大きな、落とし穴みたいな空間ができて、

「カテェエヤッ、テェエヤッタァァァーッ」

気がつくと、思いっきり、コテを打たれていた。

抜いて避けることも、応じることもまったくできないまま、私はただ、中段っていうか、むしろ右小手を相手に差し出すようにして、まんまと打ち込まれていた。

先生が、歩み足で下がっていく。中段に構えて、すっと腰を下ろす。ああ、終わりなんだ。私も、蹲踞しなきゃ。

真っ直ぐ腰を下ろして、竹刀を収めて、立つ。三歩下がって、ありがとうございました。

その間も、竹刀は収めてたけど、吉野先生はずっと、蹲踞をしたままだった。何か訓示があるんだろう。私はすぐそばまでいって、膝をついた。

吉野先生は、面の中で、声を殺して、笑っていた。

「……今、コテ……取ったけんね」

私は、呆然としながらも、一応、はいと答えた。

「カワの河本、またまた延長ばい」

「……はい」

まだ笑ってる。高校生に、しかも女子に勝ったのが、そんなに嬉しいのか。

「お前、いま自分がなぜ打たれたか、分かっとーね？」

私は、いいえと、首を横に振った。

先生は右小手の親指で、自分の面の、こめかみ辺りをつついた。

「ここたい……ここの作りが、違おとるけんねぇ。ここ使わんと、いつまで経っても、お前はカワの河本のまたまたい」

なんか、急に悲しくなってきた。

なんで私、こんな学校選んじゃったんだろう。

9　彼女説

あの馬鹿。助けてもらった恩も忘れて、あることないこと、あの連中にうそぶいていたらしい。

「だって、だって……この前、助けてもらってから、あいつらの態度、急に変わったから……これだ、これで俺、助かるかもって」

マックに引っ張り込んでの事情聴取。店の一番奥。外からは見えない席だ。

「具体的にはなんていったんだ」

「俺のカノジョ……神奈川最強。全国でも二番目」

確かに。だがそれは一昨年の、全国中学校剣道大会でのことだろう。決してあたしは、全日本喧嘩大会の準優勝者ではない。

「それにしたって、あたしがお前のカノジョってのは、ないだろう」

「そうだけど、そうかもしんないけど、でも……命が危ないんだよ。僕は日々、身の危険にさらされているんだよ」

「んな大袈裟な」

詳しく聞いてみると、こういうことのようだった。

清水は椿ヶ丘《つばきがおか》高校という地元保土ヶ谷の公立校に通っているのだが、入学当初はあの連中とも、わりと仲良くやっていた。一緒に横浜駅辺りまで遊びに出たり、夏休みには奴らの先輩たちと、車で海にもいったという。

だが、そのあとくらいから、彼らとの関係に変化が生じ始めた。

家がわりと金持ちで、高校入学早々遊び仲間ができて嬉しかったこいつは、調子に乗って連中にしょっちゅう奢ったりしていた。そもそも中学までは剣道漬けの生活をしていたため、同年代の連中の遊び方というのをよく知らない。そういう連中の性質にも、暗黙のルールや、空気といったものにも疎い。まあ遊びに関しては、あたしもよく分からないが――。

とにかく、いつしか清水は連中の財布に成り下がり、手持ちの金が尽きると、銀行いって下ろしてこい、それもなくなったら家に帰ってとってこいと命じられるまでに落ちぶれた。

そんなふうにして迎えた新学年。清水は運よく、あの三人とは違うクラスになった。これにはどうやら、清水の親の力が多少なりとも影響を及ぼしているようだったが、そんなことで諦める三人組ではなかった。

予想に反して、連れ回される日々は新学年になっても続いた。クラスから上手く逃げ出し、密かに下校しても、帰り道で捕まってしまう。そうなったらお終い。手持ちの金が尽きるまでお供をするしかない。拒めばむろん、肉体的制裁が待っている。

「ちょっと待て。親に相談したんじゃなかったのか」

「うん……いや、竹井《たけい》たち三人とは、ちょっと最近、上手くいってないんだって……そう、いっただけ」

「それで親が気ぃ利かせて、学校側にクラス編成の指示をしてくれたのか」

「うん、そう……なんだと、思う」

ヘタレの親は漏れなくヘタレ。よくある話。嘆かわしい限りだ。

ちなみに竹井というのは、ボサボサの茶髪男のことらしい。あとの二人、長い金髪と、眉の薄い五分刈りの名前も一応聞いたが、覚えきれなかった。

「ちゃんと親に相談しろよ」

「えー、できないよ」

「なんで」

「そんなことしたら、俺……イジメられっ子みたいになっちゃうじゃんか」

ズッコケるな、田原。

「何をいっている。もはやお前は、立派なイジメられっ子だろう」

「そんなこといわないでよ……あいつらとは、ダチだったんだ。ちょっとここんとこ、関係がこじれちゃってるってだけで」

「お前自身が、まさに今〝友達だった〟と、過去形で表現したろうが。潔く認めろ。お前たちはもう友達なんかじゃない。奴らはお前を金蔓《かねづる》としか見てないし、お前だって身の危険に日々さらされてるんだろう？　甘っちょろいこといってんなって。なあ田原」

こっくり。深く頷く。まあ、この際こいつはどうでもいいか。

「じゃあ、僕に、どうしろっていうんだよ……」

そんなことは決まっている。

「どうしろもこうしろも、戦うしかないだろう。戦って、お前が望む立ち位置を、学校での居場所を、自分で確保するしかないだろう」

すると清水は、何か光明でも見出したように、あたしの顔をじっと見つめた。

「……一緒に、戦ってくれる？」

「ハァ？　なんであたしが」

「だって、今の流れからすると、そういう感じだったよね、美緒ちゃん」

こっくり。おいおい、ここも頷くかお前は。

「やだよ。なんであたしが、お前の学校のイジメ問題にまで首突っ込まなきゃならないんだよ」

「君は、僕の、カノジョだから」

アホか。

「認めない。断じて認めない。そんなことというなら、奴らに真実を話すぞ。あたしは清水とはなんの関係もございやせんって」

「それ駄目。困る。だったら……そう、同窓生。もと部活仲間。だからこの前、僕のこと助けにきてくれたんでしょ？　でしょ？」

その点は、否定のしようもないが。

「……だからって、延々お前の面倒を見る義理はない」

「うそぉーん。磯山選手、義理堅いじゃーん」

「堅くない。全然堅くない。なあ田原」

こっくり。なんだかなぁ、こいつ。

「だから……いいんだって。わざわざ戦ったりしなくて。磯山は僕のカノジョ。そういうことにしといてくれれば、それで丸く収まるんだって」

「ほんとかァ？」

「ほんとほんと。だから、もし奴らに声かけられて、お前はノリオの彼女なのかって訊かれても、否定だけはしないでね。うんまあ、そんな感じぃ、みたいに答えといてね」

くだらん。まったくもって、くだらんとしかいいようがない。


そもそもあたしは忙しい身なのだ。まずはインハイ個人予選。六月に入ったらすぐ関東大会本戦。中旬にはインハイの団体予選。はっきりいって、ヘタレとならず者の小競り合いになどかかずらっている暇はない。

というわけで、五月の最終日曜である今日は、神奈川県川崎市の、とどろきアリーナにきている。

全国高校総体神奈川県予選、剣道女子個人の部。

我が東松の代表選手はいうまでもなく、あたしと河合部長だ。あとまあ、平田と上原も一応出るけど。

あたしは一回戦シードで、二回戦から。

「ンシャッ、ダァアアーッ」

ほい。赤旗三本上がり。

「ドウあり……勝負あり」

個人的には今回、絶好調である。あたしを階段から突き落とす奴もいないし、腸《はらわた》がブスブスと煮え立つような、平常心を見失うような仇敵《きゅうてき》もいない。極めて平静に、対戦相手を斬ることに集中できている。

河合は、どうだろう。

「イヤッ、コテェエアァアーッ」

「コテあり、勝負あり」

あっちも調子は上々のようだ。手首の具合も、もう完全にいいようだし。

しかし、この組み合わせはどういうことだ。

あたしがいるこっち半分のブロックを見る。横浜産大付属の石峰《いしみね》、栄林学園の松平《まつだいら》、久里浜商業の白井《しらい》に、またまた出ました葵商業の庄司。何やら、面倒臭そうな名前ばかりが目につく。

一方、河合の方はというと。

うーん、厚木南高の坂井《さかい》？　大したことないな。大和北の窪田《くぼた》？　どうってことない。藤沢湘南の伊東《いとう》？　いつだったかやったことあるけど、弱かった。あとは名前も知らないのばっかり。

ずりー。雑魚《ざこ》ばっかじゃん。

本人もそう感じていたのか、試合の合間に、わざわざ声をかけにきた。

「……磯山さんの方、なんか大変そうね。私の代の有名選手、みんなそっちのブロックじゃない」

「えーえー。ありがたいことに、やり甲斐だけはたっぷりありそうっすよ」

「次は誰？……あら、もう栄林の松平さんと当たるの」

「そのようっすね」

「松平さんって、確か去年のこの大会で、ベスト4までいってるでしょう。あんまり、舐めてかからない方がいいわよ」

そういいながら、芝居がかった表情で、赤い唇をにんまりと笑いの形に広げる。

「いや……別に、舐めやしないですけど」

あ、急に思い出した。あたし、河合に訊きたいことがあるんだった。

ちょっと長い話になる。そもそもの発端は、西荻の姉貴だ。

奴の姉さん、西荻緑子《みどりこ》は、かつてあたしの兄貴のライバルだった岡巧という男と付き合っていた。岡巧は今年、東松高校男子部の三年生。つまり緑子にとっては一つ年下のカレシだったわけだが、それはいいとして。

岡巧は現在男子剣道部の部長で、チームの大将で、昨日ここで行われた男子個人の部でもぶっちぎりで優勝している、神奈川高校剣道界の押しも押されもせぬエースである。しかも美男子。当然のように、女子部には大勢のファンがいる。

しかし、その噂の二人が――。

実は、西荻緑子がモデル業に専念、東京に引っ越した時点で破局していた、との噂が最近、まことしやかに囁《ささや》かれている。それだけだったら別にあたしは興味を持たないのだが、次に岡巧が付き合うことにしたのが、この河合部長だというから驚くじゃないか。

そういう目で見ると、確かに――。

この河合という女は、可愛いというか色っぽいというか、剣道家にしておくのはもったいない面構えをしているのは事実である。強《し》いて難を挙げるとすれば、若干脚が太いというのがなくはないが、それだって充分許容範囲ではないかと、あたしは思っている。少なくとも、あのチャラけた西荻緑子よりは数段いい。あんな、銀座のホステスが無理やり高校生のコスプレをしたような女よりは、河合部長の方が数十倍いい。

いやいや。別にあたしが河合の肩を持ってどうなるものではないのだが。

「ねえ、河合サン……もしかして最近、男できたり、しました?」

えっ、とか、やだっ、とか、動揺の色を見せるかと思いきや。

「どうして?」

落ち着き払って質問返し。部長、さすがですな。

「いや、ちょっと、そんな噂を」

「どんな噂?」

あんた、マスコミ慣れした芸能人かよ。堂々としすぎだろ。

「ひょっとして、岡くんのこと?」

「あ、まあ……そうですけど」

なんであたしの方がオドオドしなきゃならないんだよ。

「噂よ。ただの、う、わ、さ。私が西荻さんのお姉さんから奪ったとかいうのも、全然
……完全に、デマだから」

そういってあとから、ふふっ、と添える微笑が、いかにも妖《あや》しげである。

魔性だな。この女。

そんな色っぽい話も、三歩歩けばあたしは忘れる。

試合場に入ったら、ただ相手を斬ることにのみ集中する。

「始めッ」

栄林学園の松平。こいつはなかなか手強《てごわ》かった。中段で構えてて、いきなり下から刺してくるコテに難渋した。ただまあ、隙がないではなかった。コテに入ってくるところを、あたしが先に上から押さえて、

「ンメェエアッ」

一発でメンが決まったわけじゃないけど、何度かやってたら、松平もコテを狙うのが怖くなったのか、徐々にメンを警戒して手元が浮くようになってきた。そこに、

「ドォォアァァーッ」

引きドウ。あたしに赤三本。この試合はそのまま時間切れ。あたしの一本勝ちになった。その後の四、五、六回戦は大した相手じゃなかった。でもさすがに、準々決勝から先で楽はできそうになかった。

久里浜商業の白井。小さいが、理詰めで攻めてくるタイプ。おそらく手を読み合う勝負になるだろうと思われた。

ただ一つだけ、こいつには感謝をしておかねばなるまい。白井は直前の六回戦で、葵商業の庄司を片づけてくれている。別にあたしだって庄司ごときに負ける気はしないのだが、無駄に疲れる試合はやはり、できることならば避けたい。

そういった意味ではこの勝負、最初からあたしの方が有利だったのかもしれない。

「始めッ」

案の定、序盤は静かな間合いの探り合いが続いた。足の親指一つ分、竹刀の先革《さきがわ》いっこ分の間合いを、互いに歯軋りしながら奪い合う展開だ。

観の目を強くし、見の目を弱くする。歩で詰めたのか、手元で竹刀を伸ばしたのか、そんな細部に捉われてはならない。相手が打ってくるであろう気配を読もうとしたら、かえって出遅れる。読むのは相手の呼吸。技も足も出せないであろう機会を、

「……シッ」

盗む――。

「ンメアァァァーッ」

マズいはずした。すかさず右メンがくる。左斜め後ろに回りながら竹刀の中ほどで応じる。くっつかれた。鍔迫り合い。だが相手から、離れようとの目配せがある。あたしはそれに応じた。

仕切り直し。

去年までのあたしだったら、もうこの段階から攻めに転じていただろう。一気呵成《いっきかせい》に打ち掛かり、避けられても捌かれても竹刀を振るい、追い詰め、相手の闘志も尽きる頃、わずかに残った敵の魂の、最後の一滴をも斬り散らすつもりで、こっちも死ぬ気の、渾

身の一撃を見舞おうとしただろう。

だが今は、違う。

一連の、西荻との戦いの中で感じたこと。河合との稽古で学んだこと。日々の稽古の中で、小柴があたしに求めたこと。田原やその他の後輩に指南する中で、逆にあたしが教えられたこと。そんな諸々が、今のあたしの戦いの中に活きている。

観の目を強くし、見の目を弱くする。この言葉の意味すら、すでに自分の中で変わってきている。以前とは違う目で、相手を観られるようになってきている。

相手の、動作と動作の繋ぎ目。意識の谷間、切れ目――。

そう。今、ここだ。

「カテェェヤァーッ」

白井は一歩も、竹刀を動かすこともしなかった。

完全に、居付いていた。

「コテあり」

これが今の、あたしの戦い方だ。

白井にはその後、もう一本コテを決めて二本勝ち。次の準決勝では横浜産大付属の石峰に、延長の末ドウで一本勝ちを収めた。

向こうのブロックからは、予想通り河合が勝ち上がってきた。神奈川から全国大会に出られるのは二人だから、もうこの時点であたしと河合に決定しているわけだ。これは去年までの、村浜・野沢時代にも成し得なかった快挙といえるのだが、だからといってもう満足、というわけではない。

河合とは、何度でも戦う必要がある。何度も戦って、勝ち続ける必要がある。いや、逆かもしれない。何度勝っても、心から勝った気がしない相手。それがあたしにとっての河合、なのかもしれない。しかし、なぜだろう。

「ンメェェーアッ」

「メンヤァァーッ」

相打ちのメン。双方決まらず、互いに飛び退《の》いて間合いを切る。

また剣先を向け合い、間合いを詰める。

河合との場合、遠間と、一足一刀の間に移行する、これくらいの距離が一番神経を使う。観られている、読まれている感覚。そう、こういう間があるから、河合は怖い。

それと、一本の質。

試合で審判が旗を三本上げたからといって、それがすべて等しい一本というわけではない。

剣道の一本は「気剣体」の一致。充実した気勢、適法な姿勢での、有効部位への打突、充分な残心。いい換えればそれは、真剣であれば相手を斬ることができた一撃、ともなる。

たとえば、相手の手首を丸ごと斬り落とすようなコテであれば、文句なく旗は上がる。だが二本ある手首の骨の一本でも断ち、戦闘不能に追い込むような一撃であれば、それでも旗は上がるだろう。

どちらが真の一本か。考えるまでもなく、それは斬り落とす一本の方だろう。

河合の一本というのは、ひょっとしたらそういうものなのかもしれない。メンなら相手の顎まで断ち割る。ドウなら体を真っ二つにする。しかもそれをあたしが感じるから、怖いのかもしれない。何度となく頭蓋骨を割っても、腹の肉を抉っても、手首をへし折っても、最後に絶命させられるのはこっちだから、勝った気がしないのかもしれない。

「ドォォアァァーッ」

引きドウ。三人の審判はあたしに、それぞれ赤を上げた。でもまだ河合は死んでない。そう思う。

「二本目」

いつのまにか、果敢に攻めている自分がいる。違う、こうじゃない。あたしが今したい勝負は、こういうんじゃない。もっと、打つ前に相手を制するような、そういう戦いを――。

「コテェェーッ」

しまった。もらってしまった。竹刀の物打が、手首に巻きつくほど強烈なコテだ。それでいて、実際の痛みはさほどでもない。まさに、冴えの一太刀。

「コテあり……勝負」

ふと可笑しくなった。あたし、また攻めてる。河合の恐怖に踊らされて、無理やりに隙を見つけては竹刀を捻《ね》じ込んでいる。

小さいな、あたし――。

試合中にこんな気持ちになったことって、ひょっとしたら今まで、なかったかもしれない。弱い犬ほどよく吠える。そんな言葉が脳裏をよぎる。

「ンメヤァッ」

入った。でも明らかに、さっきの河合のコテよりも浅い。打ったあたしがいうのだから、間違いない。

「メンあり……勝負あり」

ああ。試合に勝って勝負に負けるって、こういうことなんだろうな。初めてだよ。こんな敗北感にまみれながら、勝ち名乗りを受けるのなんて。

ありがとうございました。河合先輩。

今日も、いい稽古を、いただきました。

10　先輩に会ってきたの

インターハイ県予選を二日後に控えた、六月最初の金曜日。

「そんな、いきなり無理ですって」

昼休みに教員室に呼ばれ、私は突如、城之内先生に告げられた。

明後日の女子団体予選の次鋒は、甲本、お前でいく、と。

「仕方ないだろう。森下の体調がよくないんだから。そもそも補欠っていうのは、こういうときのために登録してあるんだから」

「そりゃそうですけど、でも私より、成田《なりた》さんの方が先じゃないですか」

成田さんというのは三年生の、私と同じ補欠登録されている選手だ。

「それは抜けたポジションにもよる。次鋒ならお前だ。それくらいのことは、こっちも充分考えてある」

「他の選手はどうなんですか。私が入ること……」

「むろん黒岩も了承している。他の選手だって同意見だ。明後日はお前でいく。今日の稽古は調整程度だから、できるだけ早く帰って、試合に備えてくれ……あと、名前、すまんな。吉野先生がカワの字のコウモトで書類を出しとったけん、そのままになってる」

もういいです。名前の件は諦めました。

とにかく私は、たったそれだけの通告で福岡南高校の、インターハイ代表チームに入れられてしまった。

ちなみに翌土曜日は個人の予選。みんなで応援にいくため、稽古はなし。だから備えるも何も、実質試合までに使える時間は丸一日もなかったわけで。

「そんなに、緊張せんでもよかよ。勝ち抜きじゃなかけん。一人で勝とうとなんて、思わんでよかって」

試合当日。レナはいつもの笑顔でそういい、私の肩をモミモミしてくれた。

一人で勝とうなんて、そんな大それたことはそもそも考えてない。むしろ逆。私が入ることで、この全国レベルの常勝チームともいうべき福岡南女子の看板に、大きな瑕《きず》をつける結果になるんじゃないかって、そっちの方を私は心配してるだけ。

場所は、この前のブロック大会でもきた九電記念体育館。でも、実際に試合をやるんだって思うと、見える風景はまったく違ったものになる。

周りは、全部敵――。

あれ、これって前に、磯山さんがいってた台詞だ。

そう、だよな。あの頃の磯山さんて、まだ東松にも馴染んでなくて、でも実力を買われてチームメンバーに起用されて。そりゃ、周りが全部敵に見えたってしょうがないよな。そこんとこ、今回の私の場合はあくまでも病欠の穴埋めだから、かなり評価は低めだとは思うけど。

「迷惑かけると思うから……先に謝っとく。ごめんね、私で」

それでもレナは笑顔だった。どこまでも余裕の人だ。

「何いうとーと。仮に新井さんと早苗が二本負けしたって、私から坪井さんまでが取り返せばすむっちゃけん。そればできんで、私がコケてチームが負けになったら、それは私の責任ばい。早苗が責任感じることじゃなか」

いや、それでも三分の一は、私の責任でしょう。

「……早苗は、私が見込んで、城之内先生に頼んで、チームに入れてもらった選手ばい。弱いことなんて、あるはずなかよ。だから、今から負けることなんて考えんで、いつも通りの剣道をしてくれたら、それでよかとよ。そうしたら、必ずよか結果に結びつくけん」

そうだと、いいんだけど。


団体予選は、まず三校リーグ戦から始まる。中部ブロックから八校、南部が六校、北部が六校、筑豊が四校の、計二十四校。これをリーグ戦で三分の一まで絞り込む。

「始め」

でも実際、心配することはなかったみたい。新井さんだってすごい強い選手だから、たいがいは私の前で二本勝ちしてくれる。

「勝負あり……」

続く私は一本勝ちと引き分けが一回ずつだったけど、次のレナがまたきっちり二本勝ち。そうなると、勝負はもう副将・上島さんのところで決まってしまう。もちろん上島さんも二本勝ち。大将戦なんて、やる前から相手が投げちゃってるのが見え見えだった。

三校リーグ戦は難なく突破。するともう次は準々決勝。下馬評ではうちと、南部ブロックから勝ち上がってきた三田村学園が当たるこの準々決勝が、事実上の決勝戦だ、みたいにいわれていた。

「やめ……引き分け」

確かに、三田村学園は強敵だった。新井さん、一本も取れなかった。そうなると私も、バキバキに緊張してしまう。

「……次鋒の高畑《たかはた》は勝ち急ぐけん、落ち着いて見てけば、早苗なら捌けるよ」

「うん、分かった」

こういうひと言って、特に私の場合は重要だ。落ち着いていけばなんとかなる。引き分けだっていいんだ。そう考えることにした。

レナのいった通り、相手の高畑さんはガンガン打ち込んでくるタイプの選手だった。最初の何回かの接触で、ああ、これなら捌けるなって、私も思えた。

中段を崩さず、相手の攻撃は竹刀の中ほどで捌き、回りながら、ときには押したり、引いたりしながら、自分の間合いに相手を誘い込む。そうやってじっくり相手を見ていると、ときどき、ここ打てそうだなっていう、ブラックホールみたいなポイントを見つけることがある。そういうときは、

「ドォォォーッ」

剣先が吸い込まれていくみたいに、綺麗に打ち込める。

「ドウあり」

やった。私、ちょっとだけチームに貢献。

「二本目ェ」

焦ったのか、高畑さんはさらに攻め手を激しくしてきた。こうなるともう、怖い感じはしなくなった。一本取ってるし。取り返されたって引き分けだし。もう時間的に、二本取られることはないと思うし。ん、そこ今、打てる。

「メェエエーン」

入った、と思ったけど、旗は一本しか上がらなかった。残念。

「やめ……勝負あり」

ふう、終わった。

っていうか、でかした、私。一本勝ち。

結果的には、この私の一勝が決め手になったといっても過言ではないと思う。続くレナが一本勝ち、でも副将が一本負け、最後は大将が粘って引き分け。こっちの勝ち数が二、三田村学園が一で、辛くも福岡南が準決勝進出を決めた。

最後の二試合は、どっちかっていうと三校リーグ戦の展開に近かった。準決勝ではみんなが二本勝ち、私が引き分け。決勝ではレナと坪井さんが二本勝ち、他は引き分け。下馬評通り、三田村学園との対戦を制したうちが、全国大会出場の切符を手にすることになった。

なんということでしょう。私が福岡南の団体戦メンバーとして、全国大会に出場することになってしまいました。

あ、でも、森下さんが元気になったら、私は出なくていいのか。


月曜日の昼休み。私はいつもより急いでお昼ご飯をすませて、三年L組の教室を訪ねた。

「すみません……森下律子《りつこ》先輩、今日は、いますか」

入り口近くの人に訊くと、その女子の先輩は「うん」といいながら教室を見回した。

「今は、おらんね……屋上じゃなかかと」

「あ、そうですか。ありがとうございました」

さっそく近くの階段から屋上に上がってみる。私は完全教室派だから、昼休みに登ってくるのってこれが初めてなんだけど、そうじゃなくても屋上ってのは、なんとなく三年生の縄張りって感じになっているらしい。噂によると、物陰には煙を吐いている男子生徒が、たくさんいるとかいないとか。

今日はお天気もよくて、こんな日は確かに屋上もいいよね、と思った途端、私は、いけないものを見てしまった。レジャーシートに仰向けになって、上半身裸で日光浴をしてる男子生徒。しかもけっこう筋肉質のナイスバディ。確かに今日は二十七度くらいになるっていってたから、そういうのもアリかもしんないけど、でも学校でって、どうなの。目のやり場に困る。

私は、別に興味ありませんよ的な態度でそこを通り過ぎ、辺りを見回した。そしたら、柵の近くに溜まって喋ってる、男女六人くらいのグループの中に、森下さんの顔を見つけた。

それとなく空気を窺いながら近づいていく。けっこう雰囲気は和《なご》やか。よく見れば、みんな剣道部の先輩だった。

「あの……どうも」

お辞儀しながらいうと、一班の三枝《さえぐさ》さんて先輩が気づいてくれて、森下さんの肩をついた。

森下さんがこっちを向く。

「あの、どうも……森下さん、お加減、いかがですか」

するると、急にだった。

冷たい風でも吹き抜けたみたいに、場の空気が凍りついた。森下さんの頬が引きつる。二人いる男子の先輩は、なんとなく私と先輩女子の顔を見比べてる。三枝さんともう二人の先輩は、なんか決まり悪そうにあらぬ方を向いた。

森下さんは、苦いものでも舐めちゃったみたいに口元を歪ませて、鼻で溜め息をついて、校庭側の空を見上げた。

「あんた……何しにきたん」

そういって、もう一度私を見たとき、先輩の目は、少し泣きそうな感じになっていた。

「いや、その……森下先輩、具合が悪いって、聞いてたんで、大丈夫かなって、思って」

視線が、徐々に険しくなっていく。

「なに。自分それ、本気でいうてんの」

森下さん、なにげに関西弁。

「えっ……何が、ですか」

「ほんとになんも知らん天然《てんねん》ちゃんで、勝利報告しにきたんか、それとも全部分かってて、元気なあたしに嫌味いいにきたんか、どっちなんて訊いてんの」

いってる意味が、全然分からなかった。何も知らない天然ちゃん、って私？　元気って、嫌味って、どういうこと？

「よせよ、律子……知らないんだよ、この子は。転校生なんだろ？　可哀想だって」

かばってくれたのは男子の先輩。確か、村上《むらかみ》さんていう人だ。

「なに、ユウキはこの子の肩持つん」

「そんなんじゃねえよ。仕組んだのは、悪いのはこの子じゃなくて、副校長とか城之内だろうが。それと……黒岩か。怨《うら》み言いうなら、奴らにいえってこと」

「いえるかァ、アホ。そんなブサイクな真似、誰が」

なんか分かんないけど、すごい嫌な話を、聞いちゃってる気がした。

森下さんが、今一度私に向き直る。

「あんたも、これから徐々に分かってくと思うけど……この学校、試合で勝つためなら、なんでもやるから気ぃつけた方がええよ。集めるだけ集めといて、使えるうちはバンバンつこて、勝てなくなったら放り出す。もっといいのが入ったらお払い箱。壊れて潰れるのは自己責任。転校するならご自由に……ここって、そういう学校やねん。そらまあ、剣道に限った話やなく、野球もサッカーも、柔道も、どこの部も一緒やけどな」

胸の鼓動が、なんかやたらと速くて。強い風が吹いてるわけでもないのに、息が上手く吸えなくなって。口ばっかり、パクパクしちゃって。一瞬、自分は今どんな顔してるんだろうって、思ったけど、じゃあどんな顔したら、この場を取り繕《つくろ》えるかなんて、そんなこと、思いつくはずもなくて。

結局、お辞儀をしただけで、何もいわないで、階段の方に逃げてきてしまった。

もうお昼休みの屋上には、二度ときたくないと思った。


教室に帰ったら、レナも食堂から帰ってきてた。

「早苗ぇ、どこいっとったと」

もちろん、森下さんのいったことが、全部ほんとかどうかなんて分からない。だから、今日のところは黙ってて、屋上のあれは聞かなかったことにして、ただなんとなくやり過ごす。そういう方法もないではなかった。

でも、その前から漠然と私の中にあったモヤモヤが、それをさせなかった。昨日の大会で優勝したことまでが、薄暗い闇となって、私の頭上に覆いかぶさってきていた。

「……今ね、屋上で……森下さんに、会ってきたの」

すると、レナの表情が、にわかに硬くなった。滅多なことでは動揺しない人だと思ってたけど、この件に関しては、そうじゃないんだ。

「森下さん、元気だったよ」

「それは……早苗は、気にせんでよかよ」

声の調子、いつもと、ちょっと違う。なんかぎこちない。

「何が」

「だから、森下さんの体調が、どうとかって、そういうこと」

「どうして」

いけない。私、こういう自分、好きじゃない。けど、どうしても抑えられない。このモヤモヤを誰かに、っていうかレナにぶつけないと気がすまなくなってる。

「……どうして、気にしなくていいの。森下さんが体調不良だから、だから私は昨日、試合で次鋒に起用されたんでしょう？　なのに、森下さんが元気だったらおかしいじゃない。だったらどうして、私は昨日の試合に出なきゃならなかったの？　なんのために私は試合に出たの？」

やだ。声も大きくなってる。ぼちぼち教室に帰ってきた人たちも、なんだなんだって感じで、遠巻きにこっちを見てる。

「……それは、勝つために、決まっとーやん」

それでも、自分を抑制できない。

「ハァ？　勝つために、私を次鋒にしたっていうの？　そんなこと、あるはずないじゃない。許されるはずないじゃない。インターハイはオーダー変更不可なんだよ？　そんな、作戦上の都合で、勝手に選手を入れ替えていいはずないじゃない」

レナは、じっと固まって、私の目を覗き込んでいた。

「……森下さん、何いうとった？」

そんなの、正確には忘れちゃったよ。

「仕組んだのは、副校長と、城之内先生と……レナ、みたいなこと」

あれ。これいったのって、男子の先輩だったっけ。

どっちにせよ、レナの反応はなし。

「ほんとなの」

ようやく、小さく頷く。

「……それは、ほんと。私が頼んで、早苗と、森下さんを、入れ替えてもらったと」

「なんのために」

「だから、勝つためだってば」

「なんに。どう考えたって私より、森下さんの方が強いじゃない」

レナは、子供のイヤイヤみたいに、首を横に振った。

「……インハイのチームには、どうしても早苗が必要やったと。いや、これからますます、必要になってくるとよ」

「どうして。どうして私なの。どうして大して強くもない私が、福岡南の代表メンバーに必要なのよ」

泣きそうだった。よく分かんないけど、熱いものが、頭の芯から天辺《てっぺん》に、噴き出してきそうだった。

逆にレナは、落ち着きを取り戻したみたいに、両肩から力を抜いた。いや、違う。諦めたんだ。レナは今、観念したんだ。

「……早苗が、東松の生徒やったけん。だけん」

「ハァ？」

「具体的にいうと、早苗が、あの磯山香織に、公式戦で、二度も勝っとることが、確認できたけん」

磯山さん？　私のチーム入りと、磯山さんが、一体、なんの――。

レナは、妙に冷たい目つきで、私を見下ろした。

「ここまでいっても、まだ分からんと？」

分からない。分からない。

「……貴子先生と、城之内先生の仕入れた情報によると、今年のインハイ団体戦で東松は、磯山香織を、先鋒か次鋒に起用する公算が高いゆうことやった。うちの場合、先鋒の新井さんをはずすよりは、次鋒の森下さんをはずした方がロスが少なか。だから、急《きゅう》遽《きょ》森下さんに抜けてもらって、早苗を入れたと」

そんな馬鹿な。

「ちょっと待ってよ。だって……これから戦うのは、東松だけじゃないんだよ？　他にもいっぱい対戦相手はいて、むしろ、東松とは当たらない可能性だって、いっぱいあるんだよ」

「分かっとーよ、それくらい。でも私が、少なくとも私のいるチームが、あの磯山香織のいるチームに負けるわけにはいかんとよ」

呆れた。

「何よそれ……なんなの一体。私がいたら、私が次鋒で磯山さんと当たって勝ったら、それで福岡南が、全国優勝できるとでも思ってるの」

「もちろん、早苗の実力も高く評価しとーよ。だからこそ、吉野先生は早苗に、誰にもコテば打たせるなぁいうとーとやろ。早苗の弱点はコテばい。そこさえ克服できれば、もっともっと早苗は勝てるようになるとよ」

なんか段々、気分が悪くなってきた。

「そんなことのために、森下さんをはずして、私を入れたの」

「そんなことって、そげん言い方はおかしか。大切なことたい。いっちゃん大事なことたい。勝つために最善の方法をとる。ルールはギリギリいっぱいまで使って、初めて真の意味を持つとよ。ルールに反してなければ、それは反則ではなか。私らのやっとるのは、その、ルールギリギリの方法かもしれんけど、でも充分セーフたい。誰にも責められる覚えはなか」

嫌だ。私、こんなの嫌だ。

「じゃあもし、磯山さんが次鋒じゃなくて、先鋒で出てきたら……なんの意味もないわけね。いい笑い者ね」

「そんなことはなか。磯山の試合を、後ろに控えてる早苗が見る。手の内を知り尽くした人間が敵陣にいるのは、戦う者にとっては大きなプレッシャーになるけん。それだけじゃなか……今年は私、インハイの個人戦には出んけど、来年は必ず出る。そのときには必ず、磯山と当たることになる。そんときに、早苗の力が必要になる。磯山の手の内を知り尽くしたあんたがいれば、私は磯山を研究し尽くして臨むことができる。逆にいえば、うちの剣道部はそのために、早苗を部活クラスに編入させたとよ」

そんな――。

私に、磯山さんを、裏切れっていうの。レナのために、福岡南のために、磯山さんの情報を、売れっていうの。

頭の中で、どろどろした何かが煮え立つのを、私は感じた。怒りなんて、とっくに通り越してた。悲しみなんて、踏み潰して蹴散らした。

なんなんだろう、この感情は。でも私は、これに負けちゃいけないと思った。これに負けたら、自分が駄目になる。それだけは、はっきりと分かった。

「……そんなに、勝ちたいの。磯山さんに」

レナは黙ったまま、でも確かに頷いた。

それで少し、私は納得がいった。

「磯山さんも、たいがい、勝ったの負けたの、うるさい人だったけど、でも……決して、あなたみたいじゃなかった。あなたの勝った負けたと、磯山さんの勝負論は、根本的に違ってる」

なんだろう。悲しくもないのに――。

「あの人の、磯山さんの剣道には、少なくとも、魂があったわ。乱暴だし、滅茶苦茶な人だったけど、それでも……あの人の剣道には、間違いなく、武士道があったわ」

震える。体が、魂が――。

「あなたには……そのどっちもない。ただ、勝ちたいだけじゃない。それじゃ、単なる欲じゃない。ほんとは、勝つ意味なんてないんじゃない。あなたのやってるのは、剣道っていう名前の、ただの、ゲームじゃない」

私が立ち上がっても、レナはこっちを見ない。

「そんな剣道……私、大ッ嫌い」

歩き出した勢いで椅子が倒れたけど、知ったこっちゃない。

四時限目の授業？　そんなの、もうどうだっていい。

11　人事権

まったく、途方もない勘違いをさせてしまったようである。

あたしが了解したのは、あくまでも清水のカノジョかと訊かれても否定はしないということである。断じて奴との交際を了承したわけではない。

それだというのにあの馬鹿は、ことあるごとに電話をかけてくる。

『ええー、じゃあ今日は遅いのぉ？』

新妻か、お前は。

「試合の打ち上げだ。保護者とかと会食の予定が入っている」

『帰り、何時頃になるの』

「分からん。そもそもキサマにあたしの予定を知る権利はない」

『そんなこといわないでよ。仮にも君は……僕の、カノジョなんだから』

なんなんだ、その微妙な間は。裸足でゴキブリを踏んづけるよりまだ気持ち悪いぞ。

「その言葉を、軽々しく口にするなといったはずだが」

『だから、仮に、って……』

「〝仮〟をつければすむ問題か。誤解を招く表現は慎《つつし》めといっているんだ」

ほぼ毎日この調子。まったく。あたしはこの時期、特に忙しいのだと何度いったら分かるのだろう。

ようやく迎えた関東大会本戦。我が東松女子のテーマは、県予選五位のポジションを覆《くつがえ》してどこまで進めるかにあった。

しかしこれが、あろうことか最初の三校リーグ戦を勝ち抜けられないという、惨憺《さんたん》たる結果に終わってしまった。

原因は、次鋒から副将までの戦力不足、といわざるを得ないだろう。その証拠といってはなんだが、並行して行われた個人戦では、あたしも河合も極めて好調だったからだ。結果からいおう。優勝があたしで、河合は三位。あたしは関東大会個人戦初出場、初優勝なので、むろん嬉しいは嬉しかったが、一方に、どうにもすっきりしないものが残ったのもまた事実だった。

今年の東松女子は、個人はいいが団体が弱い。このままでは、そういうレッテルを貼られてしまう。この汚名を返上するには、インターハイの県予選で好成績を挙げるのが最も近道だった。

実はこれについて、小柴はある策を講じていた。

あたしを先鋒からはずし、次鋒に据える。次鋒の平田は一つ下がって中堅に、そして中堅だった久野を先鋒に持ってくるという、オーダーのマイナーチェンジがそれだ。すでにこの順番で届けは出してある。むろん、別の選手と誰かを入れ替えたわけではないので総体の戦力は変わらないが、それでも今までとは違った流れを作ることはできる。そういう期待は持てた。

というのも、実は最近、長身の久野が諸手左上段を試していて、それが形になりつつあるのだ。ここ数年の神奈川はどういうわけか、上段の使い手が年々少なくなる傾向にある。ここはもう、こけおどしでもなんでもいいから久野に上段を取らせて、わけが分かんないうちに先鋒戦を引き分けに持ち込んで、次鋒戦ではあたしがガッチリ勝って、中堅と副将はとにかく守りに徹して、大将戦で河合が駄目を押す。そういう流れをみんなで作っていこう、というわけだ。

そんな安直な、と誰もが思ったと思う。あたしも最初はそう思った。だが案外、これが功を奏した。

「……引き分け」

普段から上段使いの選手と稽古をしていないせいか、多くの対戦相手が久野の上段に戸惑いを見せた。中段と違って竹刀が自分に向いていないので、非常に距離が測りづらい。つい相手は久野の間合いに入ってしまう。そこを、久野が上から叩く。むろん、そうそう簡単に一本は取れない。だが効果はある。間合いに入れない。どうしよう。そう相手が戸惑っているうちにブザーが鳴る。

「引き分け」

久野は任務を着実に遂行した。そしてなんと、準々決勝まではこの作戦がばっちりはまって、勝つことができた。

しかし、世の中というのは甘くないものである。

準決勝での対戦校は、このところ上位進出の常連となりつつある横浜産業大学付属高校。しかも先鋒は、先日のインハイ個人予選で唯一あたしが延長までもつれた、石峰恭子《きょうこ》だった。

「始めッ」

このクラスの選手ともなると上段対策も万全のようで、竹刀を斜め、平正眼気味に構えた石峰は、

「ツエケエエエーッ」

いきなり遠間から飛び込み、電光石火のツキで一本を奪ってみせた。敵ながら、見事としかいいようがない一撃だった。

この一本で完全に怖気《おじけ》づいた久野は、ちょっと入られると喉を守ろうと手元を下げるようになってしまった。これではいつコテを取られてもおかしくないと思っていたら、まんまと取られた。

「コテあり……勝負あり」

お陰でごっそり二本負け。だが、あたしが先鋒だったら負けなかったのになぁ、などといっても始まらない。あたしはあたしの仕事に徹するほかない。

皮肉なことに、次鋒戦の相手はさして強くもなく、あたしは余裕の二本勝ちを収めた。だが中堅、副将はあっちの方が一枚ずつ上手だった。要するに一本勝ち、二連チャン。並び順の妙。強いところが勝ち、弱いところが負けるという当然すぎる成り行き。大将戦を待たずして、この時点で東松女子の敗退は決まってしまった。成績は県予選ベスト4。去年に引き続き、団体戦では今年も全国大会出場を逃す結果となった。


久野を先鋒にしてのベスト4を上出来と見るか。

二年連続で全国出場を逃した結果を不出来と見るか。

意見は分かれるところだろうが、ここで立ち止まることは許されない。

「ちょっとお前ら、集まってくれ」

翌日。小柴は稽古が終わるなり、団体戦メンバーを道場の端に集めた。田原と東野が困ったような顔をしていると、小柴は「お前らもだ」と二人に手招きをした。

あたしと河合、久野、平田、上原。それと田原、東野。

小柴は視線を一巡させてから、改めて河合を見やった。

「……ちょっと、相談がある。玉竜旗《ぎょくりゅうき》の、オーダーについてだ」

玉竜旗というのはインターハイの直前、七月下旬にマリンメッセ福岡で開催される団体戦のトーナメント大会だ。オープン参加で予選も何もないため、女子で四百弱、男子なら六百ものチームが参加するビッグイベントだ。ただ、この大会にはもう一点、特筆すべき特徴がある。

それは、剣道では珍しい勝ち抜き戦を採用している、という点だ。

小柴がしたい相談というのは、その点を見据えた上でオーダー編成をどうすべきか、ということだろう。

「まず、お前らの意見を聞きたい。この前の県予選では、俺の一存で久野を先鋒、次鋒磯山、中堅平田というオーダーで戦ってもらった。俺は、あれはあれで、予想以上の結果を出せたと思っている。むろん弱点も露呈した。だが大きな発見もした。お前らもそうだったろうと思う。それを踏まえた上での、相談なんだが」

小柴の目があたしを捉える。

「……知っての通り、玉竜旗は勝ち抜きのトーナメント戦だ。従来のオーダー通り、磯山を先鋒に戻せば、大会の華ともいえる〝抜き合戦〟に参加することもできるだろう。記録としては、あれは何年前だったかな……鹿児島実業の高橋孝司郎《たかはしこうしろう》という選手が、二十四人抜きを達成している。まあ、そこまでやるのは至難の業だろうが、相手によっては、磯山なら、十人くらい抜くことは不可能ではないと、俺は思っている。これは、強い先鋒にしか与えられない特権だ。メディアもこういった点には目ざとい。上手くやれば注目もされる。それを期待して、磯山を先鋒に戻すか……」

また一巡、メンバーの顔を見回す。

「まったく別の考え方でオーダーを組み直すか。そろそろ決めないとまずい時期にきている。できれば今日、ある程度の方向性は固めたいと思っている。……どうだ、河合」

だが、

「はいッ」

あたしは河合が何か言い出す前に、勢いよく手を上げた。なのに小柴は、ちらりとこっちを見ただけで、すぐにはあたしを指名しない。

「はいはいはいはいッ」

片手では足りないようなので、もう一方と片足も上げて、大きく振ってみせた。

それでようやく、あたしは小柴の指名を受けた。

「馬鹿か……なんだ磯山」

「はい」

あたしはいったん、深呼吸をはさんだ。

今あたしが考えていることを口にすれば、少なからず部内の人間関係に波風を立てることになる。むろん、それを回避する方法がないわけではない。あたしがまず宣言して、他の部員を傷つけない言い方で、案の主旨を説くことも不可能ではない。ただそれだと、本当に事が丸く収まってしまう可能性がある。

すべてが丸く収まるということは、誰も、誰かを恨んではいけないということでもある。それはそれで、苦しいものだ。憎まれっ子は、一人くらいいた方がいい。

「どうした、磯山」

「ああ、はい……えーと、これはその、あたしの、ごく個人的な意見なんですが」

こんな下手な前置きはいらん。

「いや……すみません。先に謝っておきます」

あたしは、久野の向こうにいる先輩部員に目を合わせてから、頭を下げた。

「……平田サン。今回の玉竜旗、メンバー、はずれてください」

えっ、と漏らしたのは、その隣にいる上原や東野といった、三年生メンバーだった。

河合は、黙っている。

上原があたしを睨みつける。

「どういう意味、それ」

あたしは彼女にも頭を下げた。

「はい……正直、関東大会も、インハイ予選も優勝できなかった前回のメンバーで、玉竜旗を制覇できるとは……あたしは、到底思えません。厳しい言い方をすれば、今年戦ってきたオーダーは、前回の県予選で、もう、終わりにしたい」

本題はここからだ。

「……その代わり、田原をチームに、入れてほしいんです」

周りの反応を窺う。誰より驚いているのは、田原自身であるように見えた。

もう一度、頭を下げる。

「お願いします。あたしらの代は、久野と田村の、三人しかいません。来年団体戦に出るには、どうしても、田原の代に頼らざるを得ない。でも正直……こいつらの代は、大舞台での経験が足りない。高橋と深谷は中学時代、個人で全国に出てますが、このところは、出稽古なんかだと、田原の方がだいぶいい戦いをします。だからまず、田原にチャンスをやってください。大舞台で戦うってことが、チームの一員として戦うってことが、どういうことなのか……肌で感じてほしいんです。そういう機会を、作ってやりたいんです」

あたしは、その場に膝をついた。

田原以外のメンバーは、またかと思ったかもしれない。昨年、怪我をしたあたしの代役を西荻にやらせるため、あたしは全部員の前で、こんなふうに土下座をした。だがあのときと今回とでは、思いがまるで違う。あのときははっきりいって、芝居だった。みんなをだますための方便だった。でも、今回は本気だ。本気で頭を下げて、みんなの了解を得たいと思っている。

「だから……すみません、平田サン。メンバー、降りてください……あたしと、一緒に」

頭を下げているので見えはしないが、周りがざわつくのは気配で分かった。

小柴の爪先がこっちを向く。

「どういうことだ……磯山」

あたしは顔を上げた。

「どうもこうも、そういうことです……降りるあたしの代わりに、もう一人、高橋か深谷を、新しくメンバーに加えてください。それを含む以降の人選には、あたしはもう、一切口出ししませんから」

「冗談じゃないわよ」

そう、吐き捨てるようにいったのは、上原だった。

「あんたっていっつもそう。勝手に突っ走って、自分の意見ゴリ押しして……」

分かっている。だからこうやって頭を下げている。今回は、本当にすまないと思っているのだ。ひどいことをいっているのは百も承知だ。

河合が、静かに息を吐く。少し乱れているように聞こえた。

後ろにいる田原は、息遣いは疎《おろ》か、気配すら断っている。

正面にいる、小柴が腕を組み直す。

何かのペナルティだろうか。窓の外を、五、六人の集団が掛け声をかけながら走り過ぎていく。

その声も徐々に遠くなり、やがて、聞こえなくなった。

口を開いたのは、再び上原だった。

「……先生。はずすのは、私にしてください」

袴の下から覗く、白く乾いた爪先。右足首には、黒いサポーター。

「ほら、磯山」

そんな上原の両足が、あたしの目の前まできて、止まる。袴の膝が折れ、竹刀タコだらけの手が、視界に下りてくる。

「立ちなって。あんたにメンバー降りられたら、マジでうち、一回戦負けになりかねないでしょ。そんなんじゃ、田原たちの経験値だって上がんないよ。田原と、深谷か高橋。うん……いいじゃない。二人に好きなようにやらして、それで駄目だったら、そんときはあんたが責任持って、三人でも四人でも抜き返せばいい。その作戦で、最低でも四回戦まではいきな。それが、私たちがメンバーを降りる条件。……どう、呑める？」

言葉が、思うように出てこなかった。あたしはただ頷いて、上原の顔を、見上げただけだった。

「できるね」

「……はい」

上原も頷く。

「よし、決まり」

立ち上がった上原が、いいですよね先生、と後ろを向く。返事はなかったが、小柴は小さく頷いていた。

またしばらく顔を伏せていたら、誰かの手が、あたしの肩に触れてきた。

河合だった。

彼女は息だけの声で、短く、ありがとう、と囁いた。


そんなわけで、あたしたちは夏休みに入ってすぐ福岡に飛んだ。

『えっ……いつ、帰ってくるの』

相変わらず清水はうるさかったが、勝ち負けにもよるが三、四日は帰ってこないというと、さすがに観念したようだった。

『そっか。分かった……じゃあ、がんばって』

おう。お前にいわれなくてもそうするさ。

ので。

『……って、美緒ちゃんに伝えてね』

そっちかい、と思ったがいわずにおいた。妬《や》いてるなどと思われては心外この上ない

それはともかく、マリンメッセ福岡だ。

去年あたしは観戦しただけなので、実際に試合をするのは今回が初めてになるが、まー、でかいでかい。田原によると、チョービッグなアーティストのコンサートもここでは行われるらしい。なるほど、そういう雰囲気も確かにある。

だが、考えたら当たり前だ。

男子六百チームが集まったら、それだけで人数は五千人近くになる。実際は試合に出ない部員や、主催者側のスタッフ、純粋な観客などもいるわけだから、二倍三倍の人数が集まることになるだろう。それだけの人間が集まって、なお選手は身支度をして、試合をして、休んで飯を食ってすごすのだ。これくらいの会場でなければ、逆に開催は不可能だろう。

とはいえ、あたしはこの会場の大きさを、単純に喜んでいるのではなかった。

ここは福岡。いわずと知れた、九州を代表する大都市だ。そこで開かれる剣道大会。しかもオープン参加。つまり望みさえすれば、どんな高校だろうと参加することは可能なわけだ。

ということは、である。もし、西荻がこっちに引っ越してきて、どこかの剣道部にもぐり込んでいたならば、この大会に参加してくる可能性は充分にあると、そう考えられるわけだ。

しかし困ったことに、あたしは西荻の入った学校の名前すら知らない。一応パンフレットを見てはみたが、何せ女子でも参加校は四百に近い。そのメンバーの中に知り合いがいるかどうかを探している暇は、

「香織先輩、何してんですか。こっちこっちィ」

はっきりいって、ない。

むろん、腹を括って電話はしてみた。

こっちにくる、三日前のことだ。

でも、繋がらなかった。

西荻は、いつのまにか番号を替えていた。そうなったらもう、こっちから連絡をとる手段はない。こんなにも高度情報化された現代社会で、連絡がとれないなんてことがあるものか、とも思いはしたが、実際にできないものは仕方がない。また、こっちも旅支度や稽古で忙しかった。それ以上のことをしている暇はなかった。

そのまま、福岡まできてしまった。

玉竜旗に参加する女子は、白の道着と袴を着用する決まりになっている。実際に会場

に入ると、自分のところの部員すら、すぐ見失いそうになる。

でも、ちゃんと捜せば見つかるんじゃないか。あの薄っぺらな背中。中途半端に長い髪。いや、髪はあのあとに切ってしまったかもしれない。えっと、他に特徴は、なんだったか。

ああ、あの独特の足捌き。でも、それを捜して試合を見て回る時間はない。

西荻――。

そう大声で呼んでみようかとも思った。だがそれも思い留まった。奴の両親は再婚している。ということは中三時と同じ、甲本姓に戻っている可能性がある。甲本なのか。西荻なのか。どっちなんだ、おい。

早苗――。

初めて、心の中でその名を呼んだ。

早苗――。

お前、どこにいっちゃったんだよ。

あたし、ここまできても、お前に会えないのかよ。

あたし、どこまでいったら、お前に会えるんだよ。

12　戻ってまいりました

私は、スパイにされようとしていた。

レナが、磯山さんに勝つために。

福岡南が、東松に勝つために。

そのための材料として、あるいは精神的なプレッシャーを与える道具として、利用されようとしていた。

でもあの日の直後、私は驚くべき情報を目にした。

東松女子、神奈川県予選準決勝で敗退。二年連続でインターハイの団体戦出場を逃す。ただし個人戦では、磯山香織、河合祥子《しょうこ》が揃って全国出場を決め――。

私はその記述を、家のパソコンで見た。わりと有名な剣道専門サイトの、掲示板に書かれていたものだ。

翌日、プリントアウトしたものをレナに突きつけた。

「前の学校が負けて、こんなことというの、自分でもおかしいと思うけど……今回はなんか、負けてくれてよかったたって思う。これで、私の利用価値はなくなったわけでしょう」

私が見せる前から、レナはこのことを知っているみたいだった。私がプリントアウトした紙はちらっと見ただけ。詳しく読もうともしない。

「利用価値なんて……ひどかね。そんなふうには私、思っとらんよ」

自分の席に座ると、後ろからレナが、その紙を返してきた。受けとるのもなんかカッコ悪い気がしたけど、でもそのままってわけにもいかなくて、私はひったくるようにして、それを受けどった。

どんどん、自分のことが嫌いになっていく。

人材が豊富な福岡南は、全九州には全九州用の、玉竜旗には玉竜旗用のチームを編成して選手を送り込む。もちろん、複数の大会に連続して出る選手もいる。部長の西木さんは、全九とインハイで個人戦に、玉竜旗にはチームの大将として出場する。副部長の坪井さんは、全九とインハイチームで大将、玉竜旗では中堅を務める。

ちなみに玉竜旗のチーム編成はこう。先鋒が上島さん。次鋒が三年生の後藤《ごとう》さん。中堅が坪井さんで、副将が三枝さん。この前、森下さんと屋上にいた三年生の一人だ。で、大将が西木さん。つまり玉竜旗では、レナは温存される恰好になるわけだ。

これについては、少し森下さんと話す機会が持てた。というのも、遅まきながら、一回ちゃんと謝りにいこうって、ようやく私が決心して、教室を訪ねていったら、森下さんの方から声かけてきてくれて。この前はごめんな、いいすぎたって、いってくれたから。

お詫びに私が売店でチョコモナカを二つ買って、二人で、屋上に上がって食べた。なんか、いい感じだった。

「ああ……玉竜旗の編成は、貴子先生が担当やからね」

ちょっと、どういう意味か分からなかった。

「えっ、貴子先生が担当だと、レナはチームからはずされるんですか」

「いや、そういうことやなくて。貴子先生ってわりと、三年生中心でやっていきたい人やねん。もちろん、最初に実力を平等に評価した上で、やけどな。限りある高校生活やから、なるたけ三年生に、クライマックスを味わわせてあげたい、みたいな……でも、城之内や、学校のもっと上の人間はちゃうねん。完全実力主義……っていうか、成績重視の結果主義。しかも、派手で目立つのが大好き……タレント性も評価基準の一つ、みたいな。新聞に載ったとか雑誌に出たとか、めっちゃ気にするやろあいつら」

はあ。そうなんだ。

「そういった意味で、黒岩……なわけよ。ああいう、強くて目立つタイプは、この学校ではめっちゃ理想やねん。だから二年のくせに、あいつの発言権って、めちゃくちゃ強いやろ。練習もけっこう好き勝手にできるしな。ボクシング習いたいぃいえば、上が勝手に手配してくれるしな」

ちょっと、疑問が湧いた。

「じゃあ、吉野先生って、どうなんですか。何主義ですか」

森下さんは、苦笑いしながら小首を傾げた。

「あの人は……謎やな。でも、ただの酔っ払いってわけでもなさそうやねん。貴子先生は、めっちゃ尊敬してる、みたいにいうし。城之内は……ちょっと煙たがってる感じはあるけど、でも黒岩が三班にいるのって、あれ、吉野に稽古つけてもらいたいからやろ。ただ、四人いる顧問の中では、吉野が一番、黒岩のこと評価してへんけどな……そこんとこは、ちょっと不思議やわ。あたしには分からへん」

それちょっと、逆に私は、分かる気がした。

私自身は真っ平ごめんだけど、レナが吉野先生に稽古つけてもらいたいって思うのは、なんか理解できた。

レナに何か足りないものがあるとするならば、それは、吉野先生のところにこそある。

そんな気はした。

試合には出ないけど、でもどの大会も、会場にはちゃんと応援にいった。

もちろん、玉竜旗も。

私はこの大会、去年も見る側だったけど、でもあのときと今年とでは全然違くて、もっともっと、ぐちゃぐちゃに複雑な心境だった。

今まさに、すぐ下の試合場で、東松の選手たちが戦っている。でももう、私は東松の生徒ではない。別に応援するのはかまわないと思うけど、でもそれは、去年までとはまるで違う意味にとられる可能性がある。東松側にも、福岡南側にも。

私は少し遠くから、東松の試合を見続けた。拍手はせず、両手は膝のところで組んだまま、ひたすら、東松の選手の振るう竹刀に目を凝らした。

ぎゅっと、心臓を鷲《わし》づかみにされるような思いをしたのは、東松の、先鋒の選手が勝った瞬間だった。

あれって、美緒――。

磯山さんの代わりの先鋒って、美緒だったんだ。玉竜旗のメンバーに起用されるなんて、すごいじゃん。強くなったんだね、美緒。

彼女が中学女子部に新入生で入ってきたとき、私はまだ剣道キャリア一年で、小学一年生からやってた彼女にはまるで敵《かな》わなかった。でも、それから一年くらいしたら、具体的には、そう、初めて磯山さんに勝ったあの頃から、美緒とは互角か、それ以上に戦えるようになった。

美緒、ちゃんと高校剣道部に入ってくれたんだね。磯山さんに稽古つけてもらってる？　もらってるよね。だからそんなに強くなったんだもんね。

でも美緒、次の人に負けちゃった。東松の次鋒は深谷さん。知らない子だから、たぶん彼女も一年生なんだろう。

そうか。東松は、積極的に一年生を使ってるんだ。補欠は、上原さんと、平田さんかな？　って、二人とも三年生じゃない。あの二人を補欠にして、代わりに一年生二人を、試合に出してるの？

すごい。期待されてるんだね、美緒。

でも、そっか。私の代って、磯山さんと久野さん、田村さんの三人だもんね。次の代を早く育てようって、そういうことなんだね。

いいな。そうやってみんなで、大事に後輩を育てようって、そういうの、なんかすごくいい。羨ましい。

負けて面を取った美緒に、次に備えて立ち上がった中堅の選手、あれが磯山さんだ。何かしきりにアドバイスしてる。美緒、真剣な顔で聞いてる。でも、まだ座ってる副将が、磯山さんを指してしきりに何かいってる。あれは、田村さんか。それに磯山さんが頷く。ああ、深谷さんが負けちゃったんだ。あれれ、大将の選手って、久野さんじゃん。じゃあ河合さんは、補欠にも入ってないってこと？

とにかく、磯山さんの番がきた。試合場の端っこにいる上原さんと何か言葉を交わす。

小さく会釈をして、磯山さんは試合場に歩を進める。線の中に入って一礼。開始線まで進んで、蹲踞。

「始めェェーッ」

真っ直ぐ、背筋を伸ばしたまま立ち上がる磯山さん。でも、すぐには動かない。剣先も一点につけたまま、静かな平行移動で左右、前後と間合いを測っている。磯山さんだけ見てると、ほとんど動いてないように感じる。

これって、長く構えてる、ってこと——？

磯山さんの剣道、前と全然違う。なんか、冷たくなった。いや、これはもちろんいい意味で。ああ。だったら、クールっていった方がいいか。

「シタッ、メェェアッ」

かと思ったら、いきなり飛び込んで、

「メンありッ」

一本取っちゃうし。

「二本目ッ」

その後も磯山さんは、静と動を極端に使い分ける新しいスタイルで、着実に白星を重ねていった。そしてなんと、気づけばいつのまにか四人抜き。二回戦の残り試合を、たった一人で片づけてしまった。

全員で並んで、礼。試合場から出た磯山さんに、一番に駆け寄っていったのはなんと、上原さんだった。面を取った磯山さんが、それに笑顔で応える。

意外だった。

あの磯山さんが、笑ってる。っていうか、磯山さんと上原さんて、そんなに仲良かったっけ。んーん、仲良く、なったんだよね。私がいなくなってから、いろいろあったんだね。きっと。

本当は、お久し振りですって、磯山さんや小柴先生、河合さんや他の先輩たち、美緒なんかにも挨拶したかった。だけど、それは無理だと思った。今の私には、東松の人たちに合わせる顔がない。恰好だって、こんな制服だし。どう見たって試合、出れてない感じだし。かといって、自分の学校を一所懸命応援してるのかっていうと、それも今一つ、乗りきれてない。

半端な自分が、心底嫌になる。

東松の方が、よかったな——。

でもそれは思っただけで、決して口に出してはいけないと思った。

口にした途端、私はもう、福岡南の剣道部には戻れなくなる。

そんな気がしたんだ。

レナとはその後も、なんかギクシャクした感じが続いていた。同じインハイチームだから、もちろん毎日稽古は一緒だし、竹刀を合わせる機会も多いけれど、彼女が私をどう思っているのかはさっぱり分からなかった。怒っているわけでも、無視しているのでもない。ただ転校したての頃みたいに、優しい感じでなくなったのだけは確かだった。

でも夏休みのある日、稽古が終わって着替えてるときに、急に訊かれた。

「ねえ、早苗……磯山選手の剣道にあって、私の剣道にはない武士道って、なに？　剣道の中の魂って、なに？」

すぐには答えられなかった。別に無視しようとしたんじゃない。ただ、分からなかったのだ。どう答えていいのかが。

確かに私は、磯山さんの剣道には魂がある、武士道がある、レナのには両方ない、そういった。でもあれは、いま思えば売り言葉に買い言葉っていうか、私の負け惜しみ的捨て台詞だったわけで、そんな大した意味は――。

駄目だ。意味はなかったなんて、いまさらいえない。それに、今ちょっと分かんなくなっちゃってるだけで、そう、あのときは確かにそう思ったんだから、意味はあるはず。ちゃんと落ち着いて考えれば、思い出せるはず。今すぐっていうのが、ちょっと無理なだけで。

「玉竜旗で……見た？　磯山さんの試合」

「うん、見た……ちょっとだけやったけど。東松、五回戦で負けよったね」

いいの。結果なんてどうだって。

「だったら、そこから考えて。あそこから、レナが感じとって。たぶんそれが、レナにとっての、正解なんだと思うから」

ずるい言い方だとは思ったけど、でもそういうふうにしかいえなかった。

そもそも、武士道云々自体が、磯山さんの受け売りなんだから。

そんなの訊かれたって、私に分かりっこない。


玉竜旗が終わって、ちょうど一週間後。八月最初の週末。

私はしばらくぶりに、関東圏に戻ってきていた。

そう。今年のインターハイ開催地は埼玉。会場は越谷《こしがや》市立総合体育館。この会場自体は初めてだけど、でも関東に戻ってこれたってだけで、私はなんとなくワクワクしていた。

会場入りするなり更衣室に駆け込み、大急ぎで身支度を整え、すぐ飛び出して会場内を歩き回った。目は自然と紺色の道着、袴に吸い寄せられた。その左袖には、あまり目立たない紫の糸で、学校名が入っていて——。

そうしたら、ものの五分で見つけてしまった。

磯山さんの、後ろ姿を。

観客席に座って、大会パンフレットを貪《むさぼ》るように読み耽《ふけ》っている。周りに誰か、東松の人はいるんだろうか。見たけど、よく分からなかった。でも、たぶんいない。

どうしよう。どうやって声かけよう。

そう、とりあえずこれ。「河本」のゼッケンを、なんとかしなきゃ。

垂ゼッケンっていうのは袋状になっていて、ただそれを真ん中の大垂《おおだれ》にかぶせてあるだけなので付け替えは簡単だった。しかも私は、常に「甲本」のゼッケンも袋の中に忍ばせていた。今ここで、急いでやっちゃえば。

ほら、完了。

えっと次は、どうしたら――。

でも、ごちゃごちゃ考えてるといつまでも声かけられない気がしたから、思いきって後ろから、

「みぃーつけたっ」

ぽんと、肩を叩いてみた。

びくっとした磯山さんが、動物的な反応速度で振り返る。

への字に結んだ唇。逆ハの字に吊り上がった眉。お姉ちゃんに、人殺しみたいといわしめた、鋭い目つき。何もかもが、あの頃のままだった。

「にっ……」

視線が真っ直ぐ下りていく。よかった。やっぱり、真っ先に名字を確認された。そう、「甲本」になったんだよ。

でもよく考えたら、磯山さんに「甲本」って呼ばれたことなんてなかったよね。私のこと、なんて呼ぶのかなって、ちょっと期待してたら、

「……早苗……」

照れ臭そうに、彼女はそう呟いた。

「あ。初めて名前で呼んでくれたねぇ、香織ちゃん」

怒るかな、と思ったけど大丈夫だった。磯山さん、ちゃん付けで呼ばれるの、嫌いなんだもんね。

でも、そんなことはどうでもいいご様子。

「お前、何やってんだよ、名前、どこにもないじゃんか」

だよね。でもその説明は、長くなるから勘弁して。

「ああ、ミスプリミスプリ。でも分かるじゃん、ほらここ」

パンフレットの、福岡南のページを開いて示す。不本意にもそこには「河本早苗」の文字がある。

「ミスプリって……なんでお前に限って、そんなのばっか……」

「まあ、転校生だしね。あんまその辺、文句もいえなかったのよ。でも褒めてよ。次鋒だよ、次鋒」

磯山さん、めちゃめちゃ驚いてた。そうだよね。私、どこの学校に入ったかも、教えてなかったんだもんね。

「お前があの、福岡南の、メンバーか……」

「へへ。どうせ剣道やるなら、強いところの方がいいと思ってね。でも案外簡単に入れてくれたよ。磯山さんに二回勝ってるっていったら」

「お前」

あ、マズい。口すべった。ちょっと怒らせちゃった。これについては、いっちゃいけないんだった。

でも、その辺はなんとか笑って誤魔化した。ただ、磯山さんが「剣道、続けないとかいったくせに」なんて、ちょっと声詰まらせながらいうから、それ聞いたら私も、段々変な感じになってきちゃって――。

「……続けるつもりだったから、だから、いわなかったんだよ……こういうところで、あなたに会えるのを、励みにしたかったから、そうしたら、がんばれると思ったから……」

やだ。声、震えてる。

「それだって、連絡くらい、できたろ」

そういうこと、いわないでよ。泣いちゃうよ――。

「電話したら、悲しくなっちゃうかなって、思って……励みが、薄まっちゃうかなって……」

バカヤロウっていってよ。あの頃みたいに、私を怒鳴ってよ。

「お前、演出過剰だよ。ちっとは、こっちの身にもなってみろよ」

やだよ。なんか優しいよ、磯山さん。

「うん……でも、しょうがないの。うち、そういう家系だから」

「なんだそりゃ」

磯山さんがパンフレットを、くるくると丸める。

「ただ、試合は、ないな……うち、団体、また駄目だったんだ」

「うん、知ってる。ネットで見て、あーあって思ってた」

ちょっと、収まってきた。泣くのは、我慢できたかも。

「お前、個人の方はどうだったんだよ」

「そんな……いきなり私が、福岡南の代表になんかなれるわけないじゃん。女子部員だけだって、東松の四倍もいるんだよ」

「そっか……そりゃ、そうだよな」

私は努めて、明るく笑ってみせた。そして三年になったら、ちゃんと個人戦の選手にもなると約束した。

「だから……来年のインターハイで、もう一度戦おう。個人も団体も、両方戦おう」

磯山さんは、大丈夫だよね。自信あるよね。だって今年だって、ちゃんと個人で出れてるんだから。

「分かった。あたしは玉竜旗でも、選抜でもいいけどな」

「うん。私も、なんでもいい」

スピーカーからアナウンスが流れた。開会式を始めるので、選手は一階試合場に集合するように——。

「じゃあ、またな」

「うん、またね。試合、がんばってね」

「ああ。そっちもな」

私たちは互いに手を振り合い、別れた。

彼女に背を向けた途端、また泣きそうになったけど、でも通路を歩き出して、一本柱を通り過ぎた瞬間、そんな感傷的な気分は一気に消し飛んだ。

レナが、柱の陰に立っていた。

「……磯山と、なに話しよったと」

表情が、いつになく硬い。声色も、ひどく冷たく感じられた。

無性に腹が立った。いつから見ていたのだろう。まさか、更衣室を出たところから、つけてきたんじゃ――。

「別に、大した話じゃなかよ」

私は、わざと福岡弁でいってみせた。すると自分の中で、ある種の化学変化が起こったような、奇妙な感覚に囚われた。

同化と、分離。敵対と、共闘。引き裂かれる、心と、思考――。

いま私は、誰と共に、戦おうとしているのだろう。私の隣にいるのは誰で、心を寄せているのは誰で、敵として目の前に立ちはだかっているのは、一体何者なのだろう。

「……それよりも、レナ。ちょっと、訊きたいことがあるんだけど」

「うん。なに？」

「あなた、どうしてそんなに、磯山さんに拘《こだわ》るの？　何か、個人的な恨みでもあるの」

レナは、私のずっと後ろの方に視線を合わせていた。磯山さんが座っていた方だ。今もいるかは、分からないけれど。

「ああ……それ、いってなかったと？」

「うん。聞いてない」

レナは、同じ方を見たまま続けた。

「……あれは、二年前たい。私が全中で優勝したとき、その決勝で戦った相手が、あの磯山たい」

二年前の、全中――。

相槌はおろか、すぐには息を吸うことも、できなくなった。

そう、だったのか。

全中準優勝を、まるで一生の恥のようにいっていた磯山さん。本当は負けていないのだと、ひどく悔しがってもいた。新入部員挨拶のときも、またいつかあの選手とやりたいといっていた。

その相手というのが、この、レナだったとは。

「でも、なんで？　あなたは、磯山さんに勝ったんでしょう？　だったらそんな、目の敵《かたき》にすることないじゃない」

するとレナは、私をきつく睨んだ。たぶんこんなことって、今までなかった。

「私が剣道をやってきた中で、向き合って怖いと感じたのは、たったの二人。……うちの吉野先生と、あの磯山だけたい」

ふっ、と短く息を吐き、また磯山さんのいた方を見やる。

「だから、知りたかよ。あいつの怖さの秘密ば、私は知りたか。早苗がそれを教えてくれるんなら、私はあんたに、土下座でもなんでもするけんね。そしていつか、もう一度あいつば倒して、今度こそ参りましたと、頭ば下げさしちゃるけん。磯山香織は……私にとって、そういう相手たい」

いつのまにか、周りに人が少なくなっていた。

まもなく、夏のメインイベント、インターハイが、始まる。

13 心理戦

そうか。西荻、いや甲本――。ちくしょう、面倒臭い。

つまり早苗は、福岡南に、転入していたのか。どうりで連絡をよこさないはずだ。福岡南といえば、個人団体を問わず、幾度となく全国優勝を果たしている強豪中の強豪校だ。うちは今年、また団体戦での全国出場を逃してしまったが、もし出ていたならば、やはり福岡南との対戦をもっとも大きな山場と想定したことだろう。そういう学校だ。福岡南というのは。それほどの強敵なのだ。

しかもその、インターハイ団体戦チームの次鋒に抜擢されるとは。早苗、大したもんじゃないか。

もう一度メンバー表を見てみよう。

うん。間違いなく載っている。いや、字は間違っているが、河本早苗と、確かに記されて――。

そこまで読んで、あたしは初めて気づいた。早苗の隣に、世にもおぞましい、畜生の名が記されていることに。

黒岩、伶那――。

背筋が、瞬時に凍りついた。

そうか。こいつも、福岡南にもぐり込んでいたのか――。

でも、考えてみたら当然かもしれない。黒岩はそもそも佐賀県、それも福岡との県境辺りの出身だったはず。福岡南高校のある太宰府までは大して離れていない。スポーツ推薦で呼ばれて入ったのだとしたら、逆に分かりやすすぎるくらい当然の成り行きといえよう。

しかし。あの黒岩と早苗が福岡南で、しかも同じ団体戦チームに起用されているとは。仇敵と盟友が、同じ道場で汗を流し、同じ釜の飯を食っている。なんたる皮肉。なんたる運命の悪戯《いたずら》。

否が応でも、二年前の夏の記憶が蘇る。

場所は徳島県、鳴門総合運動公園体育館。舞台は全国中学校剣道大会の決勝戦。

黒岩はあの当時で、すでに身長が百七十センチを超えていたように記憶している。むろんそのリーチは長く、踏み込みも深かった。加えて中三としては、飛び抜けて身体能力が高かった。

遠間から瞬間的に飛び込んできて打つ刺しメンに苦しめられた。でもあたしは応じドウや、出ゴテを合わせてそのペースを崩しにかかった。これが功を奏し、黒岩の刺しメンは徐々に最初の勢いを失っていった。

そうなったら、次に黒岩が狙うのはコテだろう。あたしはそう読んでいた。長身の黒岩が、丸々二十センチ低いあたしのドウを狙うのは案外難しい。メンは厳重すぎるほど警戒している。中学の公式戦にツキはない。だったらもうコテしかない。

まもなく黒岩は、その読み通りにコテを出してきた。あたしは鍔でこれに応じ、そのままずり上げてメンを叩き込んでやるつもりだった。だが、少々黒岩のリーチを読み違えていたのかもしれない。奴の物打は鍔に当たらず、斜めに入ってきた剣先があたしの拳部分、右の小手頭に、ぽんと当たった。

だが問題はない。コテの有効打突部位は小手布団《こてぶとん》、あくまでも手首の部分に限られている。拳を叩かれたところで一本にはならない。

かまわず振りかぶっていたあたしは、がら空きの、黒岩の脳天にメンを叩き込んだ。

瞬時に旗の上がる気配があった。視界の左端に映った色は、白。馬鹿な。黒岩のコテを評価するというのか。だが反対を向くと、右側にいた副審は赤、あたしに上げていた。

おい、もう一人はどっちだ。

あたしは左後ろを振り返り、そこに、信じられないものを見た。

その副審が上げていたのは、白。つまり――。

「コテあり」

くそ。あんな当たり損ないが一本だというのか。この空者《うつけもの》どもが。

おい、あたしに上げたあんた、合議を求めろ。今のコテは当たってなかったと、はっきりこの腑抜けどもに教えてやれ。

「二本目ェ」

まあ、まあいい。嘆かわしいことだが、剣道の試合でこういうことは間々《まま》あるものだ。一本取られたら取り返せばいい。今のだって本当はあたしの一本だった。決して負けてはいない。恐れることもない。

あたしは果敢に斬り掛かっていった。だがあろうことか、偶然にも一本もらった黒岩は以後作戦を変更し、飛び込んでは鍔迫り合い、離れたら滅多なことでは打ち込んでこないという、あからさまな時間稼ぎを繰り返した。

いま思えば、あたしも甘かった。それで完全に、頭に血が昇ってしまった。

くそ、逃げるな。恥を知れ、キサマ――。

試合時間は刻々と過ぎていった。

黒岩の技術は、攻めよりもむしろ守りに冴えを見せた。避けることに徹した黒岩は、あるときは蝶のように舞い、またあるときは、その名の通り岩の如くあたしの攻めを弾き返した。

やがて、無情にもブザーが鳴った。

「……勝負あり」

あの試合は、あたしの中に大きな禍根を残した。

終わってない。お前との勝負は、まだ終わってはいないぞ。次は斬る。あたしがお前を斬る。次は必ず、息の根を止めてやる。それまでは一瞬たりとて立ち止まらない。そう、あたしは自身に誓った。

だからあの秋、あたしは参加したのだ。横浜市民秋季剣道大会に。

そして出会ったのだ。甲本早苗に。

三日間の日程で開催される今大会。初日は、女子個人の試合は組まれていなかった。その代わり、女子団体の予選リーグがある。三校の総当たりで数を絞るという、剣道ではよくある方式だ。

むろんあたしは、福岡南の試合を見にいった。こうなったらむしろ好都合といっていいだろう。何せ、一ヶ所にいれば早苗と黒岩の試合を続けて見ることができるのだから。

先鋒は、どうでもいい。福岡南の選手が勝っていた。

注目は次、次鋒戦だ。甲本早苗、いや、垂は「河本」となっている。垂までミスプリか。いや、さっきはちゃんと「甲本」になっていた。どうなってんだ、こりゃ。

蹲踞し、ゆっくりと相手に剣先を向ける。ここまでは、あの頃と変わっていない。西荻早苗の剣道だ。

「始めッ」

ごく薄い衣が、風に吹かれて舞い上がるようだった。

早苗はふわりと立ち上がり、まったく教科書通りの中段に構えてみせた。ああ、こんなだったかな。ここまで、捉えどころのない立ち合いをする奴だったかな。

「アーッ……メンーッ」

いきなり突っ込んでくる相手を、ほとんど竹刀も動かさずに捌いてみせる。傍《はた》から見ていると斜め後ろに回っただけなのだが、あれをやられると、対戦者は一瞬、早苗を見失う。それでいて、正面を向けたときにはすでに、早苗に中心をとられている。人間と戦っているというよりは、幽霊を相手にしているような錯覚に陥る。

そう。西荻早苗とは、そういう選手だった。

だが奴は、決して逃げ回っているだけの選手ではない。

「ハァッ、メェェーンッ」

ここぞという機会を見つければ、ちゃんと打つ。しかも今のメン、惜しくも一本にはならなかったが、打ち自体はよかった。以前よりも鋭く、格段に力強くなっている。相当、過酷な稽古を日々積んでいるのだろう。

「コテェェーッ」

おっ、いいじゃないか。

「コテあり……二本目ェ」

よしよし。早苗、お前、ちゃんと強くなってるじゃないか。

そして一本取っても、戦う姿勢は変わらない。そう、こいつは決して逃げたりしないのだ。いや、逃げてるといえば最初から逃げてるわけだが、時間稼ぎのために逃げ回ったりはしないという、そこのところは評価に値する。

実に落ち着いている。お気楽不動心は、今なお健在というわけか。

「ドォォォーッ」

おお、今のは入ったろ。

「ドウあり……勝負あり」

へえ。立派立派。二本勝ちしたよ。

勝ち名乗りを受け、蹲踞して竹刀を収め、下がる。

だが、試合場から出る、その瞬間だ。

早苗が、次に控える黒岩の胸を、ぽんと叩いた。その右拳に、黒岩も拳を合わせて応える。

お疲れ。ナイスファイト。

ありがと。黒岩さんもがんばってね。

うん。きっちり二本、取ってくるさ。

そんなやり取りが交わされたように、あたしの目には映った。

そう、だよな。早苗はもう、福岡南の人間で、黒岩とはチームメイトで、ってことは、
当たり前だけど、あたしの仲間でも、なんでもないんだよな。

黒岩が開始線に進み、蹲踞をする。

「始めッ」

すっくと立った黒岩は、一歩下がりながら両手を高く上げた。

諸手左上段。

そうか。こいつ高校から、上段を取り始めたのか。

長身の黒岩が両手を上げると、当たり前だがとても大きく、いかにも恐ろしげに見えた。単純かつ動物的な仕掛けだが、効果は大きい。実際、相手は間合いを測りあぐねている。

「イエアッ、メェェェアァァァーッ」

まず一発、黒岩が諸手で入れた。捌かれて、鍔迫り合い。やはり相手とは十センチ近

く身長差がある。次は何を狙う。引きメンか。

だが技は出ず、二人はいったん間合いを切り、黒岩はその場でまた上段に構えた。

相手はやや高めの中段に構えながら、黒岩の間合いに入ろうと機会を窺っている。

「コテェェヤァァーッ」

いきなり、黒岩が片手でコテにいった。相手は動けず、黒岩はまた何事もなかったかのように、上段に戻す。

今の一撃で、相手の距離感は決定的に狂ったと思う。まだ遠間、大丈夫。そう思っていたところに、黒岩の片手コテが届いた。一本にはならなかったが、黒岩の驚異的なリーチの長さは、充分相手の意識に刷り込まれたはずだ。

ほら、途端に中に入れなくなった。普段の間合いはすでに危険地帯。じゃあどこからが安全地帯？　そんな迷いが透けて見える。しかし、その迷いこそが黒岩の狙い。

「メンヤッテェェアァァーッ」

敵ながら、あっぱれ。

「メンあり……二本目」

機会よし、速さよし、強さもよし。完璧といってもいい片手メンだった。

黒岩も、確実に強くなっている。そして今日は、ちゃんと逃げずに戦っている。二本目に入っても、決して積極性を失ってはいない。諸手でコテ。鍔迫り合いから引きドウ。

惜しい。追いかけてきた相手に出ゴテ。今のは、全然駄目だけどな。

間合いを切って、また上段に構える。片手打ちを多用するせいか、どうもあたしには、こいつの戦い方がフェンシングに見えて仕方ない。だが、まあいい。しょせんは他人だ。個人的に大嫌いな剣風ではあるが、だからなおさら、当たったときは完膚《かんぷ》なきまでに叩き潰してやろうという欲が湧く。

今年、黒岩は個人戦には出場しないようである。人材豊富な福岡南は、大会の特性に応じて選手を選抜し、送り込むことで有名な学校だ。他の高校のように、強い選手は個人にも団体にも出る、ということはまずない。

だが来年は出てくるだろう。必ずやインターハイの個人戦で、全国大会に進んでくるに違いない。

いいだろう。そのときは、このあたしが相手になってやる。


翌日は男子の団体予選リーグと個人の中盤戦に加えて、女子個人の一回戦から四回戦までが行われた。

全国大会ともなると、一回戦といえどもやはり、それなりの相手と当たるものである。秋田県立能代《のしろ》東高校、古川梓《ふるかわあずさ》。記憶は定かでないが、確か中学時代に大きな実績を挙げている選手だったと思う。代は、あたしのいっこ上。

案の定、難しい試合になった。体格差もほとんどなく、タイプも似ているのか、互いに相手の技を封じ合うような展開が続いた。たぶん見ている側が、もっとも退屈する類《たぐい》の試合だ。

自然と鍔迫り合いの回数が多くなる。様子を見ながら離れ、間合いを切り、見合って、ようやく打ち込むと、相打ち。再び離れ、機会を探り合い、ここぞと思って打つのだが、決まらない。双方、相手の部位を捉えきれない。別に古川が下手なわけではない。逆にあたしが、というのでもたぶんない。単に相性が悪いのだ。ジャンケンでいえば、ずっとアイコ。そういう試合だ。

あっという間に四分は終わり、延長戦になった。ここからは時間無制限。切り替えてガンガン攻めにいくか。あくまでも最近の戦い方を崩さず続けるか。悩みどころだったが、

「フエアッ、ムエェェアァァァーッ」

いきなり相手がきたので驚いた。今ので取られてたら終わりだった。危ない。冷や汗が噴き出してくる。

だがこれで、逆に冷静になれた。焦ったら負けだ。ここは、今の自分の戦い方を貫こう。相手に合わせたら、たぶん後悔することになる。

じっくり観ていく。そして一撃必殺の、誰もが納得するような一太刀で勝負を決める。

さあこい。あたしは、逃げも隠れもしないぞ。

古川梓との一回戦は、延長七分であたしがドウを決めて終わった。続く二回戦、三回戦は時間内に決着をつけたが、四回戦でまた、延長にもつれこんだ。

これがまた、厳しい戦いだった。香川県立東香川高校三年、三沢愛美《みさわめぐみ》。黒岩ほどではないが彼女も長身で、そのくせ妙に体が頑丈だった。単純に硬いのだ。体に触れたときの印象が。技を出しても受けても、体当たりをしてもされても、とにかく硬い。いちち、ガチン、ゴチンと、何かにぶち当たる印象がある。

これ以上長引かせたら、こっちの体力が持たない。

あたしは鍔迫り合いに持ち込んで、相手が足を止める、その一瞬の機会を狙って打った。

「カテェェヤァァーッ」

パパッ、と白旗が三本上がった。

「コテあり。勝負あり」

よし。これで最終日まで首が繋がった。

あたしは礼をし、試合場から出た。すぐに田原が飛んでくる。

「お疲れさまです」

あたしの竹刀を持ち、会場の端っこにいざなう。ちょうど一人座れるくらいのスペースが確保してあり、あたしに座れと示す。

こういうときに、田原のような存在は実に嬉しい。面を取るのを手伝ってくれ、取ったら取ったで預けておいたタオルを渡してくれる。顔と、髪を簡単に拭くと、それだけで気分はだいぶさっぱりする。

何より、面をはずしたときの清々しさと、周りの自然な音世界がいい。面の中というのは何かとごそごそうるさくて、聞こえる音もひどくこもる独特の世界だ。戦っているときはさして感じないが、やはり取った瞬間は、取ったなぁと、開放的な気分になる。

「香織先輩……」

しかし、どうしたのだろう。いつになく田原の声が暗い。

「河合部長が、三回戦で」

そうか、負けたか。

「……相手は」

「福岡南の、西木選手です」

またしても、福岡南か――。

「そうか……今、河合サンはどこ」

「えっと、今さっき終わったばかりなんで、まだあっちの、試合場の方じゃないかと」

立ち上がり、案内してくれと田原にいった。

あたしが視線を上げたのに、さしたる理由はなかった。だがその瞬間に、針の先のような刺激が、目尻の辺りに突き刺さってきた。

誰かが、あたしを見ている。

二階観覧席に、さっと視線を巡らせた。すると、一時の方向にいた。

黒岩伶那。お前か。見ていたんだな。あたしの試合を。

隣には、なんと早苗がいる。なんだ。一緒にあたしの試合を見て、解説でもしていたのか。こういうとき、磯山さんはこうするのよ。こんなときはこういう技を出すのよ。そしてその通りになったら、ほらね、当たった当たったと手を叩いていたのか。

いや、違う。早苗はそんな奴じゃない。昨日だって、前と様子は何も変わらなかったじゃないか。今はただ、ただ一緒に見ていただけだ。あたしだって、昨日二人の試合を見たじゃないか。それと同じだ。別に悪いことではないし、こっちだって見られて困ることは何もない。

早苗は、今はこっちを見ていない。きょろきょろと辺りを見回している。が、黒岩は、あたしの方をじっと見下ろしている。

テメェ、なに上からガン垂れてんだよ。

あたしはゆっくりと右手を上げ、まず人差し指で、黒岩の顔を指差した。次に親指を立て、自分の首に持っていき、左から右に、真一文字に線を描いた。

キサマの首は、このあたしが、掻き斬ってやる。

そういうメッセージだ。

「何やってんすか、香織先輩」

やかましい。見てろ。いま黒岩が、メッセージを送り返してくる。

あろうことか、奴は左手の中指を立て、あたしに向けて押し出した。上等だこの野郎。

「あー、あそこの奴、こっちに、ファッキューしてますよ」

ああ。あたしが今「ぶっ殺す」っていったからな。

「あれ、でも……隣にいるの、あれ、早苗先輩じゃないっすか？」

そうだよ。だからややこしいんだよ。

早苗も、今のやり取りには途中で気づいたようだった。黒岩の手を見てぎょっとし、よしなさいよと下げさせる。そして、改めてこっちと見比べる。そのくせ田原に気づくと、しおらしく手なんぞ振りやがる。

ということは、早苗。お前はとうに、あたしと黒岩の関係は承知していたわけだな。その上でなお、お前はそいつの隣にいることを、選んだわけだな。

そうか。よく分かったよ。

もう誰も、あの頃のままじゃない。そういうことなんだな。

14　みんな立派だね

インターハイも、あっというまに最終日。

この日、最初に組まれているのは男女個人の準々決勝だった。

磯山さん、初出場なのにベスト8まで残ってる。やっぱり、ものすっごい強い人だったんだ。チャンスさえあれば、ちゃんとこういうとこまで勝ち残れる人だったんだ。

私、本当は隣の試合場でやってる、西木さんを応援しなきゃいけないんだけど、でもどうしても、目は磯山さんの試合に引きつけられてしまう。福岡南の部員は、西木さんが技を出すたびに、一所懸命拍手をする。私は、毎回出遅れる。そのくせ、磯山さんがいい技を出すと嬉しくて、ついパチンと手を叩いてしまう。周りは誰も何もしてないのに、一人で盛り上がってしまう。

磯山さんの戦い方、私、前より好きかも。すごいカッコよくなった気がする。構えてる姿も、敵の攻撃を捌く挙動も落ち着いてて、相手より一枚上手、みたいな雰囲気が漂っている。

偶然にも、一つ向こうの試合場では岡先輩が戦っている。岡先輩は、私のお姉ちゃんの元カレ。そして今でも、私の憧れの先輩。

あ、そういえば似てるかも。磯山さんの剣道、岡先輩のと、ちょっと似てきてるのかも。落ち着いたあの感じ。無駄なことはあんまりしなくて、ここぞってときに一発で決める、そういう戦い方が、なんとなくだけど似てきている。

そういえば、昨日ちらっと見た河合さんの試合にも、近いものを感じた。西木さんとやって負けちゃったのは残念だったけど、試合自体はすごいよかった。そうだよ。もともと私、河合さんの戦い方好きだったもん。

そっか。みんないいな、東松の人たちは。個人で見てもいいけど、部という単位で見ると、何か相通ずるものがあるのが分かる。

東松が理想とする剣道。そういったものが、じんわりと選手の佇まいに、漂って見えている。

逆ドウ。磯山さんが決めた。斜め上から叩き斬り、すぐさま剣先を上げて残心。相手の追撃に備える。綺麗な一本だった。審判が旗を上げる動作にも迷いがない。

向こうでは正面打ち。岡先輩が決めた。大きく背伸びをするようにして、お腹から当たっていく。相手の方が大きいのに、岡先輩自身は決して大きくないのに、不思議なくらい見劣りしない。体の使い方が違うのだろうか。とても頼もしく見える。

隣では西木さんがコテを決めていた。相手の脇に回り込んで、コンパクトにまとめた一打。よほど自信があったのだろう。追撃のメンがきても、決して残心を崩さなかった。

さすが福岡南のエースだけはある。しっかりと自分の剣道というものを持っている。

それに比べて、私は——。

全然駄目だ。これっていうスタイルもない。団体戦の次鋒といっても、そもそもは磯山さん対策で起用されただけ。決して私の剣道が評価されたわけじゃない。

おまけに、こんなこと、ほんとは認めたくないんだけど、でも、そうなってきてるのは事実だから、仕方がない。

私、最近剣道やってても、つまらなくなってきてる。前みたいに楽しいって、好きだなって、思えなくなってきている。

それだけが取り柄だったのに。たった一つ、大して強くもない私が剣道をやり続けてる、真っ当な理由だったのに。

なのに最近、剣道が、楽しくない。

これって、なんのために剣道をやってるのか、分からなくなってるってことなのかな。いつのまに私、そういうもの、見失っちゃったんだろう。

そういえば似たようなこと、前に磯山さんもいってたな。あれは確か、去年のインターハイの、団体予選で負けたときだ。なんのために剣道やってるのか、分からなくなったって。勝ち続けてなんになるのか、分からなくなったって。

そうか。あの頃の磯山さんて、今の私と似たような立場だったんだ。まったく新しい環境の中で、今までの自分の剣道と、違う剣道とがぶつかって、壊れそうになってたのかも。

でも、磯山さんは強いよ。立ち直ったもんね。それってやっぱり、東松に入るまでに培《つちか》ってきたものの違いなのかな。お父さんがそもそも剣道家で、桐谷《きりや》道場、だっけ。そこでも学んで。保土ヶ谷二中時代には、全国大会で準優勝までして。

私は、駄目かな。よく考えたら、東松の剣道しか知らないし。応用力ないし。磯山さんほどタフじゃないし。

あ、磯山さんの、今の引きメン、すごい。相手、全然動けなかった。

いいな、磯山さん。楽しそうだな。

福岡南は、私の好調不調に関係なく、順当にトーナメントを勝ち上がっていった。私の一本負けくらいじゃビクともしない。準決勝進出までは、危ない場面すらほとんど見られなかった。

喜ぶべきなのは分かっている。でも、どうしてもそうできない。

私の心が福岡南にないから、なんだろうけど、でも段々、他のみんなもそうなんじゃないかって、そんなふうに思えてきてしょうがなくなる。

学校の名前をアピールするために、無理やり集められた兵士たち。寄せ集めの、よそ者軍団。プロ野球だと、よくあることなんじゃないかな。お父さんいってた。巨人は嫌いだ。大金使って、他のチームから四番バッターばかり引き抜いてくるから、って。

試合場ではこれから、女子と男子の個人戦準決勝が始まる。

第三試合場のそれは、私にとっては、もっとも難しい顔合わせになった。

赤、福岡南高校、西木絵里子《えりこ》。白、東松学園女子、磯山香織。

それぞれ試合場に足を踏み入れ、礼を合わせる。

西木さんとは私、ほとんど話したこともないけど、でも尊敬はしてる。すごく真っ直ぐな剣道をするし、遠くから見たことしかないけど、佇まいが凜々《りり》しい印象がある。霊感とか、私はさっぱりないんだけど、でもなんか、西木さんにはオーラみたいなものを感じる。さすが福岡南の、女子剣道部の部長だけはあるな、って思う。

その西木さんに、磯山さんが竹刀を向けて、蹲踞をしている。

二人の周りに生じた強烈な磁場が、試合場の真ん中で激しくこすれ合っている。見えない火花が散る。迂闊《うかつ》に触れたら、指先を切ってしまいそうな真空状態。

「始めッ」

二人の気勢。雷鳴。二色の稲妻。

小刻みに剣先を動かす西木さん。ぴたりと正面に合わせたまま動かさない磯山さん。

間合いの潰し合い。空かし合い。

突如、ひと際激しい雷鳴が轟《とどろ》く——。

西木さんが飛び込む。メン。もぐり込んだ磯山さんがドウを合わせる。決まらない。双方間合いを切るか、と思いきや、互いに追撃を試みる。相コテ。またもや決まらず。今度こそ間合いが切れる。

荒れ狂う風雨が、こっちにまで吹きつけてくるようだ。目を開けているのもつらい。見たいのに、瞬《まばた》きを続けていないと目が痛くなる。

磯山さんが出る。コテだ。捌きながら、西木さんがメンを刺し込む。入ったか。いや、旗は上がらない。

鍔迫り合い。竹刀同士は触れるか触れないかの、軽い接触をしているにすぎない。でも分かる。この二人の気は、どこまでも膨らもうとする巨大な風船だ。相手を圧しながら、いつ破裂しようかと機会を窺っている。あとちょっと。針の先ほどの刺激でもあれば、その瞬間に——。

「ンダァァァーッ」

引きドウ。相手の右胴を叩き割った磯山さんが、弾かれたように飛び退く。惜しい。旗一本。すぐに追う西木さん。メンメンメン。受ける磯山さん。危ない。すぐ後ろは境界線だ。しかも角っこ。右にも左にも、後ろにも逃げられない。

「メンヤッ」

西木さんの引きメン。待ってたように応じた磯山さんが追う。前に出る。急激に間合いがせばまる。

そこだった。

「コテェーイッ」

西木さんが、体ごとかぶせるようにして打ち込んだ。

旗、三本――。

「コテありッ」

千羽の鳩が飛び立つように、福岡南陣営から、一気に歓声が湧き上がった。

あっ、入っちゃった――。

私のもとには、冷たい風が吹き込んでくる。

磯山さんが、とことこっと開始線に戻る。

「二本目」

焦らないで、磯山さん。大丈夫だよ、あなたならいける。まだ時間はある。取り戻せるよ。

一方、西木さんは急に手数を少なくした。あからさまな逃げではないけれど、それでも攻めより守りの剣道に移行したことは、誰の目にも明らかだったろう。

そんな西木さんを、磯山さんはじっと見ている。

間合いを測りながら、メン、のように竹刀を出しては下がり、コテ、のように踏み込んではまた下がる。そんなことを繰り返す。

西木さんはいちいち反応しない。こんなふうにされたら、隙を見つけるのは難しいんじゃないだろうか。磯山さんは前みたく、もっと積極的に攻め込んで、守りを崩して、一本を狙いにいった方がいいんじゃないだろうか。

時間は刻々と過ぎていく。さしたる攻防もないまま、互いが物打を探り合う竹刀の音だけが、試合場に寂しく響いている。

近くで誰かがいった。

あと十秒——。

それを聞いていたかのように、

「……シャッ、ンメイヤァァアーッ」

磯山さんが出た。でも西木さんも読んでた。応じてドウ。鍔で弾く磯山さん。すぐさま引きメン。入ったか。いや、前に出て西木さんが残心を潰す。鍔迫り合い。でも合わせず、横に回る磯山さん。コテメン、あっ、脇が空いた。

「やめッ」

最後、ガチンッ、て。磯山さんの逆ドウ、入ってた。今の、絶対一本だったのに——。

「勝負あり」

赤い旗が、西木さんの側に上げられる。

蹲踞し、剣を収めた二人が開始線から下がる。

私はなんだか、自分の胸から湧き上がり、口から漏れる息が、ひどく不快でならなかった。

負けた磯山さんを責める気持ちはない。そもそもそんな資格、私にはない。むろん、負かした西木さんを恨むつもりもない。じゃあ、何がこんなに不快なのだろう。私は一体、何がそんなに気に入らないのだろう。

分かってる。そんなの、考えるまでもなく分かってる。

全部だ。拍手できない手。笑えない顔。戦えない体。後ろ向きな考えをする頭。やり場のない苛立ちばかり溜め込んで、少しずつ、変な臭いを漂わせ始めている、心。

全部だ。私の中にあるもの、すべてが不快だ。


女子団体準決勝。福岡南は二勝一敗二分で、静岡の島田二高に勝利。一敗したのは私。二勝のうち一つはレナ。

決勝戦は二勝二敗一分、本数三対二で、熊本の八代《やつしろ》西高に勝利。二勝のうち、二本勝ちしたのがレナで、引き分けたのが私。

これによって福岡南は、インターハイ女子団体の部で、二年ぶり七度目の優勝を飾ることになった。

ちなみに女子個人で優勝したのは西木さん。男子個人は岡先輩。男子団体の優勝校は、決勝戦で東松学園を破った佐賀県の佐賀中央高校。福岡南の男子は、準決勝で東松に敗れて三位に終わった。

そして、閉会式。

こんなに役に立たない私でも、一応はメンバーだから、表彰台には上がらなければならない。こんなんだったら、補欠のままの方がよかった。なんて、罰当たりなことを思いながら。

一瞬だけ見上げたら、当たり前だけど観客席の人たちもみんなこっちを見下ろしてて、急に恥ずかしくなって、私は下を向いた。撮影用フラッシュが何度も焚《た》かれてたけど、なんだかいたたまれない気分だった。

あの子でしょ。福岡南の、やる気のない子。弱いくせに、次鋒に居座ってる子。転校生のくせに、先輩を押し退けて入ったんですって。図々しいわね。そんなんで、しれっと表彰台に上ってるんだから。先輩の応援も、自分のチームの応援もしないのよ。裏切り者ね。最低ね。性格悪いわね。嫌らしいわね。よく覚えておこうね。あの顔よ。あの顔――。

いっそ、誰かはっきり、そういってくれたらいいのに。

閉会後、西木さんは雑誌のインタビューにこう答えていた。

「苦しかったのは……そうですね、東松の、磯山選手との準決勝が、一番苦しかったかもしれないです。なんか……ずっと、息を止めて試合をしていたような、そんな印象があります。息を吸ったら、その瞬間に打たれるんじゃないか、って……なんか、そんな感じでした。あれに勝てたので、自信がつきました。その勢いで、決勝はいけたんだと思います」

みんな、すごいね。立派だね。

15　夏模様

あたしも一応、三位ってことで表彰を受けた。

正直いうと全中準優勝より、今回の方が格段に嬉しかった。理由を挙げるとしたら、まあ、負けた相手がよかった、ということになるだろうか。

福岡南の西木選手は、素直にいい選手だと感じた。打ち合っても強いし、読み合っても面白い。あのコテも、確かに入っていた。

やられた瞬間、可笑しくなった。同時に、今日は負けだな、とも思ったが、それを恥だとは今も思っていない。むしろ自分が、彼女の力量を読み誤らなかったことが嬉しい。

あれはもう、どうしようもなかった。打たれるべくして打たれた。そう思う。

ただ一方で、絶対に勝てない相手ではないとの思いも強くある。今の戦い方は間違っていない。このまま続けていけば、いずれ今日の西木には勝てるようになる。将来的には、むろんあっちも成長していくはずだが、インターハイ優勝時の、西木絵里子の背中は見えた。この手応えは大きい。

閉会式が終わると、選手たちは数ヶ所ある更衣室に散っていった。

あたしは着替える前に、田原を捕まえて命じた。

「……早苗を、捜してきてくれ。あっちも集団行動だろうから、そういきなり姿をくらますとも思わんが、見つけたら携帯に連絡をくれ。で、そのまま見張っててくれ。あたしも着替えたらすぐいくから」

「分かりました。じゃあ」

途端、賞状と記念品を放り出して踵を返す。こいつを見ていると、どうもこう、何かにつけてひと言いいたくなる。その素直さは確かに美点だが、本当にそれでいいのか――。いや、いうまい。いえば奴の中の「理」が育たない。それではいけないのだ。ここはじっと、我慢のときだ。

連絡は二十分ほどできた。

『美緒です』

「うむ。ご苦労」

『いま早苗先輩と、二階観覧席の、北側の、東寄りの、二つめのブロックの、えっと、前から……』

すぐいくといって切った。

北側は真反対だったが、観客も選手もほとんど出たあとだったので二人の居場所はすぐに分かった。

回廊を走る。その間ずっと、早苗は椅子に座ったまま清掃中の試合場を見下ろしていた。田原は金メダルを貸してもらったのか、キラキラ光る丸いものを引っくり返しながら丹念に見ている。本物かどうか疑っているのだろうか。

一番近い階段を下りていく。気づいた田原が立ち上がる。あたしが、みんなのところに戻っているようにいうと、彼女は「はい」と素直に応じ、早苗に「じゃあまた」とお辞儀をして去っていった。

金メダルは、隣の席に置かれていた。

試合場の清掃は、まだ続いている。

なぜだろう。早苗の背中が、ひどく小さく見えた。全国大会を制覇して、もっと、大きく胸を張っているものとばかり思っていたが。

「優勝……よかったな」

早苗はこっちを見もせず、ただ小さくかぶりを振った。

「私……何もしてないもん」

どうしたのだろう。単純に元気がない。今度会ったら、お前も黒岩もひとまとめにして片づけてやるわ、くらいにいってやろうと思ってきたのに、完全に当てがはずれた。まるでそんな雰囲気ではない。

あたしはとりあえず、通路をはさんで座った。

「そんなこと、ないだろ。引き分けとか……けっこう、粘ってたじゃないか」

早苗は小首を傾げ、頬を歪ませた。悲しい、作り笑い。

「他の人ならきっと、もっと、簡単に勝ってたよ。私はただ、足を引っ張ってただけ。私がいくら足を引っ張っても優勝できるくらい、福岡南は強かった……それだけのこと」

らしくもない。なに卑屈になってんだ、こいつ。

あたしもなんとなく、早苗が見ている方に目を向けた。

清掃も終わり、空っぽになった試合場。審判団が座っていた席も、壁に掛けられていたスコアボードも、すでに撤去されている。

インターハイは、終わった。多くの三年生は、この時点で現役引退となる。でも、あたしたちにはまだ一年ある。丸々一年残っている。なのにお前は、なんだ。空っぽになった戦場を見下ろして、何を考えている。

　あたしまで、溜め息をつきたい気分になるじゃないか。

「まあ……上手くいかないことは、誰にだってあるさ。でも、結果はさて置き、お前自身は強くなってるように、あたしには見えたけどな。やっぱ、けっこうハードなんだろ。毎日の稽古……パワーアップしたなって、単純に思ったけどな」

　また首を傾げる。でもそれは、あたしも同じだった。

　よく分からないのだ。こういうとき、どういう話をしたらいいのか。落ち込んでいる人間をさらに罵倒することはできても、手を差し伸べて立ち直らせることは、あたしには難しい。

　いっそ、違う話題にしちまうか。

「……そうだ。お前、携帯番号替えただろ」

　ハッと顔を上げた早苗は、少しだけ、照れ臭そうに笑った。

「ごめん……あの、ほら、うち親が再婚したから、どうせだったらみんな、同じ電話会社に合わせようってなって。でも、今なら番号替えなくても、電話会社替えられるのに、うちのお父さん、新規の方が安かったからって、勝手に新しい番号の買ってきちゃって」

　そうか。犯人はあの電柱親父か。まったく、迷惑なことをしてくれる。

早苗がポケットから取り出したのは、確かに以前持っていたのとは違う機種だった。

「赤外線受信、して」

そういって、電話を差し出す。は？　なんだって？

「だから、磯山さんも自分の携帯出して。赤外線で新しい番号と、メルアド送るから」

よく分からなかったので、早苗にやってもらった。すると「甲本早苗」という欄が新しくでき、新しい携帯番号と家の番号と住所とメールアドレスがいっぺんに、自動で登録された。すげえ。あたし、今までこんなのやったことなかった。全部手で打ち込んでた。

「お前の携帯、ハイテクだな」

「何いってんの。受信できたんだから、磯山さんのにだって同じ機能付いてるに決まってるじゃん」

「そうなのか」

「そうなのよ」

早苗は一瞬笑いかけ、でもすぐに、おかしな表情をした。

くしゃみを堪えるように、上唇を震わせ、鼻筋に皺を寄せて、あらぬ方を見上げる。

どうした。季節はずれの花粉症か。それとも、ひょっとして、泣きそうなのか。

「ねえ、磯山さん……今度、電話、していい？」

「……ああ。いいよ」

顔中に皺が寄る。こいつ、ほんとに泣きそうだ。

「じゃあ……電話するね」

そういって、いきなり立ち、いこうとする。あたしは慌てて呼び止めた。メダル忘れてっぞ。早苗は振り返り、ちろっと舌を出してそれを受けとった。

「ありがと……じゃあ、また」

白いブラウスと、赤いチェックのスカート。階段を小走りで駆け上がり、回廊を東側へと向かっていく。

その先に目をやると、同じ恰好をしたのが一人、ぽつんと立っている。長身で、やけに脚が長い女だ。

黒岩――。テメェ、いつからそこにいやがった。

奴もこっちを見ている。距離があるので表情までは分からないが、それでも殺気めいたものはひしひしと伝わってくる。

その横に、早苗が並ぶ。こっちに背を向けた二人が、東側へと遠ざかっていく。

まもなく、会場内に残っている人は速やかに退場してください、とのアナウンスが流れた。

どこからか、香織先輩、と呼ぶ声が聞こえた。

翌日。あたしは珍しく、朝八時頃まで寝ていた。

稽古は夕方から軽めに行う予定になっている。昼過ぎまでは時間がある。何をしようか——。

結局、たつじいのところにいくことに決めた。そうだ。インターハイ三位を記念して、自分に褒美を買おう。前から試してみようと思ってた、新型の鍔止めが手頃だろう。

着替えて一階に下りる。

「あら香織、起きたの」

「うん」

「出かけるの」

「うん」

「ご飯は」

「いい」

「いつ頃帰るの」

「昼……いってきます」

玄関を出た途端、殺す気かッ、と怒鳴りつけたくなるほどの陽光にさらされた。そう。インターハイが終わったからといって、夏まで終わったわけではない。実際、甲子園の高校野球はまだやっている。この暑いのにご苦労なことだ。

意外に思われるかもしれないが、あたしは色白だ。泳げないから海にもプールにもいかないし、そもそも稽古で忙しいから日向《ひなた》で長時間過ごすこと自体がない。子供の頃から虫捕りもしたことがないし、たぶん木登りもできない。木は主にタイヤを括りつけて、竹刀で叩いて遊ぶものだった。スイカは、すぐ腹を壊すから食べないようにしてる。かき氷なんてもってのほか。自殺行為もはなはだしい。

こう考えると、夏ほどあたしにとって無意味な季節はない。気温の上昇は稽古の能率を著しく低下させる。夏の良さなんてのはたぶん、日向に干すと防具がすぐ乾くことくらいだろう。陰干し？　とんでもない。思いっきり直射日光。じゃないと日光消毒にならない。色褪《いろあ》せ？　柄物のワンピースじゃあるまいし。誰がそんなこと気にするものか。

昔はこの暑さに打ち勝つことも鍛錬《たんれん》の一つと思っていたが、最近は油断すると熱中症とやらで死ぬ可能性があるので無理は禁物だ。あの桐谷玄明《げんめい》先生でさえ三年前、道場に冷房を導入し、稽古中に稼動させるようになった。

その際、桐谷先生はこう仰《おっしゃ》られた。

「もはや……限界だ」

確かに。窓を全開にしても、入ってくるのが地面の照り返しに炙《あぶ》られた熱風ではなんの助けにもならない。

しかし暑い。おまけにこの一本道には、日陰というものが一切存在しない。

ここで一句。

青い空　馬鹿が見上げる　白い雲　――香織
ようやく着いた。

「こんちはぁ……ふいぃ」

店の中には、冷蔵庫並みの冷気が充満していた。

奥の作業場からたつじいが顔を覗かせる。

「……お、香織ちゃん。昨日はどうだったね」

よれたランニングシャツ。あちこちにシミの浮いた、脂っけのないたるんだ肌。両腕のゆるんだ筋肉。あたしの記憶にある夏のたつじいは、昔っからこんな感じだ。

「おう。初出場で三位。まあまあだろう」

そりゃすごい、とたつじいが手を叩く。何かの削りカスだろう。白い粉が辺りに舞う。

「おーい、婆さん。香織ちゃん、昨日三位だったってよ。お祝いに麦茶淹《い》れてくれ」

たつじいは、自分の奥さんを「婆さん」と呼ぶ。

あたしは、たつじいの奥さんを「おばさん」と呼ぶ。

おばさんは、たつじいのことを「お父さん」と呼ぶ。

二人はあたしのことを「香織ちゃん」と呼ぶ。

「……へえ、三位かい。やっぱり香織ちゃんは、すごいんだねぇ」

おばさんは麦茶ではなく、オレンジ色の液体を注いだグラスを持ってきた。たぶんミカン味のカルピスだ。この家の人は、昔からカルピスが大好きだ。漆塗《うるし》りの菓子器にはひと口サイズの海苔巻き煎餅。これもこの家の定番。

「ほいじゃ、乾杯だ」

二人がコップをこっちに突き出す。

「うん、ありがと……乾杯」

おばさんはすぐ、「ゆっくりしてってね」といって奥に引っ込んだ。

おばさんがいなくなると、たつじいは決まってタバコに火を点ける。

「あっ、そうだ。聞いてよたつじい。あたし昨日、早苗に会ったんだよ」

ぽかりと、煙の輪っかが宙に躍り出る。

「……誰だい、その、早苗ちゃんていうのは」

あー、いつかくるだろうとは思ってたけど、そうか。とうとうきたか。

「なーにボケてんだよォ。西荻だよ、西荻。西荻早苗」

いや、ボケたんじゃない。得意のニヤリ笑いは健在だ。

「……そうだろう。香織ちゃんは、早苗ちゃんのことをずっと、〝西荻〟って、呼んでたろう。それをいきなり、早苗ぇ、なんて、甘ったれた声でいうもんだから……」

あっ、ムカつく。

「違うよッ。奴の別れてた両親が再婚して名字が甲本に戻ってたんだよでもそれ説明しなきゃ分かんないだろうから面倒だから西荻で通そうかとも思ったけどたつじいは前から早苗ちゃん早苗ちゃんいってたから名前でいった方が分かりやすいだろうと……」

たつじいは途中で、分かった分かったと両手をかざした。

「うん……そうだ。その通りだ。あんたが正しい。うん……で、早苗ちゃんも、昨日は試合に出てたのかい」

クソ——。まあ、でも分かりゃ、いいよ。

「……うん。それも驚くなかれ、福岡南の次鋒になってたよ」

たつじいは、さも驚いたふうに口をすぼめてみせた。

煙を吐く、干涸《ひから》びたタコ。

「福岡南っていやぁ、名門じゃあないか」

「そうだよ。しかも、ちゃっかり優勝してやんの。参ったよ」

「そうかい。インターハイ優勝……先を越されちまったかい」

ほほう。先を越された、か。いわれてみればその通りだが、なぜだろう。そんなふうには考えてもみなかった。

早苗の、あの寂しげな顔を思い出す。

「でもさ。あいつ、なんか様子、変だったんだ。優勝したってのに、ちっとも嬉しそうじゃなくて……新しい電話番号、教えてもらったんだけど、そのあとで、泣きそうな顔して、電話していい？　とか訊いてくるし。そんなことというんだったら、なんで今まで連絡よこさなかったんだ、って話だろう」

薄い眉をひそめ、たつじいがあたしの顔を覗き込む。

「……ん？　何よ」

「香織ちゃん。あんたそれ、本気でいってんの」

「ハァ？　何を」

もうひと口吸い、ひょっとこみたいに口を曲げ、脇に煙を吐き出す。

「……早苗ちゃんは、転校したんだろう」

「そうだよ。だから、福岡南だっていってるじゃんか」

「でもそれを、ずっと香織ちゃんには、連絡してこなかったんだろう？」

「だから、そうだよ。だから腹立ててたんだってば、あたしは」

「剣道の名門校に転入し、そこでも実力が評価され、二年生にも拘《かか》わらずインターハイの団体戦メンバーに起用。しかも見事、優勝するに至った。しかし、なぜか嬉しそうではない。その上、今まで連絡をよこさなかったのに、今度は泣きそうな顔で、電話してもいいか、などと香織ちゃんに訊いてきた」

何がいいたい。タコじじい。

「……ここまでいっても、何も感じないの」

げー。なんか鈍感扱いされてる気がする。

「じれってーな。クイズ形式は嫌いなんだよ。いいたいことがあるならさっさといいなよ」

「別に、私は何もいいたかないよ。香織ちゃんが分からないっていうから、どうして分からないかなぁって、思ってるだけさ」

くそ。このあたしに、頭を下げろってか。

いいだろう。

「……ごめんなさい。分かりません。教えてください」

たつじいは片眉だけ吊り上げ、訝るような目であたしを見た。

「一見殊勝な態度に見えるけど、心はさっぱりこもっちゃいないね」

「すみません。心はあとでこめます。教えてください」

鼻から笑いが、煙と共に漏れ出てくる。

「香織ちゃんがいうと、小銃に弾をこめ……みたいに、聞こえるねぇ」

「あたしは、飛び道具は使わない主義だけど」

たつじいは呆れたようにかぶりを振った。

「……簡単なこと、なんだけどねぇ」

「だったら教えてくだしゃんせ」

「簡単だからこそ、自分で考えるべきなんじゃないの」

「考えたよ。考えたけど、分からなかったの」

ガックシ。毛のほとんどなくなった脳天を、恥ずかしげもなくこっちに向ける。

「……何を考えたっていうの。ただ考えたって、ただ相手の顔を思い浮かべたって、それじゃ何も分かりゃしないよ。相手の立場、相手の気持ち、早苗ちゃんが今どんな状況にあって、そこでどんな思いをしているのか、そういうことを、想像力を目一杯働かせて、考えてごらんなさいよ」

無茶いうなよ。あたしは三日前に初めて、早苗が福岡南にいることを知ったんだ。そこで奴がどんな状況にあって、どんな思いをしてるかなんて、そんなこと、分かるわけないだろうが。

それでも、新型の鍔止めは買って帰ってきた。これは外側が革、直接竹刀に当たる中心部だけがゴムになっており、すこぶる脱着がしやすいという、なかなかの優れものだ。と、そこそこ上機嫌で駅前を歩いていたら、後ろから声をかけられた。決してナンパなどではない。ましてや清水でもない。声の主は女だ。

「香織ィ」

振り返ると、ばっちり化粧なんぞをしているが、うん。知ってる顔だ。確か、中学のときの同級生だ。

「おお……」

あれ。名前、なんだっけな。マリア、じゃなくて、マリエ、じゃなくて、マリカ？　マリ——。

「やだ、あたしだよ。覚えてないの？　三年とき、席隣だったじゃん」

「……ああ、覚えてるよ。うん、えーと、マリ……コ？」

「マリナだよ」

おお、そうだった。なんとかマリナだ。

「いやぁ、その……すっかり、綺麗になっちゃったんで……見違えちまったよ」

「んもォ。香織ってば、相変わらずオヤジなんだから」

え、オヤ——。

「なに、今日はあれ、持ってないの？　剣道リュック」

「……あ、ああ」

お前、その前に、相変わらず、なんと？

「剣道、もうやってないの？」

「……いや、やってるよ。ただ、暑いから、夕方から」

「そっか。大変だね。試合とか出てんの」

「うん……昨日も、埼玉で」

全国大会で三位とか、いっても分かんないだろうな、こういう奴には。っていうかさっき、オヤジって――。

「あ、それよっかさ、ちょっと小耳にはさんだんだけど。香織って最近、清水ノリオと付き合ってるって、本当なの？」

げげっ。そんなデマをはさむってのは一体、どこのどんな小耳だ。

そうか。この女ひょっとして、清水と同じ高校にいってるのか。

「えーと、それはだな……」

「香織、中学んとき清水のこと、めちゃめちゃイジメてたじゃん。クソとかヘタレとかいって、散々小突き回してたじゃん」

ヘタレとは確かにいったが、クソとはいってない。それは「糞握り」の聞き間違いだ。手の内が開いてしまう下手糞な握り方という意味の隠語で、決して奴自身を揶揄《やゆ》した言葉ではない。

そもそも、あたしは清水をイジメたりはしていない。あれはあくまでも、休み時間にあたしの稽古の相手をさせていたにすぎない。

などと反論する暇はなかった。

「やっぱアレなの。女子高いくと男いないから、あんなんでもカレシにしたくなっちゃうわけ」

「いや、別に、そういうわけじゃ……」

「それとも、もともと好きだったの」

なっ、何をいうか、キサマ。

「けっこうあるよね。ほんとは好きなのに、面と向かうと、つい意地悪しちゃう、みたいな……でもそういうのって、たいがい小学生止まりじゃない？」

キサマ、キサマ——。

「それとも、ほんとは香織って、ああいうダメ男が好きだったり？」

「ちっ、違うって」

「何が違うの」

「えっ、いや……」

「だって、付き合ってるんでしょ？　そう聞いたよ」

「聞いた、って……誰から」

「みんないってる。もちろん、清水本人も」

あの馬鹿。

「いやぁ……付き合ってる、っていうか」

「違うの？　付き合ってるんじゃないの？」

「いや、違う……っていう、わけでも」

「マージで？　マジで香織、あのブサキモ清水と付き合ってんだ。やだマジ、チョーウケる」

「いや、ちょっと待ってくれ……だから、その……あたし、にとっての、清水は、だな」

参った。すげー否定したい。

16　私に似合うかな

東京都、目黒区祐天寺《ゆうてんじ》。駅のすぐ近くにあるマンション。サングリア祐天寺。一二〇二号室。

「そんなこといわれたって私、祐天寺なんていったことないから分かんないよ。どっか、新宿とか品川とか、大きな駅まで迎えにきてよ」

『馬鹿いわないで。あたしは今日、夜中まで仕事だっていったでしょ。忙しいんだから、もう電話しないでよね』

「ちょっ……待ってよお姉ちゃん」

うそ、ほんとに切った――。

キョウダイって、よそもこういう感じなのかな。それとも同性だから、こんなふうになっちゃうのかな。私に妹がいたら、絶対もっと優しくすると思うんだけど。

仕方ないから携帯サイトで調べた。越谷からだとどうも、東武伊勢崎《いせさき》線の急行で渋谷まで出て、東急東横線に乗り換えて祐天寺、というのが一番シンプルな行き方のようだった。

竹刀袋とボストンバッグを担ぎ、キャスター付き防具袋を引きずりながら電車に乗る。車内は、わりと空いてた。こんな大荷物、きっと迷惑になるだろうなって思ってたから、よかった。

普段なら絶対に座ったりしないんだけど、でも、こんなに空いてるのに立ってるのは逆に変だから、やっぱり座ることにした。

毎日の稽古に比べたら、試合なんて全然ハードじゃない、と思ってたんだけど、やっぱり緊張とか、旅疲れ、人疲れもあったんだと思う。ボストンバッグを網棚に放り上げて、防具袋と竹刀袋を抱えて座ったら、急に睡魔が襲ってきた。

で、次に目を開けたら、もう北千住だった。いつのまにか目の前は人の壁。立たなきゃ、と思ったけど時すでに遅し。それもできないほどの混雑になっていた。結局、ずっと最後まで座りっぱなしだった。

それにしても。

久々に見る東京人は、なんだかとってもカラフルで、特に渋谷駅に降りた瞬間なんて、ゼリービーンズのプールに放り込まれた気分になった。

甘い匂いがして、ぴかぴかに輝いてて。でもちょっと、体には悪そうで。

それに比べると、祐天寺駅周辺はさすがに落ち着いた雰囲気だったけど、蒸し暑いのは同じだった。

マンションはすぐ分かった。サングリア祐天寺ってどこですか、って駅前交番で訊いたから。

「あれです。あそこの、小洒落た感じの。高いの」

おや。ロータリーの斜め向かいに建っている、こっちから見ると、外階段の要所要所に設けられたオレンジ色の照明がなんとも可愛い、あれですか。

「分かりました。ありがとうございました」

再び荷物を担いでレッツゴー。防具袋はガラコロ転がして、ちょっと急ぎめで道路を横断。

道をいく人々が、「大変そうね」って目で、私を見ては過ぎていく。いえ、大丈夫ですよ。こう見えても、けっこう鍛えてますから。

でも、持ち上げてマンション前のステップを上がるのはしんどそうだったんで、脇にあるスロープを転がして登った。それがうるさかったんだろう。私が玄関に入るより先に、管理人らしきおじさんが飛び出してきた。

腕まくりをしたワイシャツに、グレーのスラックスという出で立ち。点検をするように、私の荷物に視線を巡らせる。

「……ええと、ひょっとして、西荻さんの？」

そう。お姉ちゃんは仕事の都合上、一人だけ西荻姓を名乗り続けている。

「あ、はい。西荻緑子の、妹です」

お辞儀をすると、おじさんは安堵《あんど》したように笑みを浮かべた。

「はい、お聞きしてます。いま開けますから、どうぞ」

おじさんの操作で分厚いガラス扉は開けられ、私はなんの労もなく中に通された。大理石の床、壁。天井には光る柳の木みたいなシャンデリア。マンションのエントランスホールというよりは、高級ホテルのロビーみたい。

「これ。お預かりしている、鍵です。そのエレベーターで、十二階ですので」

「ありがとう、ございます……」

今一度頭を下げつつ、私はエレベーターの上ボタンを押した。

へえ。お姉ちゃんが住んでるのって、こんな高級マンションだったんだ。事務所が借りてくれたとはいってたけど、私たちが家族で住んでるとことは比べ物にならないくらい、セレブなお住まいじゃないですか。

エレベーターの床、絨毯《じゅうたん》になってるし。こんなに荷物載せても、全然グラグラしないし。

でも、そうか。お姉ちゃん、ちゃんと管理人さんに連絡してくれてたんだね。うちのお姉ちゃんて、ときどき気が利くっていうか、さりげなく親切なときがある。横浜に一緒に住んでたときも、よく勉強は見てくれたし。そうそう。決して、意地悪なだけの人じゃないんだ。

十二階に着きました。

エレベーターを降りると、内廊下になっている通路は右と左に分かれていた。一二〇二号室は右。エレベーターホールのすぐ脇だった。

なんというか、マンションの玄関というよりは、金庫の扉みたいなドアだった。黒くて、えらく重厚で。開けると案の定、異様に分厚いし。でもそのわりに、動きは軽い。

「……お邪魔、しますぅ」

中を覗く。奥の方、廊下の先に、ぼんやりと明かりが灯《とも》っている。新しいマンション特有の匂いに混じって、前からお姉ちゃんが使ってたアロマキャンドルの香りが漂ってくる。あとちょっと、知らない香水みたいな匂いも。

入って右手は収納、左は鏡になってる。照明のスイッチは、その収納のところにあった。

とりあえず荷物を引っ張り込んで、ドアを閉める。廊下に上がったら、ところどころにあるスイッチをオンにしながら進む。そしてようやく、最初に見たぼんやり電気スタンドのある部屋にたどりつく。

間取りは、２ＬＤＫってとこでしょうか。リビングダイニング、チョー広いです。

照明はどこも、白熱灯っぽいオレンジの蛍光灯。床は、木目のあんまり目立たないミルキーな感じ。けっこう好きかも。壁は白いけど、よく見るとクロスじゃない。荒っぽく土でも塗りつけたみたいになってる。

テーブルを見ると、おや。メモのようなものが載っている。なんでしょう。

《よう、お疲れ。たぶんあんたは今日もクサいから、まずお風呂に入りなさい。シャンプー等は好きに使ってよし。冷蔵庫に入ってるものも好きに食べてよし。ベッドは使用禁止。リビングのソファベッドの背もたれを倒して、そこで寝なさい。タオルケットはそこに出してある黄色いのを使いなさい。あたしの部屋の化粧品や、その他のものを弄《いじ》るのは禁止。帰りは何時になるか分からないので、先に寝てなさい。　偉大なる姉　緑子》

変わんないなぁ、この人。

課せられた制限は厳守して行動し、食事は帝国ホテルのカレー缶を発見したので、それをレンジでチンのご飯にかけて食べた。すっごい美味《おい》しかった。

実はカレー缶の保管場所は冷蔵庫ではなく、流し台下のキャビネットの中だったのでちょっと迷ったんだけど、終わったことに関してうちのお姉ちゃんはわりと寛大なので、たぶんＯＫだろうと判断させてもらった。

お風呂と食事が終わったら、やることもなく話相手もいなくてつまらないので、寝た。まだ九時とか、それくらいだったと思う。

私が悲鳴を聞いて飛び起きたのは、翌朝の十時頃だった。

「ンギャァアーッ、くく、く、くさいぃ……」

何者かがのた打ち回りながら、リビングに接近してくる。

「くっそぉ……防具については、書くの忘れてた……迂闊《うかつ》」

まっ茶っ茶の長い髪を、緑のスカーフで軽く束ねた頭部がまず戸口に現われる。しかもかなり低い位置に。どうやら四つん這いのようです。白いカットソーに、オレンジのパンツ。同系色のストライプが入ったトートバッグを引きずっている。それチョー可愛い。

「ああ、おはよう……お邪魔してます」

ごろんと転がり込み、リビングと廊下を隔てるドアを蹴飛ばして閉める。鼻を押さえながら、起き上がる。カットソーの胸には、ドクロを象《かたど》ったラインストーンの飾り。

「あんたもさぁ……気ぃ利かして、あれ、ベランダに出しとくらいしなさいよ。知ってんでしょう。あたしがあれ嫌いなの」

私だって別に、あのこもった臭いが好きなわけじゃないよ。ただ、だいぶ麻痺してきてるってだけで。

「すみませぇん……」

でも私がいこうとすると、いいから、みたいに止める。

「ゴミ袋かぶせといたから。そのまま持って帰って」

ひどいなぁ、相変わらず。

「あんたお腹は」

「いや……今、起きたばっかだし」

「そう。あたしけっこう空いてんの。シャワー浴びたら食べにいくから、それまでにあんたも空かしといて」

そんな無茶な。

あんたも浴びたら、というので、私ももう一回お風呂入って。

出てきたら、お姉ちゃんに洋服見繕ってもらって。

「早苗って、顔のわりに……案外、お尻大きいんだよね」

うるさいな。筋肉だよ、筋肉。

「あ、でもこれならいいよ。ほら」

グレーボーダーのチュニック。胸に大きなリボンがついてる。でもそんなの、私に似合うかな。

「それに、こういうさ、カットソーのミニスカートとか……ほら、いいじゃない。見てごらん」

ほんとだ。すっごい可愛い。けど——。

「……ちょっと、短すぎない？　このスカート」

「全然大丈夫。心配ならレギンス穿《は》いてもいいけど、暑いでしょ。そのまんまでいいと思うよ」

あれよあれよというまに、髪もお下げにされて。軽くだからっていうわりには、しっかりメイクもされて。

そんでもって、なぜか笑われて。

「……あんた、似合うじゃない。可愛いよ」

「うう……なんか、微妙に恥ずかしい」

「かもね。普段、制服と道着しか着ないもんね」

あとジャージね、ってそんなわけあるか。私だって私服着るときくらいあるよ。

でもって、お姉ちゃんがバッグの中身を詰め替えたら、出発。

「どこがいい？　青山とかいきたい？」

「えー、別にぃ」

「原宿とか」

「どこでもいいけど……なんか、私もお腹減ってきた。すぐいけるところがいい」

つまんない子ね、と呆れられつつ、近所に美味しいイタリアンのお店があるというので、そこに決定。

エレベーターを降りて、本当は恥ずかしいから嫌だったんだけど、でもそういうわけにもいかないから、管理人さんに昨日のお礼をいいにいった。案の定「めかし込んじゃって」みたいな目で見られた。照れ笑いで誤魔化しつつ、それじゃあと外に出る。

そして東京は、今日もよく晴れているのでした。

せっかくこんな可愛い服借りたのに、歩いて汗ダラダラになるのも嫌だなぁ、なんて思ってたんだけど、そのレストランてのは実はマンションの真裏だったので、全然平気だった。

「へえ、素敵。いい感じ」

「でしょう」

白い木枠の窓から店内を覗く。レンガ造りの壁と、赤い革張りのベンチソファがお菓子の家みたいで可愛い。お客さんの入りは三分の二くらい。今ならまだ座れそう。

入り口近くにいた、髪をひっ詰めにした女の人が扉を開けて出迎えてくれる。

「いらっしゃい……緑子ちゃん、いつ帰ったの」

漏れ出てくる冷気が気持ちいい。っていうかお姉ちゃん、名前で呼ばれるほど常連なんだ。

「こんにちは。帰ったのは、一昨日の夜遅く。もう閉まってたから、顔出さなかったの。……あ、これ、妹の早苗です。こちら、このお店のオーナーの奥さんで、リカさん」

初めまして、と互いに頭を下げ合う。やっぱり、ちょっと恥ずかしい。ふわふわしたスカートの裾が、個人的には非常に気になる。

外から見えた、赤いベンチソファがある席に案内された。

「なに食べたい？　レディースのランチコースとか、あたし的にはお勧めだけど」

お姉ちゃんはメニューも見ない。

「うん。任せる」

「じゃ……リカさん。レディースコース、二つで」

入り口の小さな黒板に、確かレディースコースは、三千八百円って書いてあった気がするんだけど、違ったかな。それを二人で頼んだら、けっこう高くつく計算になるんですけど。

最初のお皿は、五分くらいで運ばれてきた。オードブルだね。

「……ねえ。モデルって、そんなに儲かるの？」

「ん？　そりゃ、売れてりゃ儲かるよ。売れなくなったらそれまでだけど」

ってことは、今お姉ちゃんは売れてて、そこそこ儲かってるってことか。

「あのマンションだって、すごいもんね」

むむ。このサーモンのマリネ、チョー美味しい。

「ああ、でもあそこ、もともとは三人用なんだ。たまたま今、あたし一人しかいないってだけで」

「へえ、そうなんだ……やっぱ一人だと、寂しい？」

上に載ってる、この薄く削ったチーズもいいね。

「うーん、どうかな……寂しいのとは、違うんだけど、でも休みの日とかは、けっこう不安になるかな。二週間も休みなしで働くと、ああ、休みたいーって思うのに、いざ一日休みもらうと、急に、昨日の仕事が駄目だったように思えてくる……自分で気づかないだけで、実はあたし、何か大ポカやらかしたんじゃないか、それが原因で、明日からの仕事、全部キャンセルされちゃうんじゃないか、スケジュール帳、真っ白になっちゃうんじゃないか……なんてね。特に一人でいると、そっちばっかり考えがいっちゃう」

　へえ。お姉ちゃんでも、そういうことあるんだ。

「だから、休みんときは、できるだけこういうとこにくるの。積極的に仲良くなって、誰かと会話しないと……不安に、押し潰されちゃいそうになるから」

「え、だって、こっちなら友達、いっぱいいるじゃない。ユカさんとか、ハルミさんとか、チューコさんとか」

　みんな、お姉ちゃんの高校んときの友達ね。

「うーん……でもあっちは、普通に大学生だしね。勉強とかサークルとか、バイト？　なかなか……電話で話すのも、時間帯合わないことが多いんだよ。今度遊びにいこうね、とか、いってはいるんだけど」

　そうか。そうかもね――。

　よく考えたら、大変だよね。働きながら、一人暮らししてるんだもんね。私の場合、大変っていったってしょせん部活だし。寮じゃないから、食事だって洗濯だって、全部お母さんがやってくれるし。

　あんま、文句いえる立場じゃないんだよね。実は。

チリソースのポテトサラダも、チーズリゾットも、ハーブの効いた若鶏のローストも、ぜーんぶ美味しかった。

そして話題は、いつのまにやら、岡先輩の、その後——。

「エエーッ、河合さんと付き合ってんのォ？」

すっかり東松事情に疎くなっていた私は、もうびっくり仰天。

「うん。彼女可愛いし、剣道のこと分かるし、いいんじゃない？　同い年だし。ちょっと下半身デブだけど」

さらっといってるふうに聞こえるけど、実は敵対心バリバリと、私は見た。むそ。このチョコレートケーキもチョー美味しい。下のスポンジがウェットなのはなんだろう。苦味がいいアクセントになってる。

お姉ちゃんは、コーヒーをひと口飲んだところで、バッグから、

「……あー、いけないいんだぁ」

タバコを出した。まだ十九歳になったばっかりなのに。

「いいの、働いてるんだから……でも、帰っていいつけたりしないでよ」

「別に、いいつけやしないけど」

お肌とかにもよくないんじゃないかなって、ちょっと思っただけ。

でも、ふーって吐くときの唇は、なんか色っぽい。あと、煙の行方を追う、気だるい

眼差しも。

「……早苗は、悩みとかないの？」

おっとォ。なんですかいきなり。

「馬鹿にしないでよ。悩みくらいあるよ」

「なに」

「なにって……聞いてどうすんの」

「相談、乗ったげるよ。一応、お姉ちゃんだし。っていってもまあ、あたしに分かる範囲で、だけど」

お姉ちゃんに分かる範囲、か。けっこう、その制約って大きいと思う。お姉ちゃんと私って、そもそも得意分野が全然違うし。でも何もいわないと、悩みの一つもないお子チャマみたいにいわれそうだから、とりあえず話してみることにした。

「まあ、たとえば……」

福岡南の、特にレナの、高度競技化剣道のこととか。吉野先生に、強制的に改名させられたこととか。あと、スパイみたいに、磯山さん対策に使われそうだったこと。レナや他の選手を、なんとなく応援できないでいること。それに比べて、東松の選手の試合を見てると、つい応援したくなっちゃうこと。そのくせ私は大して勝ててなくて、さっぱりチームに貢献できなくて、そういう自分が、一番嫌なこと。とか。

「ふーん……まあ、改名の件はどうかと思うけど、でもその他のことって、勝負の世界では、当たり前にあることなんじゃないの？」

「そりゃまあ、そうなんだけど……でも、嫌なんだもん。なんか、好きになれないんだもん。なんかこのままじゃ、私、剣道まで嫌いになっちゃいそうだよ」

お姉ちゃん、苦笑い。

「……何よ」

「いやぁ、あんま論理的な話じゃないな、って思って」

「どうしてよ。なんで悩みが論理的じゃなきゃいけないのよ。論理的に割り切れるくらいだったら、そもそも悩んだりしないよ」

「まあ、そう、かもしんないけど……」

もう一本、タバコに火を点ける。なんか、異様に慣れてるふうだなぁ。

「……ただね、好き嫌いでいわれちゃうと、はいそうですかで終わっちゃうけど、でもほんとは、そうじゃないんだと思うんだ。早苗の考えが、今はまだ整理できてないってだけで、そこんとこちゃんと突き詰めていったら、答えは案外、単純なことなんじゃないかなって……なんかあたしは、そんな気がした」

そう、なのかな。

「前にね、仕事である出版社の、編集部にいったの。で、待ってる間、そこら辺に置いてある、その出版社の出してる雑誌を、パラパラめくってたの……っていっても、ファッション誌じゃなくて、オカルト系だけどね。心霊とか、ミステリーサークルとか未確認生命体とか、そういうのが載ってる雑誌」

「ああ、はいはい」

お姉ちゃん、ホラーとか大好きだもんね。私は無理だけど。

「それにね、ブラックホールの仕組みを徹底解明、みたいな記事が載ってて。でもその最初のページに、ちょっといいことが書いてあったの」

私は、アイスティーにガムシロを垂らしながら首を傾げた。

「……いいこと？」

「うん」

「ブラックホールなのに、泣ける話？」

「いや、そうじゃなくて」

赤い陶器の灰皿にタバコを潰す。しかも、けっこうしつこく。

「あのね……本当に正しい論理っていうのは、誰にでも簡単に、すっ、て、納得できるものなんだって。逆にそうじゃない論理は、分かりづらい論理っていうのは、突き詰めるとどっか、ハタンしてるもんなんだって」

「……ハタン？」

また、すぐそうやって、困った子ねェみたいな目で見る。毎回私、それですっごく傷ついてるんだよ。

「ようするに、辻褄が合わないってこと。論理が壊れてるってこと。つまり正しい論理というのは、誰にでも簡単に分かるようじゃなきゃ駄目だ、ってことなのよ」

ああ、破綻ね。はいはい。知ってるよそれくらい。

「……ってことはお姉ちゃん、ブラックホールの仕組み、理解できたの？」

「んーん。ぜーんぜん」

ワカリマセーン、の外人ポーズ。

「じゃ駄目じゃん。その論理」

「うん。その、ブラックホールの解説は、だからたぶん、どっか破綻してたんだと思う。……けど、最初の言葉は、ちょっといいと思わない？　正しい論理とは、誰にでも分かるような、ごくシンプルなものなんだ、っていうのは」

うん。なんかそれは、いい感じがする。ちょっと愉快。

「だから、早苗もよく考えてごらん。答えは、案外単純なことなのかもよ。東松の剣道は好き、福岡南の剣道は嫌い、じゃなくて、東松の何がよくて、福岡南の何が悪いのか……まあ、ほんとは良い悪いの話じゃないのかもしれないけど、でも一応、あたしも東松の卒業生だからさ。肩持つとしたら、東松なんだよね」

簡単に納得できる何か、ですか。

17　屁理屈

インターハイ三位を祝って、というのでもないが、大会の三日後。たまたま家族全員が揃ったので、一緒に夕飯を食べた。

父親と母親のグラスにはビール。兄とあたしのグラスにはコーラ。メインディッシュはビーフステーキ。

「……ほら、あなた。乾杯の音頭」

なんでもいいから早くしてくれ。こっちは腹が減ってるんだ。

「ああ。じゃあ……乾杯」

ってオイ、親父。なんかひと言くらいはあるだろ。別にいいっちゃいいけどさ。

「……かんぱーい」

どうせ、大して話を聞きたい相手でもないしな。

「いただきます」

しかし、なかなか豪勢に分厚い肉じゃないか。まさか、米国産の狂牛肉ではあるまいな。母上。

「でも、香織はやっぱりすごいな。初出場三位は立派だよ」

兄ちゃん。あんたのライバルだった岡巧は、確か一年のときにそうだったよ。

「じゃあ、もう来年は確実に、香織が日本一ね」

母上。あんたは黙ってた方がいいよ。無知をさらすだけだから。

ところで、このステーキソースは既製品かい、手作りかい。けっこう美味《うま》いぞ。どう
美味いかって、まあ、かなり美味いよ。

「……優勝した、西木って選手は確かに……今のお前が勝てる相手では、なかったな」

出た。恒例の対戦選手評。

「うん。あたしも、そう思うよ」

だがしかし、今回親父は、非常にあっさりしていた。

「……そうか。それが分かったなら、今回、出た甲斐もあったというもんだ……」

この夜、この言葉を最後に、親父はあたしの試合については、一切触れなかった。


部屋に戻って筋トレをしていたら、兄がマンガ本を返しにきた。『バガボンド』の二十四巻から二十七巻。

「ありがと。どこ置いとけばいい」

「ああ……机の上で」

兄は頷き、だが散らかったあたしの机を見て、困ったふうに溜め息をついた。

雑誌『剣道日本』と『剣道時代』が数冊ずつ。一、二冊の教科書と、『五輪書』と『武士道』がまた数冊ずつ。あとは、文房具がちょっとと、竹刀の余ったパーツ。弦《つる》、中結《なかゆい》、柄革とか先革、先革の中に入ってるプラスチックの留め具とか。いつか役に立つかも、と思ってとってあるんだけど、大体はまた新しく買っちゃうから、まず再利用の機会はない。

「これ……捨てたら?」

「うん。そろそろ、捨てようかと思ってた」

すると、呆れたような苦笑い。

あたしの近しい人間は、よくあたしに対してこういう顔をする。兄、たつじい、それと、早苗もそうだった。

ああ、早苗——。

「ねえ、兄ちゃん」

あたしは腹筋を中断し、タオルで汗を拭きながら胡坐《あぐら》に座り直した。

「ほら、前に東松にいた、西荻早苗。あれが福岡南にいって、団体戦のチームに入ってたって、いったじゃん」

「うん。なんかそんなこと、いってたね。しかも優勝したとか」

「そう。そうなんだけど……でも、変なんだよ。優勝したってのに、全然嬉しそうじゃないし、インハイまでは連絡もよこさなかったのに、会場で会って、新しい番号あたしが訊いたら、逆に泣きそうな顔で、電話してもいいか、とか訊いてくんだよ。これって、どういうことかね」

兄は、剣日は剣日、時代は時代、文庫本は文庫本と、勝手にあたしの机の上を整理している。

「どうって……転校して、寂しいんでしょ」

ん？　寂しい？

「えっ、そうなの？」

ぎょっとした目で、兄があたしを見る。

「……寂しいでしょ。普通」

「なんでそんなこと分かるの。兄ちゃん、転校したことないでしょ」

「ないけど、常識的に、分かるでしょ」

いや、そんなのは、常識とはいわないだろう。

「奴は、大きな大会で会うのを、励みにしたかったから、連絡しなかったって、いってたけど」

「じゃあ、そうなんじゃないの？」

「寂しいのと、違うじゃん」

「どっちを信じるかは香織の自由だよ。でも……普通は、転校したら寂しいと思うよ。周りの雰囲気ができあがってるところに、一人で飛び込むわけだから。特に早苗ちゃんて子は、そんなに前へ前へ、って感じの子じゃないみたいにいってたよね。まあ……香織はわりと一人でも平気だから、ちょっと理解しづらいかもしれないけど」

うん。全然理解できない。

「でも……だってさ、インハイまでは、連絡してこなかったんだよ。本当に寂しかったら、その間にだって、連絡してくるでしょう」

「でも香織、彼女が転校したことに対して、しかも剣道を続けないっていってたことに対して、すごい怒ってなかったっけ」

それは、まあ。

「だから、早苗ちゃんは連絡しづらかったんじゃないの?」

「……それは、ないと思うよ。だって、あたしが怒ってたなんて、あいつ知らねーもん」

「でも確か、モデルのお姉さんは、一緒にいかないで見送る側にいたんじゃなかったっけ。そしたら香織が暴れて、同級生に取り押さえられてたことも、早苗ちゃんには伝わってるでしょう」

そういえば、そんなこともあったな。

「……兄ちゃん。あたしがいっぺん話しただけのこと、よくそこまで正確に覚えてるね。まるでその場にいたみたいだね」

「うん。香織絡みのエピソードは基本的にインパクト強いから、大体覚えてるよ。子供の頃、お父さんみたいに強くなるためにはお酒が必要だって、日本酒一気飲みして救急車で運ばれたことも。映画で見たみたいに、日本刀で自動車が斬れるのか試したくて、お父さんの模造刀を勝手に持ち出して、国道の真ん中に仁王立ちして警察に保護されたことも、ちゃんと覚えてる」

いいんだよ、今そんなことはどうだって。

そうか。早苗、寂しかったのに、連絡できなかったのか――。

机の上を片づけ終えた兄は、当初の目的である『バガボンド』の単行本をそこに置いた。

「……じゃないかと、僕は思うけどね。連絡してあげたら？」

なぜ。あたしから。

「えー……なに喋っていいか、分かんねえもん」

「また一緒に稽古しようとか、いえばいいじゃない」

「あっちは福岡だよ？　そう簡単には」

「でも、インターハイ終わったら、次は新人戦まで大きな大会はないでしょう。だったら、ちょっとくらい、いいんじゃないかな……あっ」

兄は、にわかに表情を輝かせた。

「あれ、確か香織が、早苗ちゃんに初めて会ったのって、横浜市民……」

おお。

「横浜市民秋季剣道大会」

「そう。それに、出てみたらいいじゃない。今年は香織が、早苗ちゃんを誘って」

それはいいアイデア、だけど――。

「でも、早苗は福岡南の生徒じゃん。基本的に、横浜の市民大会に出る資格ないでしょう」

そうか、と兄はうな垂れたが、すぐに持ち直す。

「だったらいっそ、桐谷先生に頼んでみたらどうかな。早苗ちゃんも、桐谷道場所属ってことにしてもらって。だったら、出場資格はできるでしょう。そうなったら主催者側だって多少は気を遣うから、決勝までは当たらないように、反対ブロックに置いてくれるでしょう」

なるほど。なんか、本格的にいいアイデアって気がしてきたぞ。

数日後の午後。あたしは部の稽古にいく前に、桐谷道場に顔を出した。が、道場を覗いても先生のお姿はない。外を捜してみると、なんと裏庭で薪割りをしておられた。

「ハンッ」

メンをそのまま打ち下ろすような要領で、一気に叩き割る。横で割れた薪を拾ったり、新しいのを切り株に用意しているのは内弟子の沢谷《さわたに》さんだ。先生の親戚筋の方で、現在はここから都内の大学に通っている。

「……失礼いたします。香織です」

「ハンッ」

もう一個割って、数秒、ぴたりと動きが止まる。

残心か——？

蟬が一斉に鳴き始める。

先生が頷く。それを確かめた沢谷さんが、先生から斧を受けとる。

「なんだ……こんな時間に。珍しい」

作務衣《さむえ》の懐《ふところ》から手拭いを出し、そっと額に当てる。

「はい。今日は、先生にお願いがあって参りました」

先生は黙っている。これは、いってごらんなさい、という間である——。

あー、緊張する。台詞は完璧に作り込んできたが、上手くいえるかどうか、承知いただけるかどうか、非常に心配である。

「はい……お願い、というのは……以前もお話ししました、西荻早苗という、私の、同級生のことです。いま彼女は転校し、福岡南高校の生徒となり、名前も甲本早苗と変わりましたが、私は今年も、彼女と横浜市民秋季剣道大会に、参加したいと考えております。しかし、彼女は現在のところ、福岡市民です。横浜の大会には参加資格がございません。そこでなんとか、仮に桐谷道場所属ということで、出場の申し込みをさせていただくわけには、いきませんでしょうか。……そのことを、今日はお願いに、あがりました」

「うむ。かまわん」

「……へ？」

先生、今、なんと？

「だから……うちの所属として、大会に出るのは、かまわん」

うわ、決断はやっ。

「あ、ああ……ありがとうございます」

沢谷さんが、よかったねみたいな笑顔で、こっちを見る。

でも、ふと見ると、先生の眉根が少し寄り気味になってる。これは、何か違う切り口で話を続けるという予告だ。

「ただし……香織」

やっぱり。

「はい」

「この道場の名前を貸すからには、そのお相手がどのような方なのか、一応は私も知っておきたい。福岡在住では、なかなか容易ならぬことであろうが、できれば、大会より前にお会いしておきたい」

うん。それは、あたしも思っていた。

「はい。今回の大会は、九月の第三日曜ですので、その前日、土曜にこちらに、ご挨拶に伺う形にしたいと考えておりました」

「うむ。ならばよい」

先生が、沢谷さんに手を出す。斧を受けとり、また振りかぶる。

あたしは今一度深くお辞儀をしてお礼をいい、その場をあとにした。


道場を出て、でも歩きながらというのもどうかと思ったので、昔よく通り道にしてた公園のベンチに座った。

カバンから携帯を出して、中段に構える。

さあ、かけるぞ、かけるぞ。でもこれで、親戚の法事が入ってるから出れないとかいって断られたら、恥ずかしいぞ。桐谷先生に顔向けできないぞ。

などと思っていたら、かかってきた。

誰だちくしょうこんなときに、って清水じゃないか。あんの糞握りが。間が悪いことこの上ないな。

「アアァーッ、もしもォーしッ」

『ああ、僕……磯山、あの』

「悪いな今あたしは忙しいんだ国家の存亡に係わることでなければまた日を改めてくれたまえ」

切る。

さあ、気を取り直して、かけるぞ。早苗。

メモリーから番号を呼び出し、通話ボタンを、押す。

うわっ、本当に押しちゃったよ。

慌てて耳に当てる。ポッポポッポポッポッて、鳴ってる。雷様が、早苗の居場所を捜している。どこだァ、どこにいやがるゥ——。

コールが始まった。

何回、鳴ったか。

『……もしもし』

相変わらずの、情けない声が聞こえてきた。

「お、おお……あたしだ。あたしは、元気だ」

いや、そうじゃない。まずは相手の様子をだな――。

『そう、それは、よかったね……』

ええい、めんど臭え。

「だから、来月、九月の第三日曜に開催される横浜市民秋季剣道大会に出場しろ。お前が福岡市民なのは承知しているが今回は桐谷先生のご好意で桐谷道場の所属として出場させてやるからありがたく思え恩に着ろじゃあまたな」

やった。要件は伝えた。

さっさと切っちまえ。

『ちょッ、ちょっと待ってよ』

ちくしょう。切り損なった。

「……なんだよ」

『なんだよじゃないよ。いきなりかけてきて、勝手にいうだけいって切ろうとしないでよ』

「いきなりも何も……じゃあ何か。電話をする前に、これから電話をしますっていう、前置きの連絡が必要なのか」

『くだらない屁理屈いわないでよ。ちょっとはこっちの都合を聞くとかもしてよっていってるの。私に予定が入ってたらどうするの』

お前いま、しれっと「屁理屈」とかいったろ。上等だこの野郎。

「知るかそんなこと。お前だって去年、あたしが嫌だっていってるのに、勝手に出場手続きしたじゃないか」

そうだよ。思い出したら、段々腹が立ってきたぜ。

『あのとき磯山さん、部活休んでたじゃない。私、部活休んでないもん』

「じゃあ休め」

『なにわけ分かんないこといってんのよ』

「もう、いいから出るっていえよ。あたしだってもう、桐谷先生に頼んじゃったんだから、いまさら引っ込みつかないよ。前日の土曜には二人で挨拶に伺いますって、それも約束しちゃったしよ」

ええー、っていちいちうるさいよ。

「とにかく出ようぜ。旅費は……親になんとかしてもらえ。母ちゃん、絵本描きなんだろ。父ちゃん、事業で一発当てたんだろ。横浜への旅費くらいなんとかなるだろ」

早苗、黙った。

「一昨年、昨年と……なあ、せっかく続けてんだからよ、今年も出ようぜ。去年はお前、だから今年はあたしが優勝ってことで……いや、別に八百長して譲ってくれっていってんじゃなくて、そうなるぞってことだけど。もしできるんなら、お前が優勝したっていいんだぜ。おう、やってみろよこの野郎」

自分でも、なんでこんなこといってるのか分からなくなってきたけど、でも早苗が大人しく聞いてるから、なんとなく、あたしは喋り続けた。もういい加減、お前のメンは喰わないぞ、とか。あたしが勝ったら寿司奢れ、お前が勝ったらドーナツ奢ってやる、とか。土曜の一泊は、最悪あたしん家《ち》でもいいけど、でも姉ちゃんとこいけよ。うちの家族、変なの多いから見せたくないんだ、とか。

しばらくすると、早苗は、うん、と呟いた。

『……心配して、誘ってくれたんだ』

いや、まあこれは、うちの兄ちゃんが、考えたんだけどな。

『うん、分かった。出れるように、こっちの、顧問の先生にいってみる……っていうか、出るよ。必ず。私も桐谷先生には、一度お会いしてみたいと思ってたし』

ああ、そう。そうか。お前も、桐谷先生に会ってみたいか。そうかそうか。そりゃなんていうか、あれだな。めでたいじゃないか。

最後に早苗は、ありがとうね、と囁くようにいった。

あたしは、なんと返答をしていいのか分からなかったので、聞こえなかった振りをして、切った。

礼をいうってことは、やっぱりあいつ、寂しかったのか。

どういたしまして、くらい、いってやるべきだったかな。

18　恐縮です……

もォー、やだ。

基本的に怒るのは好きじゃないからそうならないようにはしてるけど、でも今回は、さすがの私も堪忍袋の緒が切れた。

トラブルの中心になったのは、ついにというかなんというか、レナと森下さんだった。私が着替えて更衣室から出てきたら、二人はもう睨み合いみたいになってた。まったく事情が読めなかったんで、近くにいた一年生に訊いたら、こういうことのようだった。

森下さんの代は、インターハイが終わったら基本的には引退。なので、そろそろ道場の防具棚を空けて後輩に譲ってくれ、とレナがいったのがそもそもの始まり。

確かに、一年生の何人かは防具一式を道場の棚に置くことができなくて、面と小手は各自で教室のロッカーに入れている、ってのは私も知ってた。道場に置けるのは平べったい胴と垂だけ。それも三人分ずつ、パズルみたいに組み合わせて一つのところに押し込んでいた。

それに比べて三年生は、防具入れに一ヶ所、自分たちの荷物置きに一ヶ所、それぞれ二ヶ所ずつ確保している。いま三班に所属している三年生は六人。この人たちが一ヶ所ずつにしてくれたら、一年生の足りない分は充分補える勘定になる。

でもだからって、レナの言い方はひどいと思う。

「そもそも三班の三年は、どの大会にも出とらんですけん、もっと早くに明け渡してくれてもよかったっちゃないですか」

「お前ッ」

森下さんがレナの胴につかみかかる。でもレナは動じない。

「稽古も、もうけっこうですけん。これからは、一年の指導は私らがします。先輩方は先輩同士か、そうじゃなければ、国体メンバーのいる班にでも、出稽古にいってください。それならまだ少しは、部の役に立つこともできるっちゃないですか」

他の先輩たちも殺気立つ。でも二年生、一年生が大挙してレナ側につくと、そんな空気も見る見るしぼんでいく。

森下さんだけが、上目遣いでレナを睨み続けている。

「黒岩……お前、まだコナカイが部を辞めたときのこと、根に持っとんのか」

コナカイって、誰？

「ハァ？　森下先輩は、一年間も私らに根に持たれるようなこと、何しよったんですか」

「あたしは何もしてへんよ。稽古についてこられへん奴をどん臭いィ思うんは、別に悪いことでもなんでもあらへんからな」

「ですから、別に私もそげんことはいうとりません。ただ、試合もない、後輩の面倒を見るでもない先輩方に、ここでの稽古にお付き合いいただく理由はもうなかと、そういうただけです。何しろここは小道場ですけん、他よりせまかとです。余計な人数が減れば、それだけ能率も上がると、そういうとーとです」

　それでも森下さんは引かない。

「それでよけりゃ、それでもエエよ。ただ、あんたと同じメニュー無理やりやらされて、潰れてった部員もぎょーさんおったことも忘れんといてほしいわ。高度競技化だかなんだか知らんけど、それぞれの力量も考えんとやっとったら、いつ死人が出るか分からへんで」

「やめてよッ」

　思わず、叫んでいた。

　瞬時に、班の全員が私の方を向く。その目が、あんたはどっち派、みたいに問いただしてくる。でも私はどっち派でもないから、その場所から動かず、声を大にしていった。

「……森下さんも、レナも、もうやめてよ。おかしいよ。そんなの、剣道やってる人が口にすべき言葉じゃないよ。根に持つとか、邪魔者とか」

レナは「邪魔者とはいうとらんばい」と鼻で笑った。

「いってなくても思ったら同じたいッ」

えっ、なんでまた福岡弁？　と思ったけど、一度そのモードに入っちゃうと、なんかかえって標準語には戻しづらくなった。

「……あんたら、みんなおかしかよ。剣道は、勝ち負け以前に人格修養が目的ばい。大切なのは、精神修養なんじゃなかと？　それをなに、引退して試合がなくなったら出て け、棚を明け渡せ……そんなの、みんなで一個ずつにしましょうっていえばよかことでしょう。……先輩も先輩たい。どん臭い奴をどん臭いと思うことは、本当に悪いことではなかとですか。態度に出したら、それで人を傷つけることにはならんとですか。そういうこと平気でいうから、引退と同時に邪魔者扱いされるんじゃなかとですか」

ほとんどの人は、私から目を逸らした。一年生、二年生はむろん、森下さんを始めとする三年生も、ばつの悪そうな表情であらぬ方を向いた。

でも、レナだけは、私を睨み続けていた。

これだけいっても分からないって――。

案外、こういう人が一番タチ悪いのかもしれない。実力も実績もあって、人気もあって、自分は正しいって疑わない人の方が、こういうとき、手に負えないのかも。

「早苗……あんたが知らんことも、他にまだ、たくさんあるとよ」

「いま分かってることだけで充分たい。分からん人間が見たら、この部はどげんなっとーとかぁ思うとよ。目的は勝つこと、目標は選手に選ばれること、頭にあるのは次の査定試合のこと。そげん考えだけで剣道をするの、私は好かんッ」

踵を返すと、そこには一年生部員がたくさんいた。私は俯いて目を逸らし、彼女たちを押し退けるようにして、出口に向かった。

ちょうどそのとき、携帯が鳴り始めた。間の悪いことに、マナーモードにし忘れていた。この前ダウンロードしたばかりの賑やかすぎる着メロが、これでもかってくらい静まり返った道場に響き渡る。

正直、こんなときに誰よ、って思った。でも、フタの小窓に「磯山香織」の文字を見た瞬間、私は何か、運命のようなものを感じずにはいられなかった。

道場に向かって礼をし、すぐさま靴を引っかけて外に出る。

「……もしもし」

『お、おお……あたしだ。あたしは、元気だ』

それなのに、なんなのその挨拶。せっかくの運命もぶち壊しだよ。

「そう、それは、よかったね……」

用件は、つまり来月開催される横浜市民秋季剣道大会に、また二人で出ないか、ということだった。いや、そんな打診みたいな感じじゃなくて、出ろって、ほとんど命令口調だった。

最初は絶対無理って思ったけど、でも話してるうちに、こっちの方が、今の私には重要なんじゃないかって思うようになった。いったん自分の原点に立ち返る。あるいは、前から磯山さんがいっていた桐谷道場を見学させてもらう。そういうことの方に、より大きな魅力を感じたのだ。

吉野先生には九月に入って、学校が始まってから相談した。

「まあ、そういう大会がありまして……去年、実は私、その大会で優勝してますんで、まあ……今年は、ディフェンディング・チャンピオン、みたいな……そんな、感じなので、なんとかして、出たいなと、思ってるんですが……駄目でしょうか」

職員室にいる吉野先生は、さすがにお酒臭くはなかったけど、代わりに饐《す》えたような汗臭さがあった。たぶんこの人、毎日はお風呂に入ってない。ちなみに吉野先生は、これでも日本画の先生である。

ほんとによかった。選択芸術、書道にしといて。

「……お前はもう、横浜市民じゃなかろうが」

「はい。でも向こうの、とある町道場のご好意で、一時的に、そちらの所属、ということで」

先生は、さっきからずーっと、インクの出ないボールペンで、グリグリグリグリ、紙に円を書いている。

「……どこな」

「は？」

「だから、その町道場」

ああ。興味あるんですか。そういうことにも。

「桐谷道場、というところですが」

「はあ……桐谷道場か」

「えっ、知ってるんですか」

あ、書けた。インク出た。

「……いや、知らん」

なんだかな、もう。

先生は、書けるようになったボールペンを引き出しにしまい、また別のペンを出して同じ作業を始めた。どこまで私の話を聞く気があるのかは不明。

「……というわけなので、いいでしょうか。第三土曜と、翌日の日曜の稽古、休ませていただいても」

さっきのは黒。いま必死こいてやってるのは、赤。

グリグリグリグリグリ――。

「……先生、聞いてます？」

「おう。聞いとーばい」

「ですから、いいですか？　横浜の大会に、いっても」

そのとき、紙が破けた。

先生が、ガックシとうな垂れる。

「……先生？」

うな垂れたついで、みたいな感じで頷く。

「……百回丸を書く間に、このペンが書けるようになったら、許可してやろう、百回を超えても書けんかったら、許可はせんでおこうと、思おとったが、まさかな……紙の方が、破けるとは思わんかった……よかよ。横浜でも百道浜《ももちはま》でも、好きなとこにいけばよか」

もうイヤ。この学校の人たち。

以後も小さな諍《いさか》いはいくつもあったけど、私はとにかく横浜大会出場を心の支えに、すべての苦難を乗りきった。

そして迎えた、九月の第三土曜日。

「飛行機のチケット、持った？」

「うん。持った」

お母さんは空港まで送ってくれるっていってくれたんだけど、締め切りで忙しそうだから遠慮しといた。お父さんがいたら送ってもらうんだけど、あいにく今日は会議があるとかで留守だし。

「ハンカチは」

「持った」

「おやつは」

「……ねえ。ひょっとして、おちょくってる？」

お母さんは、にやっと笑って手を出した。

小さくハイタッチ。

「んじゃ、いってきます」

「はい。いってらっしゃい。がんばってね」

そんなわけで、いざ出発。

横浜駅に着いたのは、お昼をちょっと過ぎた頃だった。

待ち合わせは地下一階の本屋さん。『剣道日本』とかも置いてある、スポーツ雑誌の棚の前。

先に着いてたのは磯山さんだった。かなり遠くからでも分かった。白いブラウスに緑のリボン、紺のスカート。でも肩には、般若の刺繍が入った竹刀袋。そんな恰好してる人、たぶん横浜中捜してもこの人しかいない。

こっちに気づいた瞬間、大きく手を振る。

「おーい、早苗ェーッ」

私は荷物いっぱいで走れなかったんで、磯山さんがきてくれるのを待った。

「……久し振り。ほんと、磯山さん元気そう」

「お前も。なんかこの前より、だいぶ肥料がいき渡った感じだな」

早苗の「苗」に引っかけてるのだろうか。相変わらず微妙な言語センスだ。

「どっちか貸せよ。持ってやるよ」

「ああ……ありがと」

とはいえ、磯山さんが持ちたがってるのは明らかに防具袋の方だったんで、そっちをお願いした。

横浜から保土ヶ谷までは横須賀線。たったのひと駅。

保土ヶ谷駅からは？

「……道場までは、歩きだと六、七分だから」

「うん。平気」

「暑いけど」

「大丈夫。福岡の方が暑いから」

しばらく川沿いを歩いて、橋を渡ったら真っ直ぐ。で、国道みたいに大きな道路を渡ったら、住宅街に入っていく坂を登る。

すぐに磯山さんは「あれ」と前方を指差した。

「へえ、なんか……素敵」

お寺の門みたいな入り口。その右側の柱には「桐谷道場」と、墨で書かれた木の看板が掛けられている。

そこを、入る。すると、奥にこれまたお寺の本堂みたいな、大広間のある日本家屋が建っているのが見える。

「思ったよりボロいか」

「んーん。むしろ、イメージ通りかも。なんかほら、東松の中学の武道場って、こういう感じだったじゃない」

「うん。あたしも最初、あそこにいったとき、似てるなって思った」

砂利敷きのお庭。玄関へと続く敷石。こっち側に面した広間の窓は全開。あの、ちょうど神棚の下にいる、白髪の方が桐谷先生だろうか。ちょっと、仙人みたいな感じの――。

なんか、ドキドキする。

「お願いしますッ」

「失礼、いたします……」

玄関に入ると、すぐに奥から紺の稽古着に袴姿の男の人が出てきた。大学生くらいの、背の高い、ちょっと前の全日本選手権で優勝した原田悟《はらださとる》選手を、少しほっそりさせた感じの、つまり、かなりのイケメン――。

「ああ……こちら、内弟子のサワタニさん。こいつが」

「甲本、早苗ですッ」

勢いよくお辞儀をしたのは、それは、顔が赤くなってるのを、見られたくないからであって――。

「初めまして、サワタニです。さあ、こちらへどうぞ。桐谷がお待ちしております」

すごく緊張はしたんだけど、でもその、お弟子さんが稽古場にいる風景とか、奥で先生が待っている空間というのは、実は私にとっては、とても馴染みのあるものだった。小さな頃から通ってた日本舞踊のお教室が、ちょうどこういう雰囲気だったのだ。

そう思ったら、うん。緊張、ほぐれてきた。

サワタニさんに案内されて、玄関から道場に向かう。入る一歩手前のところで磯山さんが、荷物はここに置けっていってくれたんで、そうさせてもらって、身軽になってから、道場に入った。

「お願いしますッ」

「失礼いたします」

中を見ると、桐谷先生はさっきの場所から少し移動していて、道場の板の間ではない、そこから一段上がった畳の間に正座していた。

三人で、すすすっと歩いていく。こういうのは私得意だから、大丈夫。全然緊張しない。

サワタニさんが出してくれたお座布団は遠慮して、磯山さんと一緒に、先生の向かいに正座する。

「先生」

磯山さんが呼ぶと桐谷先生は目線を上げ、軽く私に会釈をくれた。

なんか、もっと怖い感じの人を想像してたけど、全然違った。あえて喩えるとするならば、「樹のような人」だと思った。

ひんやりとしていて、物静かで、動かない。大木ではないけれど、根はものすごく太く、広く、地中に張っている。

私は両手をついて、額がつくまで頭を下げた。

「……初めまして。甲本早苗です。このたびは、お招きに与《あずか》りまして、ありがとうございます」

小さな咳払い。

「この道場を主宰しております、桐谷玄明です……初めまして。このたびは、香織の方が、無理にあなたをお誘いしたのではありませんか」

それはまあ、そうなんですけど。

「いえ。決して、そのようなことは」

「……どちらにせよ、当道場の所属として試合に出ていただくからには、どのような方なのか、私も一度お目にかかっておきたいと思い、ご足労お願いいたしました」

「はい……あ、いえ、こちらこそ、よろしく、お願いいたします」

ふと、先生の視線が私の背後に向く。

「……いかがでしょう。防具などもお持ちのようですし、明日に備えて、ここで少し、稽古をしていかれては。小学生の生徒がくるまでには、まだ二時間以上あります」

すぐには、返事ができなかった。でも、磯山さんが覗き込むようにして、頷いてみせてくれたんで、私も、礼を欠くほどの躊躇《ちゅうちょ》はしなくてすんだ。

「はい……では、お言葉に甘えて。よろしく、お願いいたします」

道場の裏側、ちょっとした空地の向こうは雑木林。

緑と土の匂いのする風が、私たちの間を吹き抜けていった。


桐谷先生、沢谷さん、磯山さんに、私。計四人で稽古をすることになった。

少し素振りをしたら、打ち込み稽古。組み合わせは、桐谷先生と私。沢谷さんと磯山さん。入れ替わって、桐谷先生と磯山さん。沢谷さんと私。

先生は、私にはひと言も注意をしなかったけど、磯山さんには「踵《かかと》」とか「右手」とか、よく通る声で短く、悪いところを指摘した。でもそれって、たいがいは私も直すべき個所だった。

特別な稽古は何もない。ただ、基本をみっちり、という感じだった。終わる頃には、先生からの注意はほとんどなくなっていた。知らず知らずのうちについていた、悪い癖を直してもらった。なんかそんな気がして、打ち込みが終わったあとは、妙にすっきりした気分にさえなった。

続く地稽古で、最初にお相手をしてくださったのは沢谷さんだった。

「お願いします」

ただ中段に構えているだけ、に見えるんだけど、どうにも打ちようがなくて困った。

前に出てこられると、思わず下がってしまう。横に回りながら中心を取り直そうとするんだけど、いくら剣先を定めても、私の方はずれてるような気がしてならない。

でもここは、私から掛かっていかなきゃ。そう思って、上から回して、

「コテェーッ」

打ったんだけど、沢谷さんが体の向きを変えただけで、私の竹刀は弾かれ、捌かれてしまった。

そっか。長く構えるって、ほんとにできる人がやると、こうなるのか。すごい。私も、こういうふうに構えたい。

物打を払ったり、巻いたりしながらコテを二、三度狙ってみたけど、さっぱり。届きもしない。

でも、私だっていろいろ考えてるんだ。下を攻めて、攻めて、もう一回コテにいくとみせかけて、

「ヤッ」

メン、にいくはずだったのに、

「……コテ」

出ゴテを、上手く合わされてしまった。

完璧に私、今、メンを打たされた――。そう思った。

沢谷さん、私のコテを捌きながら、メンにくるのをずっと待ってたんだ。ひょっとしたら、ちょっと面を空け気味に見せてたのかもしれない。それを私は、まんまと「打てる」と思い込み、打ちに出た。そこに、コテを合わされた。しかも、ものすっごく軽く。

参ったな。なんにもできなかった。

でも、なんか面白い。

「ありがとうございました」

少し早めに終わって、先生と磯山さんの稽古を見た。

こっちは全然スタイルが違った。磯山さんの気勢は気迫充分だし、先生は先生で、ものすごい圧力で押しまくるし。

「カテッメェエーアッ」

「ハンッ」

どーん、と磯山さんが吹っ飛ばされる。まるで剣道じゃないみたい。どっちかっていうと合気道とか、そんな感じの飛ばされ方だった。

磯山さんは仰向けに倒れている。そこに、先生が追い討ちをかけていく。メン、メン、ドウ、メン、コテ。普通の試合では、倒れた相手への打突は一度って決められてるけど、この道場では、必ずしもそうではないようだ。

磯山さんは竹刀を縦に横にしながら、片足をつき、なんとか膝立ちまで体勢を立て直

した。でもそこに、また先生のドウがいく。コテもいく。なんと蹴りも入る。磯山さんはそのすべてを受けきりながら、

「ドォォォアァァァーッ」

逆ドウを打ちながら立ち上がった。

でも、そこまでだった。

「メンッ」

すんでのところで上から竹刀を押さえた先生が、余裕の正面打ち下ろし。

先生が静かに後退《あとずさ》って、蹲踞。

「……ありがとう、ございました……」

息を切らした磯山さんと、私が交代。

でも、うそ。今の、私もやるの？

と思ってたら、すれ違いざま、磯山さんが囁いた。

「大丈夫……客人に、手荒な真似は、しないさ」

そう、なのか。そうだと、いいんだけど。

「お願い、します……」

蹲踞して、立つ。

さあ、どうしよ。沢谷さんにさえ、ほとんど触ることもできなかったのに、桐谷先生

になんて。

「イヤァ……」

やっぱり。思った通りだ。全然打てそうな場所がない。

先生は少し竹刀を開き気味、私の左目の辺りに剣先を向けている。たぶん「青眼の構え」ってやつだ。こういうふうにされたら、まあ、とりあえず左メンとか、いくと見せかけてコテかな。それとも、いったん押さえてから、左メンかな。左メン、いっといて返しで右メンか。ともかく、最初はメンだ。

そう思って前に出たら、

「めっ……」

もうそこに桐谷先生はいなくて、はっとして左を向いたら、

「メン……」

打ち込まれた。

なに、今の——。

以後も、どうしようか、どこを打とうか、散々迷って迷って、ここかなってところを打ちにいくと、先生がいなくなって、打ち込まれる。そういう展開が続いた。

すっごい疲れる。運動量は大したことないんだけど、なんかこう、泳げないのに水の中に放り込まれたような、重力が喪失《そうしつ》して、平衡感覚《へいこうかんかく》があやふやになっていくような、

そんな錯覚に陥る。

十本近くメンをもらって、私の方はたぶん、かすらせることもできないまま、稽古を終えた。それでようやく、地上に帰ってこれた。そんな感じがした。

非常に、良い稽古を、頂戴しました。

ありがとうございました。


まず着替えなさいといわれたので、そうさせていただいた。

磯山さんは更衣室に入ってから出るまでの間、ずーっと笑ってた。

「何よ」

「……だってよ」

お腹痛がるくらい可笑しいって、私、そんなカッコ悪いこと、何かしたかな。

「桐谷先生が、お前の足捌きを真似して、お前、それで困って、動き止まってんだもん。そりゃ笑うよ」

ああ。あれって、私の真似だったんだ。はっはあ。確かに、やだね、あの動きは。へえ。

「私、今まで、あんなことやってたんだ。知らなかった」

「まあ、桐谷先生の方が、数十段上手いけどな」

分かってるわよそんなこと。いちいちいわれなくたって。

着替え終わってから、もう一度ご挨拶にいった。そしたら先生は作務衣、沢谷さんもジャージに着替えてらして、四人で、縁側でお茶をいただくことになった。

「どうぞ。お楽になさってください……香織も」

いわれた途端、磯山さんは胡坐《あぐら》。私はそうもいかないので、正座のままで通した。

麦茶。冷たくて美味しいです。

「なんですか。甲本さんは、中学から剣道を始められたのだとか」

「はい。私は、中学からです」

そんなことまで磯山さん、先生に報告してんだ。

「そのわりには、あなたは打つ機会というものを、よく分かっておいでだ。まあ今日のところは、打つ機会ではない、ということを悟っておられた、ということになりますが」

「は……ありがとう、ございます。恐縮です」

確かに、打てそうにないな、ってことばっかり思ってた記憶はある。

「その点に限っていえば……香織より、数段上級者のようでした」

ぶっ、て汚いな。磯山さん、お行儀悪いよ。ハンカチある？

「香織はいまだに、機会を見極めぬまま飛び出す癖がある。だから打たされる。下手を打たされて、先を取られる。ただ……相手を攻め、崩れを誘う工夫は、香織の方に多少、まだ分があるか」

磯山さん、嬉しそう。私に胸を張りつつ、先生には頭を下げる。

でも先生の目は、常に私を捉えている。

「……打つ機会は、見える。だがまだ、自分から積極的に機会を作り出す仕掛けが、上手く利いていない。見せる攻めの起こりと、実際に打ち込むときの起こりに、明らかな差異がある。だから、これはこないなと、相手に見破られてしまう。攻めが攻めとして利いてこない。その点、香織の場合は性根が曲がっておるので」

げふっ、てまた汚いなぁ、もォ。

「……平気でうそをつく。人を騙す。騙して相手を打ち据える。そういう部分は長《た》けている」

うん。ちょっと磯山さん的には、腹が立つのね。褒められた気がしないよね。

「とにもかくにも、どういう巡り合わせか、香織とは合わせ鏡のように、まるで反対の剣風で……興味深く、思いました。何も、こんな馬鹿に付き合って、試合試合とあちこち飛び回る必要はありません。いかがですか。明日は一日、ゆっくりとこちらで、稽古をなさっては」

磯山さんの目、右と左が、別々の方を向いてる。片方で私を睨んで、片方で、どっかよそを見ている。怖いよ。

「あ、いえ……明日の試合は、私も、楽しみにしておりましたので、はい……ぜひ、参加したいと」

そうですか、と桐谷先生は、やわらかな笑みを浮かべた。

磯山さん。もう怖いからその顔やめてよ。なんか、恥ずかしいよ。

19　玄人受《くろうとうけ》

桐谷先生って、すごいね。

早苗はそう、何度も繰り返した。

「そりゃそうだよ。あたしの、たった一人のお師匠だもん」

「うん。何がすごいって……なんか、すごい。宇宙みたいに強い」

いいたいことは分かる。けどそれじゃ、強い宇宙人みたいで嫌だな。

少し遅くなったが、今からあたしは東松の稽古にいく。お前もこいといったが、早苗は「遠慮しとく」とかぶりを振った。東松の稽古に出て、それから東京の姉貴のマンションに帰って、明日の朝また横浜まで出てくるのはさすがに大変だから、ということだった。

「そっか……じゃあ、明朝。武道館で」

といっても、むろん日本武道館ではない。神奈川県立武道館の方だ。

「うん……武道館で」

荷物を担ぎ直し、手を振る姿に、あのインターハイ終了後の、どことなく寂しげな様子が重なって見えた。

なんでだ。


東松での稽古を終えて家に帰ると、兄はいなかったが親父がいた。今夜は家で食事をしたらしく、ダイニングテーブルには父と母、二人分の食器がまだ片づけられずに残っている。

母は、流し台の前で梨の皮を剝《む》いている。

「お帰りなさい……どうする、すぐ食べる？」

「うん。頼んます」

父は、リビングのソファで食後のご一服。あたしはなんとなく、そっちに進んだ。

「あのさ……ほら、明日、早苗と一緒に、例の市民大会に出るっていったじゃん」

父は煙をくゆらせながら、ああ、と興味なげに応えた。

「そんで、早苗の所属を、一時的に、桐谷道場ってことにしてもらう手筈になってんだけど、その挨拶がてら、今日の昼間、早苗を、桐谷先生に紹介したんだよ」

ようやく、父が振り返る。

「……桐谷先生は、なんと仰ってた」

まあ、訊くよな。普通。

「なに、早苗のこと？」

「ああ」

「あたしとは……真逆だって」

なんと。珍しく父が、笑みを浮かべた。

「……どう、真逆だって？」

ちくしょう。あんた、分かってて訊いてるな。

「だから……早苗は、打つ機会をよく分かってるって。分かってるから、打てないときもよく分かるって。あたしは……まだ、機会を見ないで飛び出す癖があるって」

笑ったな。噴き出したなこの野郎。何がそんなに可笑しい。

「……でも、相手を崩す仕掛けは、あたしの方が上だっていわれた。そこんとこ早苗はまだ上手く機能してないから、だから、起こりを相手に見られちゃう、って」

とうとう腹を抱えて笑い始めた。

まったく、腹立つな。

それでもあたしは、訊きたいことがあったので、親父の前に回り込んだ。

「……あの、これは、悔しくていうんじゃないから、誤解しないでほしいんだけど。でも、分かんないんだよ……なんでみんな、あたしより、早苗のことを褒めるんだろう。そりゃ、横浜大会じゃ二回、あたしが負けてっけどさ、トータルで考えたら、あたしの方が上だろう。スピードとかパワーとかのバランスも含めて、いろんな意味で、あたしの方が上だと思うんだけど」

いつのまにか父の表情は、意味ありげな苦笑いになっていた。

「それは……早苗くんのスタイルの方が、玄人《くろうと》受けするからだよ」

玄人受け？　じゃなにかい、あたしの剣風は素人向けかい。

「ちょっと、聞き捨てならないね。そりゃ一体、どういうこったよ」

「まさに、お前のそういうところだ」

なんだと？　やるかこのクソ親父。

「あたしの、どこが」

「ごく大雑把にいえば、お前の剣道は、武士というよりは武者のそれに近い。早苗くんの方向性の方が、武士的というか、我々のような世代の剣道家には、趣があって受け入れやすい。確かに、現時点の成績を見れば、全中二位、二年でインターハイ個人三位に入った、お前の方が上だ。だが、それが剣道のすべてと思ってもらっては困る。むしろそんなものは、枝葉末節《しようまっせつ》にすぎない」

あー、よく聞くけどね、その言葉。

「でもさ……実際に試合はあるし、その成績は重視されるし、そんなのは警察官だって同じだろう。それに拘《こだわ》ってるからこそ、全日本選手権に出る選手のほとんどが警察官なんじゃないの」

ゆるくかぶりを振る。

「だから、すべてと思うなといったまでだ。試合だの大会だのというのは、詰まるところ、いくつ勝ったのかという話だが、こと剣道に限っていえば、いくつ勝ったかより、どのように勝ったかの方が重要だ。むしろそういった意味合いにおいての方が、全日本選手権という大会の意義は大きい。先のインターハイも、お前は意義ある負け方をし、それに納得して帰ってきた。そこに本当の、剣道の試合の意味はある。あれでたままメンでも当たってお前が勝っていたら、あの試合の意味は半減しただろう……いや、含むものは同じでも、お前はその意味を完全に履き違えていたはずだ」

よくもまあ毎度毎度、こう分かるようで分からない話を蒸し返せるものだ。まさか、わざと重要なキーワードを伏せて話しているんじゃなかろうな。

「……っつーかさ、武者と武士の違いってなに」

タバコの先。長くなった灰を、落とさぬようにそっと灰皿に運ぶ。

「武者の生業《なりわい》は戦うこと。武士の生業は、戦いを収めることだ」

「武士は戦わなくていいの」

「武士も戦う。だがその最終目的が違う。武士ならば、いくつ勝ったかより、一つひとつの戦いをどう収めたかを重視する。そういうことだ」

ぜってー何か隠してんな。


横浜市民秋季剣道大会。高校生女子の部。

試合場入り口に貼り出されたトーナメント表を確認する。

「うわっ、なんだ、このスカスカぶりは」

今年は去年より、さらに参加者が減り、総勢二十六名。しかも、あたしも早苗も一回戦はシードされてるため、初戦は二回戦。それに勝ったら、もう次は準々決勝だ。

「ほんとだ。だいぶ減ったねぇ」

「でもまあ、しょうがないっすよ」

あ、忘れてた。

昨日、あたしは東松の稽古に少し遅れ、それについて周囲から厳しい追及を受けた。そこで、実はここの元部員である甲本早苗を斯《か》く斯《か》くしかじかで、地元の道場に挨拶にいってたら遅れたのだ、と白状すると、

「なんであたしを誘ってくれなかったんですかァ」

と、ブチキレた田原が今日、どういうわけかついてくることになったのだ。まあ、雑用係がいて悪いことはない。

「ねえねえ、早苗先輩、見てくださいよ。あたし、香織先輩の真似して、小判の竹刀買ったんですよ」

だからな、そういう小手先の問題を重視してはならんし、そもそもあたしを名前で呼ぶなといっておろうが。

「あ、ほんとだぁ。やっぱいい？　小判って」

「はい、いいですよォ。こう、手の内がビシッとして、斬るぞ、て感じになります」

「すごーい。ほんと、磯山さんみたーい」

出た。東松女子中ノリ。どうやってもあたしには迎合できん芸風だ。

「……っつか、なんでお前、試合もないのに竹刀持ってきてんの」

「やだなぁ。香織先輩が折ったりしたら、お貸しするためですよ。あっ、早苗先輩のもありますからね。ちゃんと普通の、正円形のタイプが」

「うん、ありがと。何かあったら借りるね」

しかしまあ、なんでまた高校女子の部は、こんなにも閑散としちまったのかね。

そんなことを呟くと、

「何いってんすか。これってたぶん、お二人のせいですよ」

田原はあたしたちを睨むように見た。

「え、なんで？」

「なんだとコラ」

ダブルで突っ込まれても動じない。そういうところはえらいぞ、田原。

「だって……去年はお二人が東松同士で、決勝戦をやったわけでしょう？　今年は今年で、香織先輩はインハイ個人三位、早苗先輩は団体で全国優勝。そういう、専門誌に名前まで出ちゃってるお二人が、こういう市民大会に出るってのは、どうかと思いますよ」

なるほど。うそか誠《まこと》かはさて置くとしても、それで参加者が減ったってのは、ひょっとしたら、あるかもしれないな。


試合の順番は、あたしの方が先だった。

「ンシャッ、カテェェーアッ」

申し訳ないけど、この辺りとは、ちょっと勝負になりませんわ。

「コテあり、勝負あり」

ところが、早苗の方はというと、ちょいと様子が違う。

いつものように、長く構えようとはしている。実際、それはできている。ただ、あんまりにも長く構えすぎて、ここっていうチャンスがきても打って出ない。そんなもどかしさが、この日の早苗にはあった。

あくまでもあたしの感覚だけど、今だろ、っていうところを、三回も四回もやり過ごしている。

「メェェエーンッ」

で、試合時間ギリギリになって、ようやく一本決める。あれれ、こういう人、他にもいたよな、誰だっけな。ああ、河合サンか。

「お疲れ。なんか、えらくてこずってたな」

「ん……そう？　こんなもんだよ。私は」

こいつのこういう、押しが弱いっていうか、引き気味なところ、あたしはあんまり好きじゃないね。

「はい、お二人とも、すぐ準々決勝ですよ。がんばってくださいね」

田原にたすきを着け直してもらって、順番を待つ。

次の試合以後、あたしはずっと赤、逆に早苗はずっと白になる。去年もこの色で、あたしたちは決勝を戦った。この色分けが、やはりあたしたちにはしっくりくる。

「ンメェェアッ」

あたしはまず一本。ガツンと正面打ちで決めた。

「二本目ェ」

次は少し、攻めを利かせていきましょうか。

メンメン、で押し込んで、引きメン。コテメンで押し込んで、引きメン。そんなことを何回か繰り返したら、いったん間合いを切って、仕切り直し。

ただ、あまり考える間は与えず再び詰める。一足一刀の間まできたら、竹刀を上から押さえ、押さえ、押さえて、

「シャラッ」

メン、ではなく、綺麗に空いた脇に、

「ドォォアァァアーッ」

「ドウありッ」

まあ、こういうことです。

「勝負あり」

このくらいだったらね、東松の稽古で、一年生相手に毎日やってるから、呼吸は心得たもんですよ。逆にもう、たぶん田原辺りは引っかからなくなってきてると思うし。

早苗は早苗で考えがあるのだろう。準々決勝でも、さっきの二回戦と似たような展開の戦いをしていた。

奴にしては、けっこう忙しなく剣先を動かして、相手が出るのを誘っている。なるほど、昨日桐谷先生にいわれた、見せ技と本気の打ちの、起こりの差異を埋めようとしているわけか。

でも、危なっかしいことこの上ない。普段は攻めてくるのを静かにかわして、その流れの中で決める戦いをしている人間が、それをしつつ、なお誘う動作を組み込んでるわけだから、どうしても全体では動きがギクシャクしてくる。上下のバランスが崩れる。大きな歯車が、嚙み合ってないように見える。

「メアァァーッ」

ほら。メンを捌くのも一歩遅いし。

「コテェエーッ」

それでもまあ、これくらいの相手になら、合わせられるのか。

「コテあり」

この一本で時間切れ。一応、準決勝進出は決めた。

「早苗先輩、お疲れさまでした」

田原が、スポーツドリンクとタオルを持っていく。

「うん、ありがと」

早苗は会場の隅で面をはずし、髪と顔の汗を拭った。

あたしはその隣に座って、自分の準備を始めた。

「……お前、ひやひやさせせんなよ。忘れてっといけないからいっとくけど、この大会、時間切れになったら判定だからな。そうなったらお前、雰囲気的に負けだかんな」

「分かってる。ちゃんと、ときどき時計見てやってるよ」

ほっほう。ということは、さっきのも時間がきたから打って出た、それで思い通りに決めた、というわけなんだな？　へえ。

それならそれで、あたしは文句ないよ。


あたしは準決勝も難なく二本勝ちし、また田原と一緒に早苗の試合を見始めた。田原のお母さんが作ってくれたという握り飯を食べながら、どうせ早苗はまたコテで、セコく勝つんじゃないの、とかいっていた。

ところが――。

この、準決勝二試合目、赤の選手。横浜産大付属の塚本《つかもと》。彼女に関しては正直、立ち上がりから、やるな、という印象を持っていた。

まず、竹刀の振りが速い。一打一打が的確で、鋭い。しかも、足捌きがいい。田原も身体能力は高い方だが、よく知ればそれは運動全般に応用が利く、柔軟性のあるものであることが分かる。

だがこの、塚本は違う。完全なるファイタータイプだ。攻め攻め攻め、そして攻め。柔軟性なんてものはまるでない。ロボットというか、戦闘用サイボーグみたいな体の使い方だ。

しかも、相手の仕掛けには絶対に乗らない。打たれても怖がらない。何か、人として必要な部分が抜け落ちてるんじゃないかというくらい、ビビらない。打たれそうになったら、下がったり竹刀で捌いたりするより、足を使って前で潰す。そんな戦い方だ。

「メェエエヤァァァーッ」

やられた。いい引きメンだ。赤が三本上がった。

「メンあり……二本目」

たぶんこの塚本は、得意とする間合いが、他の人と大幅に違うんだろう。平均的に好まれる間合いが一足一刀なのだとしたら、極端な話、遠間と近間が得意とか、そんな感じなんだと思う。

それでもまだ、早苗は戦い方を変えない。独特の、曲線的な動線で水平移動をしながら、相手の物打を弄り、あまり得意でないはずなのに、攻めるぞ、打つぞ、という仕掛けをしてみせる。

早苗のメン、に相手が合わせてくる。鋭く刺してくる。コテだ。でも実は、早苗も狙っていたのは――。

「コテェェーッ」

狙いは悪くなかった。タイミングは合っていた。誘って打たせたのは、間違いなく早苗だった。それに上手くかぶせる恰好だった。ただ、いかんせん打ちが、弱かった。

相ゴテで、白が一本、赤が二本。白だった一本も、最終的には赤に翻った。

「コテあり……勝負あり」

早苗、なんと、準決勝で、二本負け――。

さぞ、しょげて帰ってくるかと思いきや、

「てへ……負けちゃった」

面の中で、ぺろりと舌なんぞ出しやがる。

負けちゃったじゃないだろ。こんなとこで負けたら、あたしと決勝で決着つけるって約束はどうなるんだ、この腰抜けが――。

などと、内輪揉めをしている暇はなかった。準決勝が終わったら即決勝。成人の部があとに控えているので、人気のない高校女子なんてさっさと終わらせよう、というわけだ。

ようござんしょ。あっしが、お相手仕《つかまつ》る。

「赤、桐谷道場、磯山香織選手。白、横浜産業大学付属高校、塚本陽子《ようこ》選手」

お願いします、と挨拶を交わす。

なよ。

「始めッ」

主催者的には、早く終わってくれた方がいいんだろ？　だったら、ご希望に沿うようにがんばりますよ。あたしだって、もともとはこういう、バチバチに打ち合う方が好きなんだよ。っていうか塚本、そういう勝負をあたしに挑んで、そう簡単に勝てると思うなよ。

「ドォァァァァーッ」

「ドウあり」

よっしゃよっしゃあ。一本取ったぞコラ。

さあこい、もういっちょだ。このサイボーグ野郎。

「二本目」

ほら、こいって。

こないならこっちから、ぶった斬りにいくぞ、オラ——。

というわけで、横浜市民秋季剣道大会、高校女子の部、初優勝です。

「お前じゃない相手に勝って優勝したって、なーんも嬉しくねえよ」

優勝ったって、二十センチくらいのちゃっちいトロフィーと、大会の名入りボールペンを一本もらっただけだよ。三位の早苗なんて、百円ショップでも売ってそうな、プラスチックの楯《たて》だよ。副賞のボールペンは、あたしのと一緒だけど。

「……私は今回、いろいろ勉強になった」

聞けば早苗は、やはり昨日桐谷先生にいわれたことを、実戦でどれだけできるか試していたのだそうだ。

結果は、失敗。でも、この失敗がいいのだと、早苗はいう。

「たぶんこういう、個人の考えで試合をするなんてこと、福岡南じゃ許されない。そういった意味で、今回磯山さんに誘ってもらって本当によかったって思ってるし、桐谷先生にお会いできたことも、すごい、ためになった。今すぐ、何かが劇的に変わるわけじゃないかもしれないけど、でも絶対に今後、プラスになっていくと思う。だから……うん。私は、三位でも満足」

飛行機の時間があるからと、早苗は表彰式終了と同時にダッシュで帰っていった。本当はもっとゆっくり話す時間がほしかったのだが、いいだろう。もう、電話番号も分かっていることだし。

その後の何日かは、わりと平穏な日々が続いた。

授業が終わったら、通常通りに稽古。

「深谷ァ、いくときゃいけよ。なんで今んとこで跳ばないんだよ。相手は完璧に居付いてたろうが。なんでお前が迷う必要があるんだよ。も一回、やり直しッ」

終わったら、普通に帰る。

「……香織先輩。竹刀でお尻叩くの、マジでやめてください」

「甘えるな。それだけお前には、隙があるという証拠だ。甘んじて叩かれるがいい」

「だとしても、後ろからは、武士道に反するでしょう」

「何をいうか。お前があたしに尻を向けることの方が、よっぽど武士道に反するわ」

保土ヶ谷駅に着いた、そのときだ。

携帯が鳴ったので取り出すと、珍しく家からだった。

「はい、もしもし」

『香織、大変よ。お父さんが暴漢を逮捕しようとして、逆に……』

は？　何それ——。

20　チョーいいアイデア

福岡南に戻ると、そこには私の、高校二年の現実が待っていた。

三年生はすでに、小道場にはこなくなっている。棚から防具は下げられ、一年生は一人一ヶ所ずつ平等に使えるようになり、まだ八つ、場所は余っている。また人数が減った分だけ、稽古の密度は確かに上がった。でもそれがいいことかっていったら、私には、全然そんなふうには思えない。

三班が、黒岩カラー一色に染まっていく。それってけっこう、怖いことだと思う。意識的に、その色に染まらないようにしようとしている私にはよく分かる。特に一年生なんか、みんなレナのコピーみたくなってる。避ける仕草とかまでそっくりだ。体格も身長もみんな違うのに、振り付けみたいに、みんなが同じ動きをする。それってある意味、不気味なことだと思う。

私が何よりゾッとしたのは、レナが、平気で英語を使い始めたことだ。ガード、コンビネーション、フェイント、ラッシュ。同じことを意味する日本語はちゃんとある。捌くとか、応じる。連続打ち、虚《きょ》を見せる、攻め崩す。なのに、レナは積極的に、英単語を使って後輩にアドバイスを送る。

確かに、パッと一瞬でいうには、英語の方が分かりやすいときもある。でもそれによって失われていく何かの方が、私にはずっと大きいように思えてならない。

ただ、それを説明する言葉が、今の私にはない。

レナがいう「競技化」というのは、どういう言葉で飾ってみても、結局は「スポーツ化」と同じ意味なんだと思う。それに対立する概念でいったら、やっぱり「武道」ってことになるんだろうけど、じゃあなんで、フェイントっていっちゃいけないのか、みんなで同じ動きをしたらいけないのかは、上手く説明できない。

だから結局、口をつぐんだまま、私は一人で別の動きをしている。

吉野先生は腕を組んで、後ろで見てるだけ。ほとんど注意も助言もしない。ときどき地稽古の相手はしてくれるけど、決して毎回ではない。気が向いたときに、気紛れに何人かと一回ずつ、って感じ。ひょっとして、黒岩の好きにやらせてやれって、城之内先生からいわれてるのかな、なんてことも、ちょっと思ったりした。

メニューはむろん、全体的にハードになっている。面をしてると表情はあんまり見えないけど、一年生の大半はかなり苦しがっているように、私には見える。でも誰も、文句はいわない。これを続けていれば強くなれる。全国大会で優勝できるような実力がつく。そう信じているのだろう。私も、ある部分ではそう思う。こういう稽古を続けていったら、超人的に強い選手の一人や二人は生まれてきそうな気はする。

その陰で、何人の脱落者が出るかは、知らないけど。

ねえ、レナ。私はよく知らないけど、あなたは、コナカイさんって子が脱落しそうになったとき、助けようとしたんじゃないの？　前に森下さんがいってたのは、そういうことじゃないの？　それなのに、今度はあなたがみんなを篩《ふるい》にかけて、駄目な人は抜けなさい、ってやるわけ？　矛盾してない？　それって。

一歩引いた場所から見ると、あんまり変わんないと思うよ。あなたが今やってることと、森下さんたちがやってたことと。私にいわせれば、伝統をないがしろにしないだけ、先輩たちの方がよかったんじゃないかって思うよ。いう資格、私にはないんだろうけど。どっちにしても、なんか受験勉強みたいだよ。この部の稽古って。試合試合って、そればっかり。大きな大会はなくても、部内では月例の査定試合がある。他の班との試合も、他校との練習試合もしょっちゅうある。毎週末に模擬試験がある、予備校となんにも変わらない。それで一体、みんなはなんに合格しようとしているの。

さらに私が首を傾げたのは、二年生に対する、一年生の質問だ。

今週末に対戦する学校はどんなスタイルが得意ですか。何々さんてどういう選手ですか。映像があったら貸してください。

もういい加減にして、と思った。そこまでして勝ってなんになるの、って本気で思った。

でもレナは、それに対しても真面目に答えた。

あそこは足腰が強い選手が多いけど、その点はうちも負けてないと思う。個々の選手のデータはマネージャーが管理してるから、各自見せてもらうか、必要があったらコピーしてもらって。

正直、うんざりした。テスト範囲と過去問題集、傾向と対策、ヤマ張って一夜漬け？馬鹿じゃないの。そうやって、福岡南は強いって評判を落とさないように身を粉にしてがんばって、なのに三年の夏が終わったら、邪魔者扱いされて道場から追い出されるわけ？

私、最初この学校にきたとき、自分が稽古についていけないのは、これまで自分が東松でしか剣道を習ってこなかったからだ、って思った。でも、今はそうじゃないと思ってる。他を知らないのはこの人たちだ。じゃなきゃ、ここの剣道にどっぷり染まりすぎてる。

インターハイ個人優勝。団体優勝。玉竜旗制覇。選抜大会連覇。そういう「正解」を導き出したのは、今のこの部が持っている稽古システムなんだって、みんな信じ込んでる。

いや、それ自体は間違ってないのかもしれない。でもそれって誰のため？　個人個人の剣道のために、本当になってる？

私は今になって、桐谷先生のあの言葉の重要性を痛感している。ひょっとして、私のこの状況を、分かっていてくださった助言だったのかも、くらいに思っている。

――何も、こんな馬鹿に付き合って、試合試合とあちこち飛び回る必要はありません。いかがですか。明日は一日、ゆっくりとこちらで、稽古をなさっては。

横浜大会自体は、私なりに有意義な試合ができたと思ってる。でも、あのあともう一回、桐谷道場で稽古ができてたらって、今はすごく後悔してる。横浜大会か、桐谷道場か。時間がないんだからどっちか一つに決めなきゃいけなかったあのとき、もし桐谷道場を選んでたら、もっと多くのことが学べたんじゃないか。なんか、今はそんな気がしてならない。

稽古、試合、稽古、試合、稽古。

こういう剣道を続けていて、いつか桐谷先生みたいになれるのか、っていったら、私はなれないような気がする。

この違い、どういったらいいんだろう。何が違うんだろう。

桐谷先生は、ほんと、達人って感じがした。

レナなんかは、超人的な体力と技は持ってる気はするけど、達人ってのとは、全然違う気がする。

達人と、超人。

私は別に、どっちにもなれなくていいけど、でも強いていうとしたら、年をとっても、桐谷先生みたいに剣道ができたらいいな、とは思う。

磯山さんみたいなタイプは、ちゃんと「剛」で押し返して。

私みたいなのは、さらりと「柔」で翻弄《ほんろう》して。

いや、磯山さんに対してだって、桐谷先生が使ったのは「剛」の力ではなかったのかもしれない。稽古自体は激しく見えたけど、そういえば桐谷先生ご自身は、あんまり動いてなかったような印象がある。転んだ磯山さんに打ち込んでたのだって、攻撃というよりは、むしろ問いかけていたような。なんか、そんなふうに思い返すことができる。

なんなんだろう、この違いは。

お姉ちゃんは、きっと答えは簡単なことだよ、なんていってたけど、そうなのかな。

この違いを説明する言葉って、そんなにシンプルなものなのかな。

その夜は、私より早くお父さんが帰ってたんで、久し振りにお母さんと三人で、一緒に夕飯を食べた。

「はい、じゃあ……かんぱーい」

こっちにきてからは、お母さんもお父さんに付き合って、芋焼酎をよく飲むようになった。水割りのときはいいけど、これがお湯割りだと、正直参る。私、あんまり芋焼酎の匂い、好きじゃない。

でもよかった。お父さんの仕事、最近順調みたいだから。

「お父さんて最近、何やってるの？」

今夜は秋刀魚《さんま》を焼いた。片側の身がとれるまで、けっこうお口は暇だったりする。

「ああ、そうそう。お父さんの、指静脈《じょうみゃく》認証システムな。前にいってたメーカーが本格的に、携帯電話に組み込んでみようって、いってくれてね。今日、ほんのついさっきだよ。開発予算がつきましたって、連絡がきたばかりなんだ」

「あら、よかったじゃない。おめでとォーッ」

呑気に乾杯ばっかりしてるけど、ちょい待った。

「ねえ。お父さんて、大学の講師してるんじゃなかったの？」

「うん。そうだけど」

「なのに、メーカーから予算がつくの？」

頷きながらひと口、ぐびっ。

「……それはまあ、サンガク、共同プロジェクトっていってね」

「サンガク？　山登り？」

「いやいや、産業のサンに、学校のガク」

ああ、産学ね。

「……それが？」

「だから、その、大学で研究されてるものって、まず発表の場が、学会とかになっちゃうだろう。そういうステップを踏むより、最初から企業が大学にお金を出して、もっと自由に研究してもらって、いいものができたら、スピーディに商品化しましょうと。そういう話なんだよ。こっちとしては、大学からも企業からも研究費がもらえるし、企業にしてみれば……まあ、あっちはあっちで、私らみたいのと組んだ方が、いろいろコスト削減になるんだろう」

　ふーん、そうなんだ。

　あ、この秋刀魚、脂が乗ってて美味しい。

「まあ、そんなこんなでね、父さん、また冬頃から、東京の方にしばらく、いくことになりそうなんだよ」

　えっ、しばらく、東京？

「ちょっと、何それ」

「あら、よかったじゃないの。じゃもう一回、かんぱーい」

　いやいや、そうじゃなくって。

「ちょっと待ってよ。東京の方にしばらくって、どれくらい？」

「ん？　うーん……一年、くらいかなぁ」

　私の残りの部活現役期間より、遥かに長いんですけど。

「それってつまり、単身赴任……ってこと？」

「いや、こっちはこっちで、大学の講義の枠があるからね。単身赴任って感じには、ならないと思うけど」

「あっちいって、どこに泊まるの？　お姉ちゃんとこ、けっこう立派なマンションだったよ」

お父さんは、少し地肌が赤くなり始めた頭を横に振った。

「そりゃマズいよ。あそこは事務所が借りてるところだろう。早苗がたまに遊びにいって、泊めてもらうくらいはかまわないだろうけど、父親が仕事で、っていうのはね……さすがに、図々しいだろう」

うん。それはかなり図々しい。

「ってことは、あっちにもマンション借りたりするの」

「早苗……あなた、やけに喰いつくわね」

茶化さないでよ、お母さん。いま私は真剣なの。

「どうなのお父さん。マンション借りるの、借りないの」

「なんだよ、そんな……たぶん、借りることになる、とは、思うけど」

「ちゃんとしたマンション？　それともウィークリー？」

「いや、借りるとしたら、ちゃんと……」

そうか。ふむふむ。

「ちなみにお父さんの、あっちでの勤め先ってどこ」

お父さんが上半身を反《そ》らして逃げる。そんなに怖がらないでよ。別に責めてるわけじゃないんだから。

「……調布、だけど」

なんだ。東京ったって、ほとんど神奈川みたいなもんじゃない。

「お母さんはどうなの。一緒にいくの」

「えっ？」

まさか、秋刀魚の骨とりに夢中で――。

「聞いてなかったの？　こんな大事な話」

「いや、聞いてたわよ……聞いてたけど、でも、調布なんて話、私だっていま初めて聞いたんだもの。そんな、一緒にって、急にいわれたって……ねえ、お父さん」

「ああ……なあ？」

ああーッ、苛々する。

「私にとっては、そこが一番重要な問題なのッ」

確か、一家転住で転校した場合は、そのまま試合にも出られるけど、そうじゃないと、半年間は試合出場が認められないとか、そんな決まりがあったはず。

一家転住ってのが、詰まるところ何を示すことなのかは分からないけど、でも住民票云々の話だったら、これはなんとかなりそうだ。

お父さんを単身赴任させるんじゃなくて、私もお母さんも、一緒に東京にいってしまう。お母さんの仕事は、別にどこでやったっていいんだから、福岡から東京への移住はまったく問題ないはず。

そして私は、再び東松に、転入し直す。
これって、チョーいいアイデアじゃない？

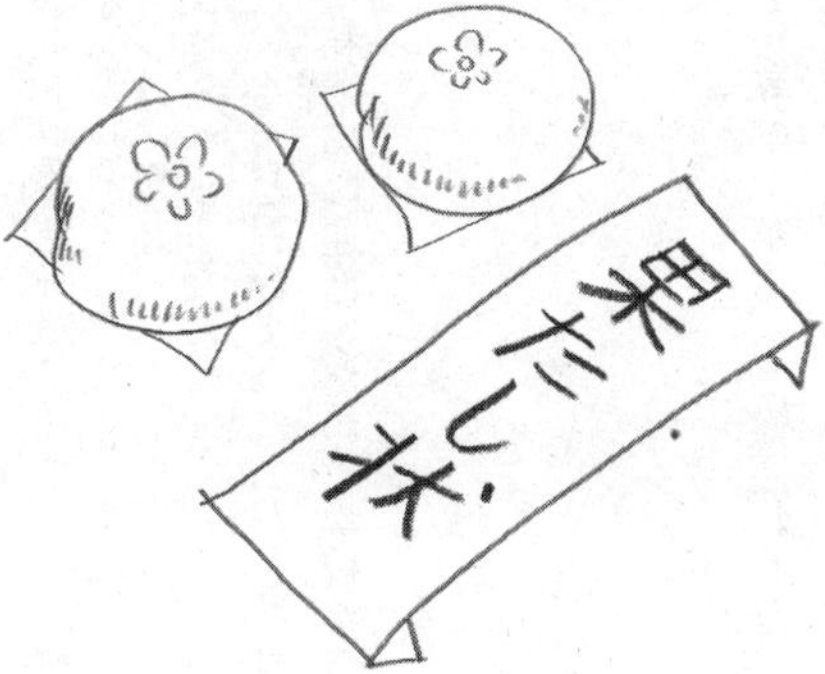
果たし状

21　警官魂

急いで家に戻るとハーフコートを着た母が、今まさに、玄関を出ようとしているところだった。

「ねえ、どういうこと……父さんが……なに」

母はドアに鍵をかけながら、ぐっと睨むようにあたしを見た。

「重傷で意識不明だそうよ。和晴《かずはる》には連絡したわ。学校から直接病院にいくっていってた。私たちも早く……」

重傷で、意識不明――。

「香織？」

重傷？　重傷って、つまり――。

「香織、しっかりしなさいッ」

平べったい破裂音と共に、視界が、がくんと横揺れした。

少し遅れて、左頬が痺《しび》れ、熱を帯び、痛くなった。

父親に殴られたことは、数えきれないほどあったけど、母親にっていうのは、もしかしたらあたし、初めてだったかも。

「香織、あなたがしっかりしなくてどうするの」

「あ……うん、ごめん」

それから、表の通りまでいって、タクシーを拾った。母は乗り込むなり、手にしていたメモを見ながら「ハナザワ総合病院まで」と告げた。運転手は「かしこまりました」といってカーラジオを消した。「神奈川は曇りのち」なんだったのだろう。そんなことが、ちょっとだけ気になった。

そう。この時点ではまだ、あたしはできる限りの楽観視をしようとしていたように思う。意識不明といったって、柔道なんかをやっていれば、気絶するくらいは間々あることだ。重傷というのはよく分からないが、つまり怪我としては重い、ということだろう。あれ、でも重体ってのもあるよな。それと重傷って、どっちが大変なんだ。どっちにせよ、軽傷でないことだけは確かか。一体、何があったというのだろう。

暴漢を逮捕しようとして、という情報については正直、あたしは疑問を持っていた。父は逮捕術を教えはするが、それを直接実践するような部署にはいないはずなのだ。だがそれでも、推測はその情報を基点に発展していく。

暴漢に、刺されたのだろうか。するとナイフか、包丁か。腹だろうか、腕や脚だろうか。どこか大きな腱《けん》を切ってしまって、この先剣道ができなくなってしまうなんてことはないだろうか。いや、それで意識不明ってことは、まさか、出血多量？

タクシーは国道から右折し、住宅街らしき暗い道に入っていく。歩行者は少なく、また前をいく車の明かりもなかった。

しばらくいくと、左手に長い塀が現われた。運転席で何かがカチカチ鳴り始め、その塀が途切れたところで、運転手はハンドルを左に切った。

塀の上の光る看板には「花澤総合病院」と書かれていた。対照的に、向こうの方にある建物に明かりは少なめだった。

メーター近くのデジタル時計を見る。二十一時三十五分。もう消灯ということか。

タクシーは、暗く人気《ひとけ》のない玄関前を通り過ぎ、少し下り坂になっている、建物脇の通路を進んでいった。前方を覗くと、そっちは妙に明るくなっている。通路脇には案内板。夜間受付はこちら。今まさに、あたしたちはその矢印の方向に進んでいる。

一番明るくなったところで、タクシーは停止した。

ドアが開くと同時に、運転手はメーターに表示されている料金を読み上げた。母は財布から、千円札を二枚抜いて渡した。あたしは先に降り、入り口のところで母がくるのを待った。

ガラスドア越しに、真昼のように明るい院内を覗く。受付窓口の前には数人の列ができている。ダルそうにしている中年男性、子供を抱えている女性。ベンチを見ると、ジャージ姿の老人や、パジャマ姿の子供もいる。あれらを待たなければ、あたしたちは案内もしてもらえないのだろうか。

そう、思った瞬間だ。

壁から抜け出たように、ふわりと黒い大きな影が通路に現われた。筋肉質な体を無理やり包み込んだようなダークスーツのシルエット。病人たちの間を抜けてくる、過剰なまでに精気を発散させる異質な存在感。

自動ドア越しに向かい合うと、知った顔であることが分かった。名前は思い出せなかったが、父と同じ戸部警察署の署員であることは間違いない。うちにも確か一、二度遊びにきたことがある人だ。二十代前半の、県警本部と戸部署の併任を受けている、特練員の、松——、

「ご苦労さまです。松永《まつなが》です」

そう、松永さん。

すでに母は隣にきていた。

「は、ご苦労さまです……あの、主人は」

「ご案内いたします」

あたしは母を先に立たせ、中に入った。

踵を返した彼の、大きな背中を二人で追う。

「あの、主人は今……」

突き当たりの角を曲がると、松永さんは頭を下げるようにして、肩越しにあたしたちを振り返った。

「……磯山先生は今、集中治療室におられます」

エレベーター前まできた。彼がボタンを押す。周りに人はいない。

「松永さん。主人の、容体は……」

彼の横顔が、苦しげに歪む。

「先生は、路上で、ワゴン車と接触し、右肩と、頭部を、激しく打ちつけ……」

エレベーターがきた。

あたしたちを先に乗せた松永さんが、「6」のボタンを押す。

「……すみません。私も、現場にいたのですが……すみません。何も、できなくて」

おい、ちょっと待てよ。泣くほど危ないのかよ――。

あたしは思わず、その、ぱんぱんに張り詰めた、スーツの二の腕に触れた。

「松永さん。父に、何があったんですか」

はい、と彼は短く、力を込めて頷いた。

「先生と、私と、以前一緒にお邪魔しました、テジマ巡査長と、三人で一杯飲んで、帰るところでした。駅に着いて、先生が、販売機でタバコを買って……」

六階に着いた。

ドアが開き、目の前に広がった光景は一階と同じ明るさだったが、人影はまったく見られなかった。

あたしたちが先に降り、松永さんがあとから続く。

「こちらで、少しお待ちください。治療はもう少しで終わるとのことですから……」

彼が示したのは、せまい通路の壁際に並べられたベンチだった。

四、五メートル先の床には、境界線のように赤いテープが貼られている。壁には「これより土足禁止　ご用の方はスリッパに履き替えてください」と書かれた紙が貼ってある。突き当たりには窓のある両開きのドア。集中治療室、ＩＣＵ、の文字も見える。

「その……タバコを買った、ちょっと先の角から、そのとき、口論するような声が、聞こえてきたんです……何事かと、先生は思われたのでしょう。近づいていくと、若い男女が、激しく言い争いをしていました。特にその、男の方の様子が、尋常ではありませんでした」

悔しげに、奥歯を嚙み締める。

「……女性を、いきなり拳で、殴りつけ……髪をつかんで、無理やり上を向かせて、まだ何か怒鳴っていました。女性は頰を押さえ、声をあげて、泣いていました。我々も、これはマズいと思ったんですが、最初に声をかけたのは、先生でした」

生唾を飲むようにして、浅く頷く。

「最初は……よさないか、とか、そんな感じでした。男は興奮している様子で、女性の髪をつかんだまま、先生にも毒づきました。引っ込んでろとか、なんだお前、とか……そのうち、先生の肩を押すような仕草も見られました。私たちも放っておけないと思い、後ろに並ぶように立ちましたが、先生は任せておけというように、我々を制しました。……こっちが三人になっても、男が引く様子はなく、むしろ、ますます興奮した様子で、女性の髪をつかんだまま振り回し、先生にも雑言を浴びせました」

毅然《きぜん》と立つ父の背中が目に浮かぶ。と同時に、険悪な現場の空気が、そっくりここまで流れてくるような錯覚にも陥る。

「先生は、あくまでも穏やかでした。相手は蹴りも出しましたが、それでも決して、声を荒らげたりはされませんでした。でも……これ以上は、女性のことも考えたら、長引かせるのは得策ではない。そう、判断されたのだと、思います……警察手帳を、提示されまして、ここから先は、署で話を聞くよと……そう、いった瞬間です」

震える拳。浅黒い頬に伝う、雫。

「男は、さっと顔色を変え、女性から手を離し、向こう側に、逃げようとしました。ですがそこに、ワゴン車が……」

親父――。

「先生は、とっさに男を止めようとしました。先生が止めなければ、男は確実に、撥《は》ね飛ばされていました。ですが、男は抵抗し、二人はもつれ合うようにして……それでも先生は、瞬間的に、体を入れ替えました。男はそれで、歩道に投げ返され、その代わりに先生が、ワゴン車に」

母が、声にならない悲鳴を、口の中に押さえ込む。

「……父は、轢《ひ》かれたんですか」

松永さんはかぶりを振った。

「かろうじて、先頭部分は通過していたので、接触したのは車体右側の、スライドドア部分でした。右肩から当たって、弾き返されて……ただ、ガードレールにも当たったので、詳しくは私にも……」

大きく息をつき、母はベンチに腰を下ろした。

松永さんはもう一度、すみませんでしたと、あたしたちに深く頭を下げた。


少し遅れて到着した兄には、母が事情を説明した。また松永さんは謝ろうとしたが、松永さんのせいじゃないですと、母と兄はそれを制した。

治療が終わったのは、それから二時間ほどしてからだった。

ＩＣＵから出てきた執刀医に話を聞く。

「まず、命に別状がないことをお伝えしておきます」

そのときには、父の上司らしき人と、同僚らしき人の二人が増えていた。六人で同時に、ほっと安堵の息をついた。

「脳波の検査もしまして、その点は心配ないと考えられます。具体的には、右鎖骨と右肩甲骨を骨折。右尺骨《しゃっこつ》……前腕の、外側の骨ですね。ここと、頭蓋骨の、この辺りにヒビが入っています」

こめかみより十数センチ上。ちょうど、右メンの辺りだ。

「それと、ひょっとすると、ですが……視力に多少、障害が残る可能性はあります。これは予後を診《み》ないとなんともいえませんが、最も心配なのはその点です」

眉根を寄せた母が、医師の顔を覗き込む。

「あの……それは、その……失明の可能性もある、ということでしょうか」

医師は、これといった表情もなく頷いた。

「……ゼロ、とはいいきれません。それはあくまでも、最悪の場合、ということですが」

容体については、おおまかにはそんなところだった。

それでもまだあたしは、骨折と、視覚に障害の可能性程度ですんでよかった、と考えていた。

父の姿を、実際に見るまでは。

さらに一時間後。病室の準備ができ、父はそこに移されてきた。四階の個室だった。頭の天辺から、包帯でぐるぐる巻き。表に出ているのは、鼻と口だけ。上半身右側は完全にギプスで固定されている。点滴のチューブと、念のためひと晩だけと付けられた心電図。父が、あの強かった父の肉体が、丸ごと、無機質な物体の一部として取り込まれてしまったかのようだった。

「明朝までは、目を覚まさないと思います」

そう言い置いて、医師たちは病室から出ていった。そのあと少し話をして、上司と同僚、松永さんも帰っていった。

残った家族で、また少し話し合った。

今後の支度もあるだろうから、母さんは帰った方がいい、と兄がいった。あたしもそれに賛成した。じゃあどっちが残ろうか、となり、結局あたしが残って、兄が母と帰ることに落ち着いた。幸い、この個室内は携帯電話の使用が認められている。何かあったらすぐ連絡するようにと、兄にはいわれた。母にも、お父さんを頼むわね、と念を押された。

そのまま、母はあたしに抱きついてきた。

どうなっちゃうかと思った――。

そういって、母は初めて泣いた。あたしのブレザーの肩に、顔を伏せて。

いつのまにか小さくなった肩を、あたしは五分の力で抱き締めた。

「泣くなよ……胸張れよ……誇りだろ。あたしたちの」

母は頷き、顔を起こした。

「……頼むわね、香織」

分かったと返すと、今度は兄が母の肩を抱き、病室を出ていった。


窓際には、小さなテーブルと、肘つきの一人掛けが二つ、置いてある。あたしはその一つを、ベッドの近くまで引きずっていった。

父の左側に、寄り添うようにして。

少し布団をめくって、左手を出してみる。点滴の針が入っているため動かせないが、手だけ、見えるようにする。

掌《てのひら》は、ハンバーガーみたいに分厚い。指も太い。でも、竹刀タコはない。そんなのができるのは若いうちだけだと、いつだったか父はいっていた。

自分の手と比べてみる。厚みやサイズという違いはあるが、でも、同じデザインの手。よく似ている。

触ってみる。がさがさしている。

親父の手って、こんなだったかな。

少し、あたしも眠ったみたいだった。

目が覚めたのは、唸《うな》り声というか、痰を切るような咳払いが聞こえたからだ。

あっ、と思って、慌てて手を引っ込めた。布団をかぶせ、なかったことにした。

依然、無言の父を観察する。

口の周りに薄黒く髭が生え始めている。じっと見ていると、唇が微かに動いている。

「……起き、た？」

む、の形に唇が結ばれる。包帯の下では、眉をひそめていそうだ。

「ん……ああ……香織か」

別に、このままずっと意識不明なんじゃないかなんて、そんな心配はしてなかったけど、でもやっぱり意識が戻ると、よかった、と思う。

「うん。お母さんと兄ちゃんは、いったん家に帰った」

また、不満そうに口がへの字になる。

「……ということは、ここは、病院か」

そうか。目も見えないし、ここにきた事情も分からないんだったな。

「うん、そう。花澤総合病院」

「目が……開かないんだが」

「包帯、してあるからね」

「なぜだ」

「怪我したから」

「腕もか……」

左手だけが、布団の中でぴくりと跳ねる。

「あ、駄目だって。点滴打ってんだから」

「右が、動かないが」

「ギプスで固められてっからな」

本人も相当混乱しているようなので、あたしからおおまかに経緯を説明してやった。

視力に障害が残る可能性がある、という一点だけは伏せて。

「もうすぐ五時。朝の五時。まだ外は真っ暗」

「それで、その……暴れた男は、どうなったか、聞いてるか」

おやおや。見上げた警官魂だこと。

「かすり傷ですんだってよ。とりあえず、留置場に一泊だって」

そうか、と父は、安堵したように息を吐いた。

鼻と口しか見えないが、それでも微笑んだのは、充分に分かった。

しばらくは、互いに黙っていた。

窓の下に、回転する赤ランプの明かりが見えた。また急患だ、といおうとしたが、やめた。

ふいに、母さん、泣いたか、と訊かれた。うん、とだけ答えておいた。お前は、との問いには、いや、としておいた。

「……馬鹿なことをしたもんだと、思ってるだろう」

黙ってかぶりを振ったが、見えていないのだと、あとから気づく。

「別に。そんなこと、思ってないよ」

「痴話喧嘩に、横から首を突っ込んで、警官だと名乗った途端、逃げられそうになって、追っかけたら、車に撥《は》ねられた」

「だから、思ってないって。それに……その、男が撥ねられそうになったのをかばって、ぶつかったんだろう？　なら、しょうがない……わけじゃないけど、馬鹿とは、思わないよ。ただ……」

脳裏に、事故の場面が、まるで見てきたかのように思い浮かぶ。

「怖くは、なかったの……その男を、放り投げて、自分が、車に当たるとき」

父は、鼻息を吹いて、少しだけ、笑ってみせた。

「怖いさ。いま思い返すと……改めて、震えがくるよ。でも……あの瞬間は、ただ必死だった。この男を死なせちゃいけない。それしか、考えてなかった……申し訳ないが、お前たち家族のことは、あの瞬間は、考えてなかった。でも、分かってくれ……」

天井を向きながらも、父が頭を下げたように、あたしには見えた。

「これが、俺なりの、武士道なんだ。……背《そむ》くことは、できないんだ」

うん、分かってる——。

そのひと言が、どうしてもいえなかった。

声が、震えそうだったから。

そしたら泣いてるって、勘違いされそうだったから。

22　寝ぼけてないよ

同じ班だから、今までもレナと対戦する機会は何度となくあった。そりゃ、何回かは私がメンを入れたり、ドウが取れたりしたこともあった。けど、勝ったという感覚は正直いってなかった。その前に、十回も二十回も取られていたから。

今も、なんとなく嫌々ながら、レナに剣先を向けている。

向こうが気勢を発すれば、私も一応は返す。そんな自分を、ひどく空々しく感じる。

気合いなんて全然入ってないのに、入ってる振りだけしている気がする。

いつも通り、レナは上段に構えている。竹刀が上にあるので、単純な足し算で間合いを測ることはできない。でも、自分なりにどうすべきかは、できつつある。

普通に中段に構えたとき、自分の竹刀の、弦の折り返し部分が、相手の爪先に重なるくらい。これがちょうど私の遠間だ。これを定規にすれば、相手が上段だろうが中段だろうが、間合いを見誤ることはない。でも、それでいちいち測ってたら打たれる。早くそれを、感覚的に測れるようにならなきゃいけない。

くる——。

レナの、技の起こりは見える。でもその機会を捉えて、先に打ち込むまでは、まだできない。捌くくらいがせいぜいだ。

伸びのある片手メン。応じて右に抜けていこうとすると、すぐにレナが、回りながら小手を押しつけてくる。分かるけど。そうやれば反撃を防げる、最悪の場合はパンチでも凌げる、諸手に戻す時間稼ぎにもなる。それは分かってるんだけど、なんかイヤ。それがもう癖みたいになってて、流れるように自然にできてるところが、ものすごくイヤ。

仕方なく、鍔迫り合いに持ち込む。左に振って右に打つ、はよくあると思う。でも私は、左に振って回りながら左に打つ。つまり動線が、後ろに「く」の字を書くように、引きメンを打つ。これ、けっこう決まるんだけど、今のは避けられた。

別に、避けられるのはいい。竹刀で捌かれるんなら仕方ない。でも、首を振って避けられるのはイヤ。ずるい、って思う。それも、とっさにやっちゃったんなら、まだ許せる。でも、レナのは違う。最初から竹刀を使うつもりがない。一本の部位に当たらなければいいって考えてるのが見え見えだ。

かと思うと、狂ったように連続して打ち込んでくる。相掛かり稽古みたいに、こっちの打突は避けもせず、早く一本入れたもん勝ちみたいな、乱打戦を仕掛けてくる。

こういうのも私、嫌い。こういう戦い、したくない。

私は一本にならなきゃ、どこに当たったってかまわない、なんて考えられない。胴を下手にかばって肘を打たれるなんてイヤだし、メンだって脳天に当たらなきゃいい、コテは手首に入らなきゃいい、そんなふうには思えない。全部竹刀で避けようと思う。そうできないときだってあるけど、そうするのが当たり前だって思ってる。

でも、それじゃ絶対に間に合わなくなる。レナみたいに、チョー運動神経いい人に乱打戦を仕掛けられたら、絶対負ける。しかも向こうの竹刀は攻撃専用。私の竹刀は攻防両用。二対一、というよりは、一対〇・五。勝てるはずがない。

「メンヤァァァーッ」

いい加減疲れて、止まったところに、まんまと打ち込まれた。互角稽古だから審判なんていないけど、分かる。今のは入ってた。私の一本負け。

そうです。私の負けです。

「どげんしたと？　最近、気合い入っとらんね」

そういわれて、あなたのせいです、ともいえない。

「うん、ちょっと……家のことで」

「家、どげんかした？」

お父さんが東京いくことになりそうだから、できれば私もついてって、許されるなら東松に戻りたい、なんてこともいえない。

「まあ……別に、大したことじゃない」

着替え終わったんで、じゃあって軽く手を振って、私は先に更衣室を出た。

「お疲れさま。お先に」

床の掃除をしている一年生たちが、私に「お疲れさまでした」って、元気に挨拶をくれる。一緒に入っても、この子たちにとって私は、一応先輩なんだよね。ごめんね。こんな、優柔不断な二年生で。

小走りで表の道まで出る。道場の明かりが、背後に遠くなる。

私は上を向いて、ハァーッて吐き出した。激しい溜め息。

十月の、生暖かい夜の風。綺麗な満月。国道に出ると、剣道部ではないけれど、別の運動部の生徒はけっこう駅に向かって歩いている。だから、一キロくらいある暗い田舎道も、そんなに怖い感じはしない。むしろ、ゆるい集団下校。そんなのどかな雰囲気が、今の私には少しだけ救いになったりしている。

私のすぐ前を歩いてる女子が、携帯で喋っている。

そっか、そういうのもありだよな、と思い、私もカバンのポケットから取り出してみた。薄型の、お父さんが買ってくれた、けっこう新しい機種。

電話帳で、イソ、と打って、検索。

ダイレクトに、磯山香織、と出てくる。

ここまでは、今まで何度もやってた。けど通話ボタンは、押さずに我慢してきた。気分が落ちてるときにかけちゃったら、彼女の声を聞いちゃったら、余計つらくなるんじゃないか、寂しくなるんじゃないか、心が折れちゃうんじゃないか。そんな気がしてたから。でも、今日はもういいんじゃないかって、思った。だって、戻れる可能性が出てきたんだから。声聞いて、話をして、やっぱり私は東松に戻りたいって確信できたら、そうしたっていいんだから。

あんまり気負わないようにして、押した。

電波が、磯山さんを捜してる音がする。どこにいますか。もうこの時間なら、稽古も終わってるでしょ。バスの中ですか。それとも、横浜駅辺りですか。

見つけた。コールが始まる。

けっこう待たされたけど、でも留守電とかにはならなかった。

『……もしもし』

意外と、静かな声。

「もしもし、私。早苗」

『うん……どうした』

やだな。なんか、優しい声してる。調子狂う。

「ああ、うん……元気かな、って、思って」

どうしたんだろう。返事まで間がある。テンポ、いつになくゆっくりめだ。

『……あたしは、元気なんだけど、親父がさ……一昨日の夜、ちょっと、大怪我しちゃってさ。それで、バタバタしてた』

磯山さんのお父さんて、あの、警察官だっていう――。

「えっ、大怪我って」

『まあ、命に別状はないんだけど……』

それから磯山さんは、お父さんの遭った事故っていうか、事件について話してくれた。

私にとっては、怖い話だった。うちのお父さんがそんなことになったら、翌々日の夜に、私はこんなふうに落ち着いて喋ったりできないだろうなって思った。

『……っていっても、あたしにできることなんて、なんもないから。今は、早くよくなってくれるようにって、そんだけ。今日から、普通に稽古もしたし』

こんなこと感じたの、まったく初めてなんだけど、磯山さんて、ほんとに警察官の娘なんだなって、思った。意識っていうか、心の置き場所が、私みたいな一般人より、ちょっと高いとこにある気がした。

『そっちは、どうだ……ああ、なんか、用でもあったのか』

それに比べると、私の悩みなんて、レベル低い。

「うん……いいの。大したことじゃないから」

『なんだよ。わざわざお前からかけてくるなんて、何か、あったんじゃないのか』

私はずいぶん、大したことじゃないっていったんだけど、でも、聞いてほしいオーラが、電波に乗って伝わっちゃったのか、磯山さんは、いいからいえよって、私が話す気になるまで、言い続けてくれた。それがなんていうか、けっこう嬉しくて。

「うん……その、つまりね……私には、福岡南の剣道が、なんか、合わないなって、最近……感じるようになってて」

なるべく、愚痴っぽくならないように、ってそれは無理なんだけど、でもできるだけ、誰が悪いとかじゃなくて、私は東松とか、桐谷先生がやってたみたいな剣道の方が共感できるって、そういう比較で、今の自分の気持ちを説明した。それで、お父さんの仕事の都合で、もしかしたら今度、東京の方に住めるようになるかもしれない、ってことも付け加えた。

いつのまにか、太宰府駅に着いていた。

まだ切りたくなかったんで、もう閉まってるけど、お店とかがある方に私は進んだ。

「だから、もし、なんだけど……住むのが調布《ちょうふ》近辺だったら、また、そっちに通うことも、できると思うのね。まあ、私の学力が、極端に落ちてなければ、なんだけど……それでまた、東松に、入れてもらえることになったら、そしたらまた」

私を、前みたいに、剣道部に、入れてくれるかな——。

そういったら、磯山さんなら、おお、こいよ、戻ってこいよって、普通にいってくれるって、思ってた。それ以外の言葉なんて、全然、想像もしていなかった。でも、

『……おい、ちょっと待てよ』

急に、声のトーンが低く、冷たくなった。

「え、なに」

『お前、稽古で、黒岩に勝ててんのかよ』

一瞬、なんでそんなことをいわれたのか、分からなかった。

「そんな……私が、あの人に、勝てるわけ……」

『フザケんなよ。勝てるわけないじゃないだろ。勝ってこいよ。戻ってくるなら、勝ってからにしろよ。負けっぱなしで、逃げ帰ってくるような真似すんなよ』

まったくの死角から、脳天にメンを喰らったような。そんな気分だった。

でも、それが死角になってたのは、もしかしたら私が、意識的に、問題から目を逸らしていたから、なのかもしれなくて――。

『あのなぁ。そんな、高度競技化だか高速自動化だか知んないけど、そんなスポーツ剣道にお前、叩かれっぱなしで黙ってんなって。そんな当てっこ剣道に、あたしたちの剣道が負けていいわきゃないだろうが』

あたしたちの、剣道――。

突かれていた。喉元を、グサッと。真正面から。

『情けないこというなよ……お前、あたしと一年、何やってきたんだよ。この前、桐谷先生と稽古して、何を教わったんだよ。去年、横浜の決勝でぶつけ合ったあたしたちの剣道って、なんだったんだよ。なあ』

それは――。

『武士道だろうが。忘れんなよ。武士道があるから、剣道は武道なんだろうが。武士道がなかったら、剣道は暴力にだって、スポーツにだって、簡単に変わっちまうんだよ。分かるだろお前なら、それくらい。なあ、しっかりしてくれよ、早苗ッ』

震えた。心も、体も。

でも――。

「そんなこと、いったって……私じゃ、やっぱ、あの人には、勝てないよ」

『そんなことない。お前はあたしに二度も勝ってる。一度は黒岩もあたしに勝ってっけど、でも奴の剣道があたしのより上だとは、今も思ってない。あたしは認めない。あたしが認めてるのは、お前だよ。お前の剣道だよ。お前なら勝てる。黒岩に、絶対に勝てる』

「なんでそんなこと、断言できるの……」

磯山さんは、しばらく間をとってから、いいか、よく聞け、と前置きした。

『……真剣で人を斬ったら、どうなる』

なに、今度は――。

「し、死ぬ、でしょ……普通」

『だよな。じゃあ、剣術の稽古をするとき、間違って人を斬らないように、真剣の代わりに作られたものって、なんだ』

「えっ……と、木刀？」

『そうだ。でも木刀で、人を殴ったら？』

「怪我、する……ことによったら、もっとひどいことも」

『じゃあ、当たっても怪我をしないように、木刀の代わりに作られたものって、なんだ』

「それ、が……竹刀？」

『だろう。そこでだ……』

そして磯山さんは、悪魔の声で、私にとんでもないことを、耳打ちした。

家に帰って、ご飯食べて、お風呂に入って、ちょっと勉強して、ベッドに入った。でも、全然眠れそうになかった。

こんなのってもしかしたら、剣道始めてから初めてかも。特にこっちにきてからは体力的にハードだったんで、ベッドに入った途端、すぅーって、枕の中に落ちてく感じだった。なのに、駄目だ。今夜は妙に、意識が冴えちゃってる。

目覚まし時計の秒針がうるさい。隣の家から微かに聞こえるテレビの音も気になる。ものすっごい耳に障《さわ》る。しかも、よりによってお笑い番組。わー、だはははーって。いちいち腹立つ。

もういい。私、今は寝ない。

「あら、どうしたの」

部屋から出たら、まだダイニングで仕事中だったお母さんに、奇異な目で見られた。そりゃそうか。パジャマに竹刀だもんね。

「早苗……寝ぼけてんの？」

「大丈夫。寝ぼけてない。普通に正気」

「どこいくの」

「屋上」

「何しに」

「素振り」

「なんで」

「寝れないの」

「ちょっと、よしてよ」

お母さんが立ち上がる。

「いくらマンション内だって、パジャマで出歩くのはやめてちょうだい。何かあったらどうするの」

お母さんの心配は、分からないではなかった。私も、着替えるのはちょっと面倒だなって思っただけで、絶対に着替えたくないってほどの拘りもなかったんで、部屋に脱ぎっぱにしてたジャージに着替えて、改めて、

「……いってきます」

うちを出た。

ここは十二階。最上階は十三階。階段で二つ上がれば、もうそこが屋上だ。

横浜で住んでたマンションは鍵が掛かってて、屋上には出られなかったけど、ここは開いてるって前から知ってた。いつかこんな、眠れない夜にこようって、思ってたんだ。

ドアを開ける瞬間、すごい圧力を感じたんで、ああ風が強いのかなって思ったけど、出てみるとそうでもなかった。髪が逆立つほどではない。むしろ、心地好いくらいの風だった。

ここの屋上は転落防止用の柵に囲われてて、眺めはあんまよくないけど、けっこう広い。遠く博多の方に街の明かりは見えるけど、この周辺には民家の明かりがぽちぽち見える程度。そういった意味では、前に住んでた横浜市中区の風景とそんなに変わらない。っていうか私、福岡にきてから、福岡らしい場所にいったことも、福岡らしいことをしたこともない。お父さんがやたらと明太子を買ってくるようになったとか、お母さんが芋焼酎を飲むようになったとか、友達が福岡弁喋ってるとか、そのくらい。

いいや。素振りしよ。

ゆっくり、マイペースで。前進後退メン、百本？　いや、二百本にしようか。まあ適当に。疲れるまで。

イチ、ニ、サン、シ——。

そういえば去年の、あれはまだ、部に入ったばかりの頃。私の名字は、甲本から西荻になってて。それを知った磯山さんが、いきなり道場で、防具も着けてないのに、構えろって竹刀持ってきて。私、メン打ってこいっていわれても、怖くてできなくて。そしたら、なってない、みたいに怒鳴られて、逆に打ち込まれた。

シチ、ハチ、キュウ、ジュウ——。

あれが正しかったかっていわれたら、ちょっと自信持って肯定はできないけど、磯山さんのあの行動を支えていたものって、やっぱ武士道だったのかなって、今は思う。怖かったけど、あれは暴力じゃなかった。痛かったけど、卑怯だとは思わなかった。

サン、シ、ゴ、ロク——。

さっきの電話で、磯山さん、最後にこういった。

黒岩の首を、獲ってこい。それができなきゃ、帰ってきても、お前をうちの剣道部には入れない。ちなみに新しい部長は久野で、副部長は田村で、あたしはヒラだけど、でもあたしが許さない。こっちに戻ってくるんだったら、必ず、黒岩の首を、土産に持ってこい。

キュウ、ジュウ、イチ、ニ——。

そんなこと、私にできるかな。分かんないけど、でも、やってみる価値はあるかなって、ちょっと思った。もちろん、磯山さんがやったみたいな、喧嘩を仕掛けるような真似は、私はしない。私はレナが憎いわけじゃないし、人間的に嫌いなわけでもないから。
ニ、サン、シ、ゴ——。
ただ、あの剣道でいいのかって、疑問に思ってるだけ。お節介かもしれないけど、キャリア四年半の私がおこがましいのは分かってるけど、本当はこうじゃないの？　って、問題提議をしたいだけ。
ロク、シチ、ハチ、キュウ――。
それで負けるんなら、仕方ない。
そんときは、そんときだ。
でしょ？　磯山さん。

23　武士論

電話がかかってきたのは、ちょうど保土ヶ谷駅に着いたときだった。ディスプレイを見ると、「甲本早苗」と出ている。あたしはマックで待っているよう田原にいい、通話ボタンを押した。

ホームの端っこに寄り、話し始めた。

最初はこっちの近況報告から始まり、やがて早苗が愚痴というか、弱音を吐き始め、いつのまにかこっちに戻ってくるような話になっていた。

嬉しくないといったらうそになる。あたしだって、また奴と毎日稽古ができるとなったら嬉しいし、何より心強い。でも、あの黒岩に負けたまま帰ってくることだけは、断固として容認できない。

黒岩の首を獲ってこい。帰ってくるなら、奴の首を土産に持ってこい。むろん、早苗は戸惑っていた。だがあたしが秘策を授けると、最後に奴は笑った。

まったく、磯山さんらしいよ――。

あたしはただ、待ってるぞ、とだけいって切った。

携帯をポケットにしまい、誰もいなくなったホームを歩く。たぶんあたしは、笑っていたと思う。らしいといえば、早苗だってそうなのだ。ふにゃふにゃ泣き言ばかりいっているようでいて、案外芯は強い。あたしの授けた策で、奴が黒岩に勝てるかどうかは知らない。でも奴はやると思う。必ず戦いを挑む。そこが奴らしいと思う。そういうの、あたしは嫌いじゃない。

改札を出て、右手の階段を下りる。すぐそこにあるマックの、窓辺の席を見ながら進む。がしかし、田原の姿がない。二階だろうか。

何か買ってから上がるべきか、それとも上にいることを確かめてからにするべきか。しばし迷ったが、やっぱり確かめてからにしよう――。

そう、決めたときだ。またポケットで携帯が震え始めた。

取り出してみると、今度は「田原美緒」と表示されている。

「ああ、お前いま」

どこだよ、までいう間もなかった。

『香織先輩、大変です、清水さんが、なんか、不良っぽい連中に』

内緒話のように押し殺した声。清水が？

「不良に、なんだ」

『絡まれて、連れてかれちゃって』

「どこに」

『えっと、今、ここ……どこだろ』

「どんなとこだ。周りに何がある」

『暗いところです。なんか、真っ暗な住宅街です。めちゃ貧乏臭いです』

おそらく例の、用地買収にあったゴーストタウンだ。

切って走ろう、とも思ったが、心配なので状況を説明しろと、田原にはいった。

『えっと、だから……マックんとこで、清水さんと会って、ちょっと話してたら、その、不良みたいのが、三人もきちゃって。この前のと違うじゃねえか、今度の方が可愛いじゃねえか、お前にはもったいねえ、どうせカノジョじゃねえんだろ、みたいな話になって、そしたら、今度はあたしが絡まれちゃって』

こいつ、さりげなく失礼なこといってるな、とは思ったが今は黙って走る。

『一人があたしの肩を、こう、抱えるみたいにして、いこうとして、そしたら清水さんが、やめろよって、いってくれて。でもそしたら、あっちが逆ギレして……で、いつからそんな偉くなったんだ、とかいわれて、ちっとこいや、みたいになっちゃって。清水さんは、あたしにくるなって、いったんだけど、心配だから、こっそりあとつけてきたら、なんか』

踏み切りまできた。でも閉まってる。上下線がかち合っている。

『空き家みたいな……アッ』

「ん？　おい、田原」

下り列車がきた。自分の声も、田原のも聞こえない。

あたしは叫んだ。携帯に怒鳴った。でもすぐに、ディスプレイは待ち受け画面に変わった。ちくしょう、どうなってんだ――。

上りはまだこない。

田原に折り返しかける。だが何度コールしても出ない。

おい、空き家みたいなんだよ。そこに清水が連れ込まれたのか。お前の「アッ」はなんだ。清水がどうかしたのか。それともお前自身に何かあったのか。

嫌な想像が、脳内で暴れ回る。

空き家でボコボコにされる清水。それを覗き見ていた田原の背後に、連中の一人が忍び寄る。携帯を取り上げられ、襟首をつかまれ、田原も一緒に、空き家に連れ込まれる。

決して愉快ではないが、田原がさっきいったのは事実だ。奴はあたしより、相当可愛い。あたしには縁のない身の危険が、あの子には降りかかる可能性がある。しかも場所は、今井川沿いのゴーストタウン。反対側は国道。いくら騒いでも、助けがくる可能性は皆無に等しい。

上りはまだか。いっそまたいで渡っちまおうか。だがそう思った途端、列車の前照灯が向こうに見え始める。おい、さっさとこいよ。あいつらになんかあったら運転手、あんたに責任とってもらうぞ。

それにしても、余計なことをした――。

そんな思いが今、あたしの頭を締めつける。

あの夜、あたしが清水を追いかけて、ならず者どもに下手な手出しさえしなければ、田原をこんなふうに巻き込むことはなかった。でも、それじゃあ清水を見殺しにできたか？　いや、そうじゃない。やりようは他にもっとあったということだ。はっきりいって、あたしは自信過剰になっていた。男子三人にも引かない自分の胆力と、その後ろ盾となる戦闘能力に酔っていた。

この落とし前は、あたしがつけなきゃならないと思う。

しかし、どうやって――。

左肩にある、般若の竹刀袋。中には三尺八寸、小判の竹刀が三本と、清水が買ってよこした、安物の木刀が一本入っている。安かろうが木刀は木刀だ。殺傷能力は竹刀より遥かに高い。それは武器としての信頼性、とも言い換えられる。自陣の安全を第一に考えるなら、木刀を使うべきだろう。

だがそれをしたとき、相手はどうなる。

それについてはさっき、奇しくも早苗がいったばかりだ。

怪我をする。ことによったら、もっとひどいことも——。

そうなったら、あたしは犯罪者だ。傷害罪か暴行罪。その二つの違いはよく知らないが、でもそういうことになるだろう。正当防衛云々もなくはないだろうが、こっちは木刀だ。相手が三人といえども、過剰防衛の感は否めない。

ならば竹刀か。でもそれで、大してダメージを与えられなかったらどうなる。相手は三人だ。一、二発は打ち込めても、清水と田原を救い出せるだけの状況に持っていけなければ、最悪の事態が待っているだけだ。

清水も終わり、田原も終わる。むろん、あたしも——。

ちくしょう、どうしたらいいんだ。

竹刀か、木刀か。相手が刃物を持っていたら、木刀か。持ってなかったら竹刀か。でも刃物なんて、あとから出てくるかもしれない。

むろん、木刀を使えば負ける気はしない。でも、どこまでやっていいのかが分からない。しかしそれを戦いの最中に迷ったら、不覚をとる可能性が生ずる。木刀を持っていてもつかまれたらお終いだ。そうなったら、却ってひどい目に遭わされるだろう。

ようやく上り列車がきた。

眼前を飛ぶように過ぎていく、目の眩《くら》むような、光の束。

強烈な風圧。耳の塞がるような轟音。

なぜだろう。ふと、親父の声を思い出した。

――でも……。

目を覚ましたあのとき、親父は、何をいった？

――でも、分かってくれ。

何を。何を分かれって、いったんだっけ。

――分かってくれ。これが、俺なりの、武士道なんだ。

そうか。そうだった。でも今は、それどころじゃない。

――武士道なんだ。

しかし思いに反して、脳裏にははっきりと、親父の像が結ばれてくる。包帯でぐるぐる巻きになった、鼻と口しか表に出ていない、あの、無残にもミイラ男と化した、親父の姿が。

――武士道なんだ。背くことは、できないんだ。

いや、待て。

親父は、痴話喧嘩の仲裁に入った。女に暴力を振るう男を戒めにいった。でもその暴力男が直後、車に撥ねられそうになった。親父はとっさに、その男の命を守った。

ああ、そういうこと、か――。

踏み切りが開く。

進むべき道は、拓《ひら》かれた。


駆けつけると、路地に入って右側の二軒目。手入れの悪い生垣の前に、誰かがうつ伏せで倒れていた。頭髪は普通に黒い。

「清水ッ」

仰向けに返し、抱き起こす。暗くてよく分からないが、顔全体がなんとなく黒々している。汚れか、血か。あるいは顔中内出血しているのか。

「しっかりしろ清水」

口がパクパク動いている。大丈夫だ。生きている。

「田原はどうした」

閉じた両目から、濁った雫がこぼれ落ちる。

「……美緒ちゃん、は……」

駄目だったのか――。

「……僕を、助けようと、して……」

逆なんだぞ普通は。だから、その田原は今どこにいる。

だが、そう訊くまでもなかった。

「うっほーッ」

甲高い女の声。同時に何軒か先の塀の切れ目から、ブレザーにスカートと思しき人影が飛び出てくる。でもすぐに右から左、あたしたちのいる路地を横断して、消えた。

今の、田原だったよな。

まもなく、

「待てテメェーッ」

同じところから男子二人が現われる。一人は頭を押さえている。それらも右から左に。さらにもう一人があとから続く。そいつは足を引きずっている。

数秒後、

「わーッ、うわーッ」

もう少し奥まった左側の空き地から田原が出てきて、また向かい側に。

「田原ッ、もういい、こっちこォーいッ」

「ぶっ殺ッぞオラァッ」

それをまた三人が、左から右に追いかける。

あたしも奥に進みながら、何度か田原の名を呼んだ。だが、ならず者どもの怒声で掻き消されるのか、いくら呼んでも田原は気づかない。止まらない。

　あの馬鹿――。でも、よかった。無事だった。

　あたしは大きく吸い込み、そろそろ出てくるであろう次のタイミングに合わせ、叫んだ。

「……美緒ォォォーッ」

　すると、もうゴーストタウンの出口に近い辺りに、ぴょこんと人影が現われ、立ち止まった。

「あ……はいッ」

　こっちを向く。自分でヨーイドンをし、ダッシュでこっちに向かってくる。

「香織センパァーイッ」

　田原の背後。三人も路地に姿を現わした。だが奴らは、今日はダッシュではこなかった。互いに何か言い交わし、目配せをしてから、こっちに歩き始める。

　田原、ゴール。

「香織先輩……ようやくあたしを、美緒って……呼んで、くれましたね……」

「おう。一文字短いからな」

　笑ってみせたが、あたしは国道の明かりを背にしている。ちゃんと見えたかどうかは分からない。

「……ご苦労だったな。あとは任せて、清水と逃げろ」

えー、とかなんとかいっていたが、かまわず田原を後ろに追いやり、あたしは前に進んだ。

三人が、ずるり、ずるりと、こっちに歩を進めてくる。

ようやく目が慣れてきた。今なら三人の違いも見分けられる。先頭にいるのが茶髪の竹井だ。右後ろが五分刈り、左後ろが金髪。竹井の手元が、キラリと月明かりを浴びて光る。そうか。そういうつもりか。ならば話は早い。

あたしは担いだまま、竹刀袋の紐を解いた。

途端、竹井の歩が鈍る。

「……オメェ、そんなことして、いいと思ってんのかよ」

いいながら、しきりに顎を、左に右に遊ばせる。

「お前、けっこう剣道じゃ、有名な選手らしいじゃねえか。こんな、喧嘩なんかで竹刀使ったら、俺、すぐ訴えちゃうよ。そしたらお前、試合出れなくなっぞ」

かまわず手を入れ、柄を探る。

「しかもオメェ、清水の女でもなんでもねえってじゃねえか。この前、マリナから聞いたぜ。……ずいぶん、舐めた真似してくれんじゃねえかよ。アア？」

やはり、バレていたか。あの日、マリナの追及に抗しきれなくなったあたしは、結局最後に否定してしまったのだ。清水なんてカレシじゃない。ただの舎弟だ、と。

どちらにせよ、こうなったらやるしかない。

あたしは革をかぶせた柄ではなく、ニス塗りの、つるつるした方をつかみ、抜き出した。その反りのある影を見て、竹刀ではないと直感したのだろう。

三人の足が、完全に止まる。

「……おい、聞いてんのかよ。それテメェ、いっぺんでも振ってみろ。ぜってー警察に届けっからな。暴行で被害届出してやっからな」

竹刀袋を左肩から下ろす。生垣に立てかけようとしたが、途中で誰かの手が遮《さえぎ》った。清水に肩を貸している、美緒だった。

「……お預かりします」

あたしは竹井から目を離さない程度に、美緒に顔を向けて頷いた。

「頼む」

すでに距離はかなり詰まっている。このままでは上手くない。清水を人質にでもとられたら、状況は一転不利になる。

こっちからも、少し前に出ておく。

竹井の持っているのは、かなり刃渡りの長いジャックナイフのようだった。五分刈りは分からないが、金髪野郎はさっきから、バタフライナイフをチャカチャカ見せびらかすように回している。

あたしは木刀を、いつもと変わらない中段に構えた。

「……もう一度いうぜ。いっぺんでも振ったら、試合、出れなくなっからな。それでもいいのかよ。インターハイ三位の選手がよ。暴力事件なんか起こしてよ……新聞沙汰だぜ、確実に」

剣先は、竹井の喉元につけている。

あたしは一瞬だけ、首を傾げてみせた。

「さあ……そいつはどうかね。あたしは、木刀を持っているにも拘わらず、お前らのようなならず者に屈する方が、剣道家としてどうかと思うけどね」

まだ遠間。そこであたしは止まった。

「いや、できねえな。しょせん剣道なんてスポーツだろ。実戦にはなんの役にもたたねえよ。喧嘩は慣れだよ、慣れ」

喧嘩でもあたしが勝ったろ、と思ったが、いわずにおいた。あれはまあ、いうなれば不意打ちみたいなものだった。今日は向こうもそれなりの覚悟で、しかもすでに刃物を出している。一度勝っているからといって、油断は禁物だ。

間合いは、まだ遠い。

「……いいから。つべこべいわずに掛かってこい」

もう、あたしの覚悟は決まっている。どうすべきかも、分かっている。

武士道において、なすべきことはただ一つ。

武士は、戦いを収める。

相手を殺さず、暴力のみを封ずるのだ。

「舐めんなよ。こいつ、モモセ、鑑別所、二回も入ってんだぜ」

竹井が、後ろにいる金髪野郎を親指で差す。

「ああそう……じゃあ今度は、間違って棺桶に入らないように気をつけな」

違う。気をつけるのは、むしろあたしだ。実戦の緊張感に負けて、滅茶苦茶に斬り掛かったらお終いだ。そうなったら、あたし自身が暴漢に成り下がる。

できるだろうか。このあたしに、武士の戦いが。

いや、できる。

そのためにあたしたちは、日々技を磨き、心を、体を、鍛えてきた。

キサマらのようなならず者に、負けるわけにはいかない。

「あんだとこのアマッ」

あと二歩。相手の膨らんだ気を感じる。

「こい」

あと一歩。

「テメェ」

ここだ――。

一気に飛び出す。合わせるように、竹井がナイフを突き出してくる。でも大したスピードではない。

半分くらい振りかぶって、右手首を的確に、叩く。

「ハガッ」

ガクン、と腕が落ち、連れて竹井の体が前に崩れる。

瞬時に後ろの二人を見る。金髪の方がやや近い。目が合う。慌てたふうに、バタフライナイフを突き出してくる。

遅いわ――。

「ハンッ」

コテ、メン。手首がくの字に折れ曲がる。額を叩かれた勢いで顎が上がる。失神か。その場に崩れ落ちる。

残るは五分刈り。武器は、

「い、き、キィィエェェェーッ」

角材か。望むところだ。

力いっぱい振り下ろしてくる。それをあたしは軽く受け、木刀の側面、鎬《しのぎ》の部分ですり上げながら、

「ンメアァァーッ」

引きメン。五分刈りの脳天に、真上から剣先を叩き込む。

少し前屈みになっていた体勢が、さらに前に崩れる。竹井の下半身に、かぶさるように倒れる。

だが、竹井は――。

見ると、密かに左手でジャックナイフを拾い、左足を腰の下に、小さく畳んでいた。

暗がりの中で、濁った目が鈍く光る。短距離走選手のように、低い位置からいきなり突進してくる。左手のナイフを突き出しながら、まるでロケットのように――。

だと、危なかったのだろうが、実際そこまでのスピードはない。

「……コテぇ」

ぽんと叩いてやる。それで充分だった。地面に転がったナイフは、足で後ろの方に蹴りやった。清水が「ウヒイッ」と啼《な》いたが、まさか刺さったなんてことはあるまい。

あたしは剣先を下ろし、突っ伏した竹井の左目に向けた。

「……安心しろ。命までとりはしない。今日のことも、他言はせずにおいてやる。ただし、次に清水と、この子に何かあったら、そんときは、こんなものじゃすまさないよ。

「……いいね」

返事はなかったが、承知したものと解釈し、あたしは歩み足で数歩下がった。三人は倒れたまま動かないが、油断はしない。残心は崩さない。

急に、ぶるりと震えがきた。知らぬまに、全身がびっしょりと濡れるほどの汗をかいていた。終わってみれば、しょせん相手は素人。実力差は歴然としていたが、それでも実戦には、試合とはまったく別種の緊張感があった。

本物の刃物を向けられる恐怖。一歩間違ったら、こっちの身が危なかった。

今になって、やたらと怖くなってきた。寒い。膝が、震えだしそうだ。なんか、腹まで痛くなってきた。

「……香織先輩？」

美緒、頼む。国道に出て、タクシーを、拾ってきてくれ。

とても、家までは、歩けそうにない。

痛い、腹が、い、イタタタタ――。

24　決闘を申し込みます

こういう場合はやっぱり、手紙という手段が一般的なのだろうか。挑戦状とか、果たし状とか。でもそれって、どうやって書いたらいいんだろう。

困ったときは、とりあえずネットで調べてみるに限る。

我が家の家族共用パソコンはリビング、固定電話の真横に設置されている。見れば好都合にも、電源が入っている。

「……お母さん、パソコン使っていい？」

大好きな二時間ドラマを見ているお母さんからは、生返事しか返ってこない。まさか自分の娘がこれから、すぐ後ろで果たし状の書き方を調べるとは思ってもいないのだろう。

では早速、検索開始——。

ああ、普通に出てるね。正しい果たし状の書き方。なになに。

まず「果たし状」と書いて、次に名前。その次に、日時か。

平日は部活で忙しいから、今度の土曜日がいいかな。土曜なら、稽古早めに終わるし。時間は、夕方六時、はちょっと早いか。七時にしとこう。七時なら、寮の夕飯も終わってるでしょう。

あとは、場所か。

学校の道場、はまずいよな。そっか。決闘だから、外でもいいんだ。でもそうなると、天気が心配だ。土曜の天気は、と——。

ああ、晴れだね。大丈夫ね。じゃあ屋外開催ってことで。

外で、決闘に向いている場所、というと。

いっこ思いついた場所があるけれど、名前が分からない。

ああ、ひょっとしたらそれも、ネットで調べられるかも。

太宰府天満宮、で検索。ああ、オフィシャルページがあるんだ。でも、どこ見たらいいのかな。むむ。

「観」のコーナーに「境内」ってページがあるね。おお、バッチリじゃん。境内の地図が載ってるよ。えーと、表参道がここだから、こっから入って、ああ、これだ。この屋根の絵だ。「絵馬堂」か。でもあそこ、絵馬なんてあったかな。まあいいや。

よし。場所は太宰府天満宮、絵馬堂前に決定。

あとはルール、かな。


部屋に帰って、便箋を選ぶ。テディベア、はないな。ひまわりか、あとは、ニャンコが二種類。駄目だ。可愛いのしかない。

「……お母さん、地味な便箋ない？　できれば無地の」

振り返りもせず、背後のサイドボードを指差す。そうね、ちょうど今、犯人が動機を告白してるところだもんね。ごめんね邪魔して。

引き出しをいくつか開けてみると、はい、ありました。無地の便箋。聞いてないだろうけど、一応「これもらうね」といって、部屋に戻る。

私、小学校の頃はお習字も習ってたんで、丁寧に書く字にはけっこう自信ある。筆記具も筆ペンじゃなくて、ちゃんと毛筆を使う。墨汁も使わない。一から墨を磨る。それが、いい感じに精神を集中させてくれるのを、私は知っている。

少しだけ水を陸に上げ、粘りが出るまで丁寧に磨り、海に戻す。透き通っていた水に、とろとろと、黒い墨が染みていく。最初はマーブル。でもそのうち、海全体が濁って、次第に光を通さない、重みのある墨になっていく。

陸に上げ、磨り、海に戻す。上げ、磨り、戻す。

墨の黒と引き換えに、私の心は、徐々に透き通ってく。

さてと。そろそろ一枚、いってみますか——。

【果たし状

　黒岩伶那殿

今週土曜日、夜七時、太宰府天満宮絵馬堂前にて、防具なし、竹刀での、決闘を申し込みます。

よろしくお願いいたします。

甲本早苗】

よろしく云々はいらないかな。どうだろう。

あんまり何日も前に渡して、学校で顔合わせるたびに気まずい思いをするのも嫌なんで、土曜の稽古終了後に、こっそり渡すことにした。

小道場の、更衣室の端っこ。私は手早く着替えて、まだ下着姿のレナの胸に、封筒を押しつけた。そんなにグッとじゃなくて、とんっ、て感じで。

「……一人で読んで。で……あとできて。必ず」

表にも「果たし状」の文字はある。

当然、レナは怪訝な顔をした。

「どういうこと」

「いいから。……待ってるから」

下着姿の彼女が外まで追いかけてくるはずはない。またその性格から、騒いで周りに知らせることもない。そう考えて、計算ずくで選んだタイミングだった。

渡すまでは、バッチリ上手くいった。

すっごい、ドキドキしたけど。

ちょっと腹ごしらえをして、駅周辺で暇潰しもして、六時半頃になって、私は太宰府天満宮に向かった。もうとっくに日は暮れていて、完全に夜の暗さになっていた。

表参道のお店は、もう全部閉まっている。人もいない。ところどころに電灯が灯ってるけど、それが逆に、横道の暗さや人気のなさを強く私に印象づける。七時って、ちょっと遅かったかも。なんか怖い。もっと早くにしとけばよかった。

門を二つくぐって左。小さな林の向こうに、スロープが階段状になっている、真ん中が大きく丸く盛り上がった橋がある。そこを、渡る。太鼓橋っていう、けっこう有名な橋だ。一瞬、弁慶か牛若丸な気分になったけど、違う違う。ここで決闘はしない。

渡ったら、正面にあるのが楼門。その奥に本殿と、菅原道真のところに飛んできたという伝説を持つ「飛梅《とびうめ》」の木がある。覗くと、まだちょっとは参拝客がいるようだった。明るいから、おみくじとかお守りのお店もやってるんだろう。でも、今日はそっちにはいかない。すぐまた左。社務所前の広場に出る。

こっちには出店もない。周辺に外灯があるだけで、暗いといえばけっこう暗い。夜の校庭よりはマシ、って程度。そう思うと、砂地の地面はちょっと校庭っぽい。

その左端にあるのが、絵馬堂。よく見ると、軒下に大きな額がいくつも掛けられているのが分かる。でも暗くて、何が描かれているのかまでは分からない。これが絵馬、なのだろうか。

カバンと竹刀袋を、絵馬堂下のベンチに置く。そして竹刀袋から一本、三・八の竹刀を抜き出す。鍔と、鍔止めも。ぐっと柄に通す。それだけで、準備は整ってしまった。

太鼓橋を見る。人影はない。

少し、素振りをする。私に注意を払う人は一人もない。楼門から出てきた参拝客も、こっちには見向きもせず太鼓橋を渡って帰っていく。

素振りはゆっくりなので、百や二百じゃさして疲れない。むしろ、精神集中。あの、墨を磨るのと似たような効果を、私は求めている。

やがて太鼓橋の頂上に、小さな顔が現われた。すぐに見慣れたブレザー、ブラウス、スカートが続く。カバンや防具袋は持っていない。肩に竹刀袋だけ。

橋をこっちに下りてくる。長い脚。黒っぽい靴下に、ローファー。よくは分からないけど、たぶんこっちを見ている。

広場に入ったところで、いったん歩をゆるめる。私の方を向いたまま、ポケットに手を入れる。

「……これ、どういうこと？　なんで私が、早苗と決闘せんといかんと」

果たし状を、こっちに突き出しながら近づいてくる。

「遅くに、ごめんね。でも本気なの。私と戦ってほしいの」

「なんで」

「私、東松に帰りたいの」

レナの足が、止まる。

「ハァ？……どげん意味よ」

薄闇の中。それでも彼女の目の色が変わったのは、はっきりと感じとれた。

私は、一つ頷いてみせた。

「この学校の……福岡南の剣道は、私には合わないと思うの。私はもっと、勝負に拘らない、時間をかけて、深くその道を追究するような、そういう剣道をしたい、と……そう、思ってて」

「それが、東松の剣道だっていうと？」

「いや……決して、東松って限定してるわけじゃないんだけど、でも、ここの剣道じゃないっていうのは……うん。申し訳ないけど、間違いない気がするの」

再びこっちに進んでくる。表情が、徐々に強張っていく。

「分かっとーと？　一家転住じゃないと、半年、試合には出れんようになるとよ」

「分かってる。でもそれは、なんとかなる。お父さんの仕事の都合っていう事情も、実際、あるにはあるから」

間合いとしては、かなり遠いところで彼女は止まった。

「……でもそれと、私との決闘と、どげん関係があると？」

私は、あまり目立たないように、一度深呼吸をした。

「……それは、だから……磯山さんに、その……あっちに帰ったら、また、東松の剣道部に入れるかなって訊いたら、駄目だって、いわれたから。いや……その前に、レナと、試合とかしてみて、どうなんだって訊かれて、全然勝てないっていったら、じゃあ駄目だ、って……そんな、黒岩に負けっぱなしで、尻尾巻いて逃げてくるような奴は、入れてやらないって、いわれたから」

訝《いぶか》るように、彼女が顔を斜めに傾ける。

「だから私と、決闘すると？」

「そう……レナの首を、獲ってこいって」

「磯山にいわれたから、早苗はそうすると？」

「うん……」

ぐっと、レナの表情が険しくなる。美人が、閻魔《えんま》に——。

「ずいぶん、私も舐められたもんやね」

彼女が、竹刀袋を肩から下ろし、留め具をはずす。

「こんな言い方、しとうなかけど……早苗。あんた、この私に、勝てると思っとーと？」

鍔を取り出し、柄をくぐらせる。

私は頷き、中段の構えに入った。

「……勝たないと、私、東松に帰れないの。武士道が、スポーツに勝つことを証明してからでないと、あっちで、剣道部に入れてもらえないの。だから……勝つの。私が」

レナが、絵馬堂から離れる。広場の真ん中の方に、歩み足で進んでいく。私も構えたまま、すり足でついていく。

「そう。よかよ……その挑戦、受けちゃっても。でもその代わり、私も、本気で打つけん」

両手を高く上げて構える。諸手、左上段——。

「私は、早苗を……東松に、返したくはなかもん」

一瞬、心が揺れた。

私、別にレナのこと、憎くて戦うんじゃない。あなたが嫌いだから、福岡南を出ていくんじゃない。ただ剣道が、違うと思うから。だから——。

私たちは、剣道を通して知り合った。でも正直、剣道がなかったら、もっと仲良くなれたんじゃないかって、思う。それが、なんだか悲しい。磯山さんみたいに、剣道を通して、仲良くなれたらよかったのに。

「こい、早苗。私はあんたを、東松になんか、返さんけんね」

「……ごめん、レナ」

互いに鋭く、気勢を交わす。

それが、開始の合図になった。

レナの竹刀が、脳天めがけて振り下ろされる。私は剣先を少し上げ、左に回りながら捌いた。火花が散りそうなくらい、竹と竹とが激しくぶつかり合う。

強烈な一撃だったけど、なんとか捌いた。勢い余ったレナは、ぶるんっ、と竹刀を一回転させた。一瞬、打てる、と思ったけど、途中で諦めた。いま打っても、パンチで避けられるだけ。

ん、パンチ――?

レナの竹刀は正面に戻っていた。諸手で握り、また頭上に構える。

互いに間合いを探り合う。足元は、白木の床とも、塗りのそれとも違う、薄く砂の載った土の地面だ。

レナは柄頭《つかがしら》で突くように、竹刀を小さく動かして、こっちが動くように誘いをかける。そのたびに、ザッ、ザッ、と足元の砂が鳴る。

私は剣先を喉元に向けたまま、もう少し出方を見る。

レナが柄頭で、突く、突く、突く。

まだこない。

また突く、突く。だがそこで、グッ、と彼女の顔が沈み込む。

くる――。

諸手のメンかコテ。そう読んだ私は、左に出ながら今一度、物打で捌いた。

コテだった。上から充分に押さえて、間合いを切る。

大丈夫だ。見える。私、動ける。

また同じ状況になる。レナは柄頭で突いて、攻めの姿勢を見せる。私は乗らずに、起こりを見定めようと目を凝らした。

くる。片手打ちだ——。

私は裏で捌きながら、そのまますり上げて——でも、左拳が返ってくる。竹刀にパンチか。でもそれは、小手があるからできること。そんなこと素手でしたら、痛いだけだよ。

「メンッ」

それでも私は、パンチされないように頭の遠い方、右面を狙って打った。

避けられた。頭を振って。ただ、

「イッ……」

私の剣先が、レナの右耳をかすった。惰性で首筋にも少し当たった。

カァーッと、レナの温度が上がるのが分かった。

「イエアァァァーッ」

メン、メン、コテメン、メンメン、ドウ。狂ったようにレナが打ち込んでくる。私は捌くので精一杯で、次第に絵馬堂の方へと追いやられる恰好になった。

一回、大きく弾いて横に回った。レナも追ってくるけど、鍔迫り合いになったけど、試合じゃないから急いで分かれる必要はない。場外反則もない。

じっくり機会を待って、竹刀を右に傾けながら離れる。この形だと、メン、コテ、ドウ、大体なんにでも瞬時に応じられる。

上手いこと、間合いが切れた。仕切り直しだ。

またレナが上段に構える。

むろん、私は中段。

再び間合いを探り合う。

一ミリ、二ミリ。靴の中の指で、少しずつ間合いを盗む。

クッ、クッ、と柄頭で突く真似をされると、危うく反応しそうになる。レナが動かしているのは、手元だけではない。下半身もステップを踏むように、小刻みに上下している。その、体重移動の拍子を読む。

いち、に。いちに、さん。

いち、に。いち――。

ここだ。今なら動けまい。

「コテェェーアッ」

案の定、レナは足を止め、上段のまま、出るも退くもできずに居付いた。そしてとっさに、右小手を守ろうと、左拳で、私の竹刀を――。

「ンアッ」

馬鹿――。

いくら竹刀だからって、真剣でも木刀でもないからって、直に素手で弾いたら、痛いに決まってるじゃない。しかも今の、私の、本気の打ち。福岡南にきて強化された、私の、渾身の打突。

ほとんど、勝負はついたも同然だった。

でも私は、ここで手を抜くわけにはいかなかった。

「コテイッ」

今度は左コテ。入った。もういっちょ。

「イヤッ」

真上から、大きく竹刀に打ち下ろす。

今度こそ、勝負あり――。

虚しい音をたてながら、レナの竹刀が、地面に転がる。それでもまだ、彼女は夢遊病者のように、必死に竹刀に手を伸べる。

仕方ない。私は今一度、大きく振りかぶった――。

そのときだ。どこからか、間の抜けた拍手が聞こえてきた。と同時に、なんか、生臭いニオイも。

「お見事……いやァ、よかもん見せてもろうたばい」

「吉野先生ッ」

思わず叫んだ私を、レナが見上げる。

「ごめん……あの、私……絵馬堂ってなんだか、分からんかったとよ……」

なんと――。

レナは二年生と一年生全員に訊いたが、絵馬堂を知っている人は一人もいなかった。結局教えてくれたのは、まだ道場に残っていた吉野先生だった。でも逆に、今度は吉野先生に訊かれた。絵馬堂がどうした、と。レナはだいぶ、なんでもないと言い張ったらしいが、最終的には、果たし状のことを白状させられた――。

どうも、そういうことのようだった。

そっか。絵馬堂って、みんながみんな、知ってるわけじゃなかったんだ。

吉野先生は、レナと私と、ちょうど正三角形を作るような位置に立った。

「……完全に、勝負ありやったな。装備は互角。その他の条件も互角。差があったとすれば、それは、剣道に対する意識の違いたい。黒岩は、剣道に競技としての完成度を求めた。コウモトは、あくまでも武道としての剣道を重視した。あえて、ここではスポーツと呼ばせてもらうが、スポーツの原点は、気晴らしの遊びたい。真剣の剣術から派生してきた、武道である剣道とは、その意味合いがまったく違うったい」

レナは、左手首を押さえ、うな垂れている。

「黒岩……俺が止めに入らんかったら、コウモトはもう一発、お前を打っとったと思うか」

彼女は見上げただけで、何も答えなかった。

「……俺は、思わん。なぜなら、それが、武士道やけんたい」

いきなり、胸の奥にあるものを鷲づかみにされたような、そんな感じがした。そしてそれは、とても、大切なもの――。

「仮に、こげなことを、ボクサー同士がやったらと考えてみたらよか。たぶん、どっちかが失神するまで、下手をしたら死ぬまで、殴り合うことになるばい。……失神しとうように見える相手でも、自分が背中を向けた途端、起き上がって、襲ってくるかもしれん。そげなことを考え始めたら、いつやめていいのか分からんようになる。むろん、レフェリーなんぞはおらん。勝利を確定させるのは、己《おのれ》の拳以外には何もなか」

っていうか、なんの話なんだろう、これって――。

「ばってん、スポーツならそれでよかよ。初めから、審判が勝敗を決めてくれるという、そういう約束のもとで、始まったことやけん。……が、武道は違う。剣を持って斬り合うのが剣道か？　そこがそもそも違う。暴力団員同士が喧嘩の末、日本刀を持ち出して斬り合いを始める。そこに武士道があるか？」

先生は交互に、私たちの顔を覗き込む。

「……なかろうが。でも黒岩、お前の目指しとう剣道を真剣でやったら、そういうことになるばい」

レナは、微動だにしない。

「ボクサーが、レフェリーなしで、路上で殴り合う。スポーツ剣士が、審判のおらんところで斬り合う……同じやろうが。だがそこに武士道があると、話は変わってくる」

雲が晴れたのか、月明かりが、急に辺りを照らし始める。吉野先生の垢《あか》じみた頰、無精ひげの顎が、よく見えるようになる。

「……武士の仕事は、戦いを収めることばい。相手を斬ったり、殺したりすることではなか。そもそも、相手を殺すことが目的ならば、ドウなんぞは斬らん。真正面から腹を、あるいは心臓を、ひと思いに突けばよか。喉なんぞも突かずに、真横に斬ればよか。後ろからでん、袈裟《けさ》斬りにすればよか……でも、それはせん。なぜなら、剣道は、武士の技やけんたい」

秋風が、私たちの間を吹き抜けていく。虫の声も、少しだけ聞こえている。

「試しにいつもの剣道を、木刀でやってみればよか。メンも、ドウもコテも、どこを叩いても、まず相手は死んだりせん。その代わり、一発で、戦闘能力ば奪える。……頭蓋骨が割れる。手首の骨が折れる。肋骨が折れる。そげな状態で、続けて戦えるとか？

戦えんばい。戦ったところで、怪我がひどくなるだけたい。ばってんそれこそが、武道の目的たい。武士道の、本懐《ほんかい》たい」

吉野先生はゆっくりとしゃがみ、レナが取り落とした竹刀を拾った。

「剣道は、どこまでいっても……路上でやっても、防具がなくても、心に武士道があれば、武道たい。暴力に成り下がってはいけんし、暴力に屈してもいけん。剣道は、武道は、武士道は、相手の戦闘能力ば奪い、戦いを収める。そこが終着点たい。相手の命も、自分の命と等しい、たった一つの命……。さらにいえば、試合や稽古で相手をしてくれるのは敵ではなか。常に、同じ道ば歩む、同志たい。やけん礼に始まり、礼に終わる。そういうこったい」

先生が差し出すと、レナは小さく頭を下げながら、竹刀を受けとった。

「確かに、現代の剣道には競技の側面がある。ルールを整備し、それを有効活用していかんかったら、やがて日本が外国勢に、個人でも団体でも、負ける日がくるやろう」

先生が、ぐっと奥歯を嚙む。

「……ばってん、それでも俺は、今日のことをお前たちに、忘れてほしくはなか。剣道は、斬り合いや、殺し合いのためにある技ではなか。お前たちの剣道は、誰も殺さんですむように、誰一人傷つけんですむように、そういう社会を築いていくために、生まれてきた技たい。少なくとも俺は、そう思おとる」

レナが頷くと、先生は私の方に向き直った。

「コウモト……お前には、いろいろ、つらい思いばさせて、すまんかったな」

「えっ……」

あまりに意外すぎて、すぐには、上手く返事ができなかった。

「いまさら、こげなことをいうても、信じてはもらえんやろが……俺は最初から、お前の剣道を、好いとーとよ」

エエーッ、て、普段なら絶対にいってる。仰る通り、まったく信じられません。

「ふにゃふにゃの打ち込みと、コテの守りさえなんとかしてくれたら、こげんよか素質の持ち主はおらん。そう思っとったけん、少々理不尽な要求ば、させてもらった」

吉野先生、笑ってる。やだ。なんか、やたらといい人っぽい。それが、かえって気持ち悪い。

「お前の剣道は、人ば傷つけん。そこが、何よりよか。ただ……残念ながら、ここにはお前が学ぶべき剣道はなか。福岡でも他の高校ならともかく、少なくとも、この福岡南高校にあるのは、骨の髄までスポーツ化された、究極の当てっこ剣道たい。お前は、横浜に帰った方がよか。東松の……小柴先生のところに、帰った方がよかよ」

「吉野先生……」

ってことは、聞いてたんだ。最初から。それなのに、決闘の成り行きを、見守っててくれたんだ。

「ありがとう、ございました」

なんだか、思った展開とは違ったけど、でも私、勝った。

磯山さん。私、レナの、首は獲らなかったけど、でも勝ったよ。

ちゃんと、勝ったからね。

25　御一行

引退した河合元部長が、久し振りに、稽古に出てきた。

「聞いたわよ、田原さんから。大変だったらしいじゃない」

あの馬鹿。あんなに他言するなといったのに。

ちなみに今は全員、面を取っての休憩中だ。

「まあ……はい。なんやかんや、バタバタしましたね」

「でも、よかったわね。向こうも、被害届は出さないってことで、落ち着いたんでしょ？」

あたしは顎を出し、頷いてみせた。

「そっすね……一人が骨折、二人もヒビが入ってたんで、訴えられたらあたし、たぶん過剰防衛で有罪でしたよ。まあ所轄署は、むしろそこに至るまでの経緯を重視してくれたし。全剣連も高体連も、今回だけは問題視しない、っていってくれたんで。正直、助かりました……ああ、OGの皆様にも、ご心配おかけしました。反省してます」

河合は、引退してさらに色気の増した唇を、ニッと広げてみせた。

「でも……〝安心しろ、命までとりはしない〟ってのは……さすがよね。いえないわよ普通、そういう場面で」

「やめてくださいよ、河合サン」

田原の野郎。どこまで喋ったんだ。

「でもそのあと、ひと晩入院したんですって？　急性胃潰瘍で。やっぱりあれなの、実戦の緊張感ていうのは、試合なんかとは比べものにならないほど、すごいものなの」

田原。あとでぜってーぶっ殺す。

「ええ……こう、キューーッと痛くなって、ヤベ、このままじゃ穴が空く、って感じっすかね。もうマジで、脂汗が出るほど痛いんすから。まあ、薬でなんとかなりましたけど」

肩をすくめ、くすっと笑う。

「……磯山さんて、胃腸弱いの？　よくお腹痛がるわよね」

「あー、下痢とか、よくしますね。とんこつラーメンとかヤバいんすよ。あと、冷たいものも」

「なんか、子供みたい」

河合サン。あんまそれいうと、先輩といえどもただじゃすみませんよ。

両手にスポーツドリンクのボトルを持った田原が、小走りでこっちにやってくる。

「河合先輩、お疲れさまです……はい、香織先輩」

その一本を、こっちに差し出す。

「おう、ご苦労……ってかお前、なんで河合サンは名前で呼ばないんだよ」

「それは、だから、河合さんは、名字の方が短いからです」

自分のを飲んでいた河合が、口をすぼめたままこっちを見る。いちいち可愛い顔しやがるな。まったく。

「……なんの話？」

「いやぁ、こいつね」

しばらくは田原絡みの愚痴を、あたしが一方的にぶちまけた。だが河合は、そのたびに「仲良いのね」と笑い、あたしは「冗談じゃないっすよ」と怒鳴り、田原は「えへへ」と頭を掻いた。実に、不愉快な繰り返しだった。

ちなみにあたしはあの事件のあと、田原に、実はお前、清水のことが好きなんじゃないかと訊いてみたのだが、それはないときっぱり否定された。二人がくっついてくれれば、一石二鳥でいい厄介払いができると思ったのだが、甘かった。現在もまだ、三人でのマック通いは続いている。

ふいに、真顔になった河合が、あたしの膝を叩いた。

「そういえば、お父さま。どう？　確か、大怪我なさったのよね」

「えっ、なんで知ってんすか」

「だって、新聞に載ってたもの。神奈川県警戸部署の、磯山憲介《けんすけ》なんとか部長って」

巡査部長な。ただし「部長」といっても、巡査部で一番偉い人、って意味じゃないから。巡査部長ってのは、あれは階級名だから。紛らわしいけど。

「目が、よくないみたいって、久野さんからも聞いたけど」

「ああ……お陰さんで、失明という最悪の事態だけは、免れました。若干視力は落ちたみたいっすけど、でも、そもそも四十超えてるくせに、両目とも二・〇ありましたからね。ちょっと落ちたくらいでちょうどいいんすよ。ようやく人並み、世間様並みってことで」

またそんなこといって、と河合が笑う。

ふと、やわらかで、心地好い風に吹かれたような、そんな感じがした。彼女がいるだけで、彼女が笑みを浮かべるだけで、急に、今年の春頃に戻ったような、そんな錯覚に陥る。

そうか――。

なんとなく、辺りを見回す。白木の床。日に焼けて、ペンキの剝がれかけた防具棚、竹刀立て。一メートルほど低くなっている体操場。窓の外に広がる校庭。

そう遠くはない、未来。あたしにも、この部を去らねばならない日が、確実に訪れる。

でもそうなって、しばらくしてまた遊びにきたとき、こんなふうに、みんなはあたしのことを、懐かしがってくれるのだろうか。そのときのあたしを、あの頃みたいだねと、ここにいる後輩たちは、受け入れて笑ってくれるのだろうか。

こんなことを珍しくあたしが考えるのには、もう一つ、別のわけがある。

今日、あたしたちはこのあと、ちょっと珍しい客人を、迎える予定になっているのだ。

十一月初めの、文化の日を含む連休を利用して、あの福岡南の新人戦メンバーが、関東地方に出稽古行脚にきている。その予定地の一つに、うちの剣道部も入っている。

「お着きになったみたいですよ」

知らせにきたのは田原だった。

全員で下座に並び、一行を迎える。号令をかけるのは新部長、久野だ。

「お疲れさまでしたッ」

向こうも、よろしくお願いします、と入り口で頭を下げる。

人数は少ないが、今回のメンバーは福岡南切っての精鋭メンバーと聞いている。黒岩伶那、堀由美子《ゆみこ》、笹岡奈央《なお》、金城麻子《かねしろあさこ》、そして、甲本早苗。引率してきたのは吉野先生という、福岡南に四人いる顧問のうちの一人だそうだ。

なんでもこの、吉野某《なにがし》という男性教諭。小柴世代の剣道家の間では伝説になっている人物らしい。

「実力は折り紙つきの選手だったんだが、どういう事情があったのか、インターハイの直前、室見川の河川敷で、三十人からの暴走族を相手に、木刀一本で大立ち回りをやらかしてな。しかも向こうは全員病院送り、本人だけが無傷……当然、以後の試合は出場停止。その後も目立った大会成績などはないが、道場での他流試合では四百戦無敗という、伝説の男だ。……それが、まさかな。福岡南の顧問になっていたとは……」

うーむ。どうも他人とは思えない武勇伝の持ち主である。

客人ご一行は、早速田原が更衣室にご案内した。ただ一人、早苗だけがこっちにくる。ことこっこと、小走りでやってくる。

「みなさん、お久し振りです」

河合さーん、久野さーんと、知り合い一人ひとりと抱擁を交わす。むろん、あたしは別枠だ。普通に握手ですませる。

「……ただいま。なんかすっごい、久し振りな気ぃするね」

「だな。横浜大会以来か。まだ、ふた月も経ってないのにな」

早苗も、父の容体について訊いた。河合にしたのと同じ説明を、あたしは繰り返した。

「まだ、入院してらっしゃるの？」

「いや、ずっと家にいる。肩のギプスが、まだとれないんだ」

「じゃあ、せっかくだから、お見舞いに伺おうかな」

「いいよ」

「なんでよ」

「っつか、くるなよ」

「何よそれ」

気づくと、隣でまた河合が笑っている。相変わらず仲が良いのね、と冷やかす。やがて田原が、早苗を呼びにくる。何やってんですか、早く着替えちゃってくださいよ。早苗が答える。気が抜けるような声で、はぁーいごめんなさーい、と返す。

こんな感じが、あたしの二年時の、理想だったんだけどな。

しかし、それを今いっても始まらない。

「ヨシ、と……高橋、深谷。お前ら、綺麗な旗、ちゃんと用意しとけよ。あと、ストップウォッチもな。それから……佐藤、蛯名、終わったらすぐ、飲み物とお握りな。鈴木は、あちらの先生に座ってもらう椅子……と、から揚げな。食堂に何時にできるか、確認しといてくれ」

あとは、えーと、なんだっけな。

しばらく、福岡南の選手と体が温まるくらいの稽古をしたら、早速、練習試合開始だ。

さすが、わざわざ早苗がいうだけはある。今回の福岡南の遠征メンバーは、確かに黒岩以外も実力者揃いだった。特にあたしは、笹岡という選手が気に入った。けっこう読みも深いし、決めどころにも心憎いものがある。

いま対戦しているのは、久野だ。

「メンあり……勝負あり」

審判は河合。赤旗を笹岡の側に上げる。

二人の先生は、互いに別々の角で試合を観戦している。特に選手に対する注意も発破《はっぱ》もない。ひたすら黙って、触れ合う竹刀の行方を目で追っている。

ただやはり、要注目選手といえば黒岩と、早苗だろう。特に黒岩は、久野、田村、田原、深谷、高橋と、あたし以外の主力メンバー全員と対戦し、全勝した。

その中で、一本負けで粘ったのは田原だけだった。そこは褒めてやっていいと思う。しかも二、三回は惜しいのを入れていた。相打ちのメンなんて、黒岩は片手、田原は諸手なのに、田原の方が先に届いていた。惜しくも首を振って避けられたが、相手が黒岩でなかったら、あれで一本取り返せていただろう。

「始めッ」

早苗の調子も上々だった。

「始めッ」

逆にあたしは、黒岩以外の三人と対戦して、ここまで全勝している。早苗とやって勝ったら、黒岩とやらざるを得ない空気になると思うが、どうだろう。

「メェーンッ」

「ンシャッ、カテェエヤァーッ」

そんなことは、どうでもいいか。今はこいつと、思う存分竹刀をぶつけ合える、この状況を、心から楽しもうじゃないか。

「ンメエァァーッ」

「ドォオーッ」

河合が、早苗に上げた。まあ、今のドウはそうかな。奴の方が斬れてた。

「二本目」

しかし、早苗——。

お前、ほんとに強くなったな。曲線的な足捌きが、自分の間合いを保つのに、ちゃんと役立ってる。そのくせ、要所要所でちゃんと踏み込んでるから、剣先に体重が乗って、いい感じで強く打ち込めるようになってる。それに加えて、桐谷先生も褒めてた、機会を捉える目がある。厄介だね。実に、厄介な敵になってくれたもんだよ。

でも、あたしだって負けてないぜ。

「カテェエヤッタァァーッ」

どうだテメェこの野郎見たかコテだ今のはぜってーあたしが斬ってたぞそこんとこどうなんだよ河合ッ。

「コテあり」

おう。そうだよ。決まってんだろ。ちくしょうめ。

「時間でーす」

田原が手を上げる。おお、実はけっこう、危なかったんだな。また今年も、負けにされるとこだったぜ。

「ありがとうございました」

あたしと早苗の試合で、稽古は終了。なんとなく、暗黙の了解というかなんというか、あたしと黒岩の対戦は、温存される恰好になった。


着替えたら、ちょっと懇親会というか、お握りとから揚げとお茶で、軽く食事会。あたしはそこで、初めて黒岩と話をした。

「あの決勝のコテは、私も今一つやったと、思っとーとよ」

「え、あ……そう、なんだ。ははは」

っていうかこいつ、福岡弁なんだ。そのくせによく見ると、河合とはまた違うタイプだけど、けっこう美人なのな。なんだその外人みたいに高い鼻は。木刀の柄で叩き潰してやろうか。

「来年のインターハイ。個人の決勝で、待っちょるけんね。今度こそ、決着つけような」

いや、そういう約束はあたし、できれば早苗と——。

「あ、そう……ね。そだね」

やだな。握手させられちゃったよ。調子狂うな。

それから、他の選手とも適当に喋って。そうそう、吉野先生とも、ちょっと話した。

「どうも。磯山です」

「そうかぁ、君が噂の、磯山くんかぁ。へえ……なかなか、えずか目ぇばしとっとね。あと、十いくつか俺が若かったら、ほっとかんのやけどねぇ……」

あー、全然、何いいたいのか、さっぱり分かりませーん。

福岡南の一行はみんな、玄関の方に移動していった。

でも早苗だけは、なんか知らないけど、道場の窓際に一人、ぽつんと残っていた。全身に夕陽を浴びながら。そのくせ、瞬き一つしない。こいつの目って、こんなに茶色かったっけか。

よく見ると、睫毛《まつげ》が少し、濡れてる。

「おい……もうみんな、上がってるぞ」

するとと、早苗はちょっと口を尖らせ、眉根を寄せた。

「磯山さん……」

ずっ、と洟《はな》をすする。

「ごめんね……私、あなたに、いっぱい、うそ、ついてたんだ」

「なんだよ、急に」

早苗があたしの、ブレザーの袖を、つまむ。

「春……私が、福岡にいくとき、もうほんとは、あの時点で、福岡南に入ること、決まってたの。住むところも、ちゃんと決まってた……でも、あなたには、いえなかった……福岡南に入るっていったら、その瞬間に、絶交される気がしたの」

ああ、そう。まあ、間違ってはいないけどな。推測としては。

「それがね、ずっと、引っかかってて……謝らなきゃ、ちゃんとしなきゃって、思ってて……」

「もう、いいよ……んなこと」

それでも早苗は、あたしの右袖を、つまんだままでいる。

「それよっかお前、どうしたんだよ。黒岩と。決闘、したのかよ」

それには、うん、と頷く。

「え……じゃ、どうだったんだよ。……勝ったか？　まさか、負けたのか」

短く二往復、首を横に振る。

「……勝ったよ。コテで」

おおォ、そうかッ、といいたいところだが、ご覧の通り、当人のテンションがこうも下げ下げでは、喜ぼうにも喜べない。

早苗は、あたしの方を見はするけれど、でもそれはほんの一瞬で、すぐつらそうに、いちいち目を逸らしてしまう。

今は校舎の影に覆われた、誰もいない校庭を見ている。

「でもね……私が勝ったのは、磯山さんの、アドバイスがあったからで……それによって、また、違ったことに気づいたり、新しい課題が見つかったり、いろいろ、あったのね……」

なんかあたし、急にこの話の続き、聞きたくなくなってきた。

「……防具なしの決闘で、一回勝ったからって、それで……私が、黒岩さんより、強くなったわけじゃないし……吉野先生ともね……それ以後、ちょっと、ちゃんと話せるようになったり、いろいろ、あったのね……」

ああ、とだけ、相槌を打っておく。

「だからね……ほんと、私は、東松が大好きだし、磯山さんとか、小柴先生と一緒に、また毎日稽古できたらなって、思うんだけど……福岡南のね、剣道のスタイルが、ちょっと自分に合わないからって、半年とか、一年とかで、また東松に戻るって……そういうのなんか、逃げてるみたいで、ずるいっていうか……自分でも、勝手だなって、思ってきて……」

うん、うん――。

「だから、春のことを、磯山さんに、ちゃんと謝って、いろいろ、情けない、恥ずかしいこといったのも、謝って……で、今度こそ、ちゃんと磯山さんに、お別れいわなくちゃって……そう思って、今日、きたのね……」

震える肩を、あたしは思いきって、抱き寄せた。

想像していたのより、だいぶ逞《たくま》しい、厚みのある肩だった。

「ごめんなさい……だから私、もう、東松には、戻らない」

「うん……お前が、そう決めたんなら、いいよ……」

それからも、早苗はずっと、謝り続けた。

いいっていいってるのに、ごめんなさいって、そればかりを、繰り返した。

っていうか、もう勘弁してくれ、って思った。

あたしももう、とっくに鼻ツンが、決壊してんだ。

最後は、握手で別れた。

黒岩とも、早苗とも。まずは春の全国選抜大会。名古屋で会おうって、そう約束した。
新しい時代が始まる。
そんな予感さえしていた。
今度こそ、武士道の時代かもしんない。
なんか、そんな気がするんだ。

＊　＊

わたしたちは、それぞれ別の道を歩み始めた。
でもそれは、同じ大きな道の、右端と左端なのだと思う。
その道の名は、武士道。
わたしたちが選んだ道。
わたしたちが進むべき道。
果てなく続く、真っ直ぐな道。
そしてまたいつか、共に歩むべき道——。

謝辞

本作品を書くにあたり、
桐蔭学園女子剣道部の皆様、
中村学園女子高等学校剣道部の皆様、
筑紫台高等学校女子剣道部の皆様には
貴重なご教示をいただき、
たいへんお世話になりました。
あらためて心から御礼申し上げます。
作中に登場する高校および登場人物は、
あくまで著者の想像上のものであり、
校風および性格は実在するものとは関係ありません。

誉田哲也

解説

藤田香織

十七歳、でございます。

「青春時代」というものが何歳から何歳までを指すのかは、人によって多少見解が異なりますが、「十七歳」が青春ど真ん中であることには、誰しも異論はないでしょう。大人でもなく子どもでもなく、少しずつ色んな意味がわかりかけ、私は今、生きていると実感を嚙《か》みしめたりするお年頃。

本書『武士道セブンティーン』は、まさにそんな青春ど真ん中の日々を生きる、ふたりの剣道少女・磯山《いそやま》香織《かおり》と甲本《こうもと》早苗《さなえ》の一年間が描かれています。

恐らく、本書を手に取られた方のほとんどは、既に前作『武士道シックスティーン』を読まれているかとは思いますが、念のため、まずは軽く本書に至るまでの経緯をおさらいしておきましょう。

主人公のひとり、磯山香織は、神奈川県警で剣道の助教を務める父を持ち、兄に続いて三歳から近所の道場に通い始めた全中二位の実力者。対する甲本（西荻）早苗は、父親が事業に失敗し、幼い頃から習っていた日舞に代わり中学から剣道を始めた変り種。

『シックスティーン』は、全中二位という結果に納得できず、憂さ晴らし&消化試合のつもりで市民大会に出場した香織が、その四回戦でまったく無名の早苗に真正面からメンを叩き込まれ敗北する場面から始まり、同じ東松《とうしょう》学園高校女子部に進学したふたりが「剣道」への意識の違いから、衝突し、反発しあいながらも、切磋琢磨し、お互いを認め合い、少しずつ友情を深めていく物語でした。

新免武蔵（宮本と呼ばないのもこだわり）を敬愛し、剣の道は、勝ち負けでさえなく、ただ、斬るか斬られるかだと思い入れ、自分にも他人にも厳しい香織。勝敗は二の次、三の次。動きや雰囲気、緊張感や匂いを含めて、ただ楽しい、好き、という理由で剣道を続けている早苗。対照的なふたりのキャラクター造形は秀逸で、試合描写は迫力満点。この作品は、著者である誉田《ほんだ》哲也《てつや》氏にとっての「初めて人がひとりも死なない小説」としても話題になりましたが、ふたりの家族や周囲の人々との関係性を巧みに絡めながら、スポーツ青春小説における喜怒哀楽全てが体感できる、「傑作」と称賛されるに値する完成度の高いものでした。かく言う私自身も、通常、雑誌や新聞に書評をする場合、複数の媒体で同じ本を取り上げることは避けるように心がけているのですが、この『武士道シックスティーン』については、その禁を破り、何度も「これは面白い！」と、あちらこちらで書いてしまった。そうせずにはいられないほど、印象的かつ魅力的だったのです。

おそらく、それは今、この解説を読んで下さっているみなさんも同じ思いだったはず。本来、一冊で完結する予定だったにもかかわらず、本書『武士道セブンティーン』が誕生したのは、続きが気になる！　香織と早苗の「その後」を知りたい！　という編集者や読者からの声援を受けてのことだったとか。

そんなわけで、本書は前作のラストシーン、福岡へ引っ越し、強豪・福岡南高校の剣道部に入部した早苗と、東松学園高校二年に無事進級した香織がインターハイで再会する場面から少し時間を巻き戻して幕を開けます。

両親と共に福岡へ発つ早苗を空港で見送った香織は、新一年生を迎え、後輩を導く立場に。香織に裏切り者だと思われることを恐れた早苗は、真実を告げられぬまま福岡南高校で、新たな「剣道」と直面する。前作と同様に、物語は香織と早苗の視点から交互に描かれていくのですが、本書ではふたりがもう同じ場所にいない、という点が大きく異なります。ようやく、「戦友」だ「同志」だと、思えるようになるほど互いの距離が近付いたのに、神奈川と福岡に離れ、別の道を歩むことになった香織と早苗。

本書の最大の読みどころは、ふたりがそれぞれの場所で、自らの「武士道」とは何かを、戸惑い、悩みながら、懸命に見極めようと足掻き続ける姿でありましょう。

剣道はあくまでも個人戦。団体戦なんて自分の出番が終わったらそれでお終い。チームの勝ち負けなど知ったこっちゃないと思っていた香織が、自分なりに「武士道」について考え、とりあえずは自分の「国」もしくは「藩」ともいえる東松学園高校女子剣道部に忠義を尽くそうと後輩を牽引する成長した姿には頬が緩むし、前作で「ヘタレ」「糞握り」と罵倒されていた清水くんが、なんと恋人役（⁉）として再登場するサプライズも強印象。

しかし今回は、右も左も分らぬ転入生としての心細さを抱え、強豪校の実情に戸惑う早苗の方が「悩み」の比重は重い。早苗が転入した福岡南高校は、全国大会常連の強豪校で、成績が全てに優先して当たり前、勝つためには手段を選ばないという非情な一面もある。そうした方針に違和感を抱く早苗を更に悩ませるのが、部内でも一目置かれる凄腕、黒岩《くろいわ》伶那《れな》（レナ）の存在です。レナは剣道はもっとルールを明確にし、きちんと競技化した方が良い、という考えの持ち主なのですが、実はかつて、全中の決勝で香織と戦った経験もある。その時は辛くも勝ったとはいえ、その判定に香織が納得していなかったのと同様、レナも後味の悪さを抱えていたのです。今度こそ、すっきりと香織に勝ちたい。そうしたレナの思いと、福岡南女子剣道部の勝負至上主義が、本書のなかで早苗に大きな試練として突きつけられるのですが、実は、最初に読んだときには「レナの言い分もわからなくもない」と、私は感じてしまいました。

勝つために最善の方法をとる。ルールはギリギリいっぱいまで使って、初めて真の意味を持つ。ルールに反していなければ反則ではないのだから、誰にも責められる覚えはない――。確かに、「スポーツ」において、それが間違いだとは言い難いのです。

でも、それでも。早苗は「そんなの剣道じゃない」と反発する。このときの早苗は、まだ自分の気持ちを巧く整理できず、剣道が嫌いになりそうだと心を乱してしまうのですが、そうした早苗の気持ちや、私が抱いたような疑問を解消してくれるのが、香織の父が見せた「武士道」の心意気と、福岡南剣道部の酔っ払い顧問・吉野《よしの》先生が早苗とレナの「決闘」の後に語った「スポーツ」と「武道」の違い。そこから香織と早苗が、何を学び、何に気付き、自らの「武士道」を見極めていくのか。まだ本文を未読の「解説先読み派」の方には、ぜひ注目して欲しい重要ポイントといえましょう。

と、同時に、個人的に密かに萌えポイントとして楽しんでいるのが、香織と早苗の関係性。インターハイで再会したことを機に、香織と早苗の物理的な距離ではなく、心の距離が再び近付いていくまでの様子が、たまらなく愛しいのです。携帯番号を交換しながらも、電話することに躊躇《ため》い、勇気をふりしぼってコールする場面など、まるでピュアな恋愛小説であるかの如く、胸がキュンとなってしまう。いやもう、これは恋だよ恋！　と、何度萌えかけたことか。もちろん、本書はそうした話ではないのだけれど、友情とは時として恋愛感情にも似た部分があるのもまた事実。「十七歳」の青春物語としては、不足がちな「恋」の要素を、こんなところに投影しているのか！　とさえ、感じるほど、絶妙なさじ加減だと思うのです。

さて。もう御承知の方も多いと思われますが、それぞれの「武士道」を歩み始めた香織と早苗の物語は、ここから先、更なる続編『武士道エイティーン』へと続きます。高校三年生になったふたりの「最後の決戦」の舞台は？　そしてその結果は？　という本筋には触れませんが、次作のお楽しみを少しだけ。『エイティーン』には、ふたりの物語の合間に、四つのスピンオフ的作品が挟み込まれています。早苗の〈偉大なる姉〉緑子《みどりこ》の恋。香織の師匠・桐谷《きりや》玄明《げんめい》が厳しい稽古を強いる理由。さらには香織と早苗の後輩・田原美緒の視点から描かれる東松学園高校女子剣道部のその後など、どれも非常に興味深い内容ですが、特に本書でもキーマンとなっていた吉野先生の過去＝「武勇伝」の真相は必読。一冊で本編＋スピンオフと二倍も美味しいだけでなく、シリーズ作品ならではの再読の悦び、「読書道」の魅惑も味わうことができるはず。香織と早苗に三度出会えるその道を、たっぷりお楽しみ下さい！

（書評家）

文春文庫

武《ぶ》士《し》道《どう》セブンティーン

定価はカバーに
表示してあります

2011年2月10日　第1刷

著　者　誉《ほん》田《だ》哲《てつ》也《や》

発行者　村上和宏

発行所　株式会社 文藝春秋

東京都千代田区紀尾井町3-23　〒102-8008
TEL 03・3265・1211
文藝春秋ホームページ　http://www.bunshun.co.jp

落丁、乱丁本は、お手数ですが小社製作部宛お送り下さい。送料小社負担でお取替致します。

印刷・凸版印刷　製本・加藤製本

Printed in Japan
ISBN978-4-16-778003-6